Roman`s Mittelalter 2

In zwei Neuauflagen habe ich drei Bücher zusammengefasst, die ich **2012** bis **2013** im gleichen Verlag veröffentlicht hatte.

Erzählungen aus einer düsteren Zeit
                    von   Roman Schmidt

       Die Rache des kleinen Jost
       Schatrandsch (Schach)
       oder „Das zweite Leben des Thilo".
       Ein normales Weiberleben

Die vorliegenden Geschichten sind völlig frei erfunden.
Ähnlichkeiten mit lebenden oder verstorbenen Personen sind ausdrücklich nicht gewollt und wären rein zufällig.

       Roman Schmidt MMXVI

Vorwort

Manche haben einen verklärten Blick auf die Epoche, die man allgemein als das Mittelalter kennt.

Meine Reisen nach Schottland, hier besonders der Besuch eines „Freilichtmuseums" auf den Hebriden hat mir diese Zeit näher gebracht.

In diesen „Black houses", die bis in die fünfziger Jahre noch bewohnt gewesen sein sollen, waren ein erschütterndes Erlebnis.

Ein ebenerdiger Raum, aus Bruchsteinen aufgeschichtet, mit Gras verdichtet und mit einem Strohdach ohne Schornstein, diente den armen Menschen als Behausung.

Man hatte mehrere Seile quer über das gesamte Dach gelegt und an beiden Enden daran Steine befestigt, die in Kopfhöhe herunter hingen. Man wollte so vielleicht verhindern, dass die zusammengebundenen Halme bei Wind, Sturm und Regen nicht einfach weggeweht werden konnten.

Es war kalt und zugig im Inneren. Die einzige Feuerstelle, mit Steinen umringt, verbrannte Torf, der durch den Raum zog und sich irgendwo unter dem Dach einen Ausgang suchte. (Ich weiß nicht, wie es möglich war, sich in dem Qualm aufhalten und schlafen zu können!)

Die Lebenserwartung, gerade unter den Kindern, war wegen der Kälte und fehlenden Hygiene natürlich extrem hoch.

Genauso stelle ich mir das Leben in der Zeit vor, von denen meine Geschichten erzählen. Wenn schon unter den Rittern in einer befestigten Burg das Rheuma und die Gicht eine weitverbreitete Krankheit war, so kann man sich lebhaft vorstellen, wie es erst mit dem gemeinen Volk, den leibeigenen Bauern bestellt war. Kein Wunder, dass sie sich ihr Vieh abgesperrt mit in den Wohnraum holten, um von deren Körperwärme ein wenig abzubekommen. Geruchsempfindlich durften sie wohl nicht gewesen sein, unsere Vorfahren, deren Gene versteckt immer noch in uns schlummern und die sich in manchen Situationen aus dem tiefsten Unterbewusstsein bei uns zurückmelden. (Zumindest bin ich davon überzeugt, denn unsere Ur-Ängste müssen einen Grund haben!)
Nun wünsche ich „Kurzweil und Spannung" mit meinen Geschichten, die aus jener Zeit berichten!

Roman Schmidt (M.M.X.VI.)

Die Rache des kleinen Jost . .

Die Macht der Obrigkeit

„Diese Unverfrorenheit war also dein, ach so wichtiger Begehr?" Der Herzog sah verächtlich auf seinen, vor ihm knienden, leibeigenen Bauern herab. Dann schaute er in die Runde seiner Gefolgsleute, wandte sich dem armen Teufel wieder zu und fuhr fort: „Deshalb bist du Wurm extra hierhergekommen und belästigst mich mit so einer Nebensache? Lässt jegliche Arbeit ruhen und feilschst um deine Brut, während die Ernte auf meinem Land verdarbt? Vernachlässigst mein dir übertragenes Lehn, um zu versuchen, deinen unnützen Balg hier am Hof unterzubringen?" Der hohe Herr genoss seine Macht und sah noch einmal belustigt in die Gesichter seiner Ritter: „Eine Kränkung für einen jeden von euch! Wo kommen wir hin, wenn dahergelaufene Büttel danach streben, einen Eisenanzug tragen zu wollen?" Er wandte sich noch einmal an seinen Leibeigenen: „Abgesehen von deinem Stand, wo willst du das Geld für seine Ausbildung hernehmen? Du bist mein Eigentum, samt Weib, Anhang und Gesindel! Ich kann nach

Gutdünken über dich und die deinigen verfügen! Du hast das falsche Blut, Nichtsnutz! Schleift und martert ihn, allein schon seiner dreisten Worte wegen!" Die Wachen waren schnell zur Stelle und legten den Bauern in Ketten. „Der Winzling an seiner Seite, Herr. Was machen wir mit ihm?" Der Herzog wollte sich nicht weiter mit derart belanglosen Dingen beschäftigen: „Werft sie beide ins Angstloch und schickt meinen ersten Ritter zu dem Hof! Er solle sich mit seinen Mannen seines Weibes und der Mägde bedienen. Danach verteilt die Brut auf die anderen Höfe. Stephan, der Knecht des „Tilo im diephen Thal" soll sich bereithalten. Er wird neuer Pächter auf dem Hof, der bis jetzt ihr Heim war. Und nun fort mit dem Gesindel!" Der Unglückliche wollte sich noch einmal zu Wort melden, aber noch bevor eine einzige Silbe sein Maul verlassen konnte, hatte er die Faust eines Ritters gekostet. Die geballte Eisenhand hinterließ ein entstelltes Gesicht, denn der schwere Kettenhandschuh hatte mit einem Hieb seinen Kiefer und die Zähne zerschlagen. Augenblicklich brach der Getroffene in sich zusammen und wurde nun über die Steinstufen bis hinunter in den Innenhof gezogen. Seine Beine schlugen dabei jedes Mal hart auf und hingen bald unwirklich verdreht herab. Den Kleinen hatte ein Knappe einfach quer unter den Arm genommen und bald darauf stand die kleine Gruppe vor dem vergitterten Loch in einer dunklen Ecke des Hofes. Der fünfjährige Blondschopf wurde hart auf den Boden geworfen und musste verängstigt zuschauen, wie die Männer die Ketten lösten und das schwere Gitter hoben und aufstellten. Bevor der Bauer den letzten Rest von Leben, der noch in seinem Leib zu flackern schien, wiedererlangt hatte, wurde er schon kopfüber in den dunklen Schlund gestoßen. Keinen einzigen Laut hatte man gehört, nur der dumpfe Aufschlag sagte den Männern, dass der leblose Körper zehn Klafter tiefer angekommen war. „Und nun der Balg!" Die Ritter sahen sich an, wo war der kleine Jüngling? Die Mägde und Diener, die dem Schauspiel zunächst noch zugeschaut hatten, wandten sich angeekelt ab. „Hey! Ihr da! Wo ist das Büttel?" Die Burgbewohner gaben keine Antwort und gingen wieder ihren Arbeiten nach. Die Ritter hoben die Schultern. Was sollte der davongelaufene Winzling anrichten können? Sie ließen das Gitter herunterfallen und wickelten die Kette wieder um die fingerdicken Eisenstäbe. Danach gingen sie zurück in den Rittersaal, vielleicht würde der nächste Bittsteller den gleichen Weg antreten, denn das Loch war noch nicht voll. Zaghaft kamen ein paar junge Mägde zurück, zündeten eine kleine Fackel an und ließen sie vorsichtig in dem kleinen Eisenkorb herab, der unter dem Gitter befestigt war. Neugierig verfolgten sie den flackernden Lichtschein, der sich an den feuchten Wänden widerspiegelte. Als der Korb unter aufsetzte, sprangen ein paar Ratten quietschend zur Seite. Zweifellos brauchten sie kein Essen mehr hinunter zu lassen, denn den tiefen Sturz hatte bisher nur ein einziger Gefangener mit schweren Knochenbrüchen für ein paar Stunden überlebt. Der Bauer würde nicht vor Schmerzen die ganze Nacht schreien und ihnen den Schlaf rauben. Er lag auf dem Rücken und seine starren Augen hatten den gebrochenen Blick, den jede von ihnen nur allzu gut kannte. Sie bekreuzigten sich und murmelten ein kurzes Gebet. Er war bei seinem Schöpfer. „Ist Vater tot?" der kleine Blondschopf stand plötzlich neben ihnen und zog fragend einer jungen Magd am bodenlangen Rock. Ohne seine überflüssige Frage zu beantworten, zischte sie ihn erschrocken an: „Du musst weg von hier! Wenn sie dich greifen, bist du verloren!" Der Kleine verstand wohl, was ihm die Dirn da geraten hatte, aber wo sollte er denn hin? Er griff fest ihren Arm: „Ich bleib bei dir! Du wirst mich schützen!" Die Maid war entsetzt: „Ich? Wieso ich? Ich bin gerade einmal zehn Lenze und muss in der Küche helfen. Spute dich, damit du die Veste bald von Ferne siehst! Verstehst du denn nicht? Deine Familie ist jetzt vogelfrei! Ich bring dich zum hinteren Tor, da ist jetzt keine Wache. Und lass dich nie wieder hier blicken!" Sie packte ihn hart an der Schulter und drängte ihn zu dem schmalen Pfad, der zwischen den Stallungen hindurch zur östlichen Mauer verlief. Es war zu seinem Schutz, aber das würde der Kleine, wenn überhaupt, erst Jahre später begreifen. Natürlich nur, sofern er dann noch unter den Lebenden weilen sollte. Bald darauf waren sie an der etwas versteckt liegenden Pforte angekommen. Efeu rankte dicht um das Mauerwerk, denn dieses Tor wurde schon seit vielen Lenzen nicht mehr genutzt. Die Dirn hatte große Mühe damit, den verrosteten, sperrigen Riegel zurück zu ziehen. Endlich konnte sie das Tor quietschend einen kleinen Spalt weit öffnen. Sie schob den Jungen hinaus. Es war traurig, aber es musste sein. „Wie ruft man dich?" wollte er noch zum Abschied wissen. „Flora! Und nun geh endlich!" Sie schaute ihn etwas genauer an. Seine hellblonden Haare waren so lang, dass er sie mit einer Handbewegung immer wieder aus der Stirn strich. Am Hinterkopf lagen sie strähnig auf der kleinen Schulter. „Jost! Mich nennt man Jost! Ich werde wiederkommen, wenn ich groß bin!" Dann rannte er schnell über die Grasfläche, erreichte den Waldrand und war bald darauf verschwunden. Die Dirn musste ihren ganzen Körper gegen die Pforte stemmen, um sie wieder verschließen zu können. Hoffentlich hatte sie jetzt mit ihrer Hilfe zur Flucht des Jünglings keinen Fehler gemacht. Wenn der Herzog davon erfahren würde . . . nicht auszudenken! Sie verwarf alle düsteren und schrecklichen Gedanken. „Gott wird ihn zu schützen wissen!" sagte sie, um sich selbst zu beruhigen und ging zurück in den Hof. Eine gewisse Unsicherheit blieb.

Alwine, das Eheweib des unglücklichen Bauern, wartete vergebens auf die Rückkehr ihres Mannes. In der kleinen Stube saßen der Knecht und die beiden Mägde an der grob behauenen Holzbohle, die ihnen als Tisch diente. Sie löffelten die Hirsesuppe aus den Vertiefungen darin. „Bleibt der Bauer über Nacht?" wollte der Knecht Tasso wissen, jedoch blieb ihm Alwine die Antwort schuldig. Als sie fertig gegessen hatten und sich zur Bettruhe begeben wollten, schlug jemand draußen gegen die Tür. „Macht auf! Schnell!"

Alwine nickte dem Knecht zu, der darauf gewartet hatte, dass ihm die Bäuerin die Erlaubnis erteilte. Wenn die Nacht hereinbrach, so trieben sich nur noch wilde Gestalten herum, die keinen Einlass mehr bekamen. Tasso hob den Balken aus den seitlichen Haken und öffnete die Tür. Völlig außer Atem stand Diethelm da, ein Diener der Burg, der manchmal bei ihnen die Pacht eingetrieben hatte. Er hatte es sehr eilig und rief ohne ein grüßendes Wort in die Stube: „Ihr müsst fliehen! Ein furchtbares Unglück!" Schnell hatte er berichtet, was geschehen und weshalb ihr Schicksal besiegelt war. Am frühen Morgen des nächsten Tages würden die Schergen ihr Recht einfordern. Was das für sie bedeutete, war besonders den Weiber nur allzu gut bekannt. Sie bedankten sich bei dem Mann mit einem Schinken und ein paar Eiern. Er verschwand schnell wieder in die dunkle Nacht, um zur Veste zurück zu eilen, damit sein allzu langes Verschwinden keinem auffiel. Alle packten ihre Habseligkeiten und das Notwendigste zusammen. Tasso musste die drei Weiber beschützen, so gut er das mit seinen primitiven Mitteln vermochte, denn er war der einzige Mann, der noch übrig geblieben war. Sie mussten versuchen, zur Stadt zu kommen. Tasso spannte den Ochsen vor den Wagen, den sie voll beladen hatten. So konnten sie behaupten, dass sie zum Markt gekommen waren. Es würde drei Tage und Nächte dauern, bis sie die Stadt erreichen würden. Um den kleinen Jost machte sich seine Mutter Alwine große Sorgen, aber es galt auch, das eigene Leben in Sicherheit zu bringen. Der helle Mond war als kreisrunde Scheibe am wolkenlosen, schwarzen Firmament zu sehen und wurde auf seiner nächtlichen Wanderung nur von den unzähligen, kleinen, glitzernden Pünktchen begleitet. Ein paar Hühner hatten sie nicht mehr einfangen können und so machten sie sich mit dem Ochsenkarren drei Stunden später von hier fort. Mit einer Ziege und der Kuh, fest am Wagen gebunden, polterten sie über den holprigen Weg. Alwine führte die Zügel, während der Knecht voranging und die Mägde mit Fackeln seitlich den dunklen Weg ausleuchteten. Der Morgentau legte sich auf die Ebene und zeigte nach Stunden den erleichterten Flüchtlingen, dass sie sich in der Nähe des Flusses befinden mussten. Die beiden Mägde hatten sich schon lange vorher auf die Karre gesetzt, da der Dunst des angekündigten Tages hell genug war, um den Weg unbeschadet einzuhalten. Sie fuhren den ganzen Tag und die nächste Nacht durch. Der

11

Knecht steuerte jetzt, am zweiten Morgen geschickt den zweirädrigen Wagen, während auch Alwine erschöpft zurückgesunken war. Sie hatten sich abgewechselt und nur kurze Pausen gegönnt, um das Vieh zu füttern und sich selbst zu stärken. Sie konnten die Stadt schon riechen. Zur achten Stunde würden die Tore geöffnet, bis dahin hatten sie noch gut fünf Meilen Wegstrecke vor sich. Hoffentlich würden die Wachen nicht allzu streng mit ihren Kontrollen sein, denn sollte der Herzog nach ihnen suchen, so wären sie ihm vor den Mauern machtlos ausgeliefert. Innerhalb der Stadt galt ein anderes Gesetz. Tasso könnte wieder in einer Schmiede arbeiten, die Mägde würden in einer, der vielen Schänken in der Küche oder zum Bedienen der Gäste unterkommen können. Eine anrüchige Tätigkeit zwar, aber immer noch besser, als willenlos den Schergen des Herzogs ausgeliefert zu sein. Noch eine Wegbiegung und in der Ferne sah man den aufsteigenden Rauch der vielen Kamine, die hinter dem langgezogenen Gemäuer die Bewohner wärmten. Ob die Tore schon offen waren, konnte Tasso von hier aus noch nicht erkennen. Er zog die Zügel an und der Ochse blieb augenblicklich schnaufend stehen. Die plötzliche Ruhe weckte die Weiber, die sich die Augen rieben und verwundert umherschauten. „Da!" rief Tasso und zeigte zum Horizont. „Noch eine gute Stunde, dann sind wir in Sicherheit. Habt ihr gut geschlafen?" Elsa schaute ihn an, ihre kurzen Haare glänzten in der Morgensonne, die sich hinter den kleinen Bäumen zeigte. „Ich habe kein Auge zumachen können! Du etwa?" Sie drehte sich um und Minna schüttelte wild mit dem Kopf: „Ich auch nicht!" Alwine nahm ihre Haube und verschnürte sie unter dem Kinn. Verständnisvoll nickte sie und sagte: „Keiner von uns hat Schlaf gefunden, außer dem Ochsen, der die ganze Zeit laut schnarchend geträumt hat." Die beiden Mägde rutschten vom Wagen: „Warte, wir müssen mal!" riefen sie Tasso zu, der die Zügel festband und in den Sachen hinter sich kramte. „Haben wir Speck, Bäuerin?" Alwine schüttelte mit dem Kopf: „Vielleicht sind ein paar Eier heilgeblieben und wenn du mir den Holzkübel reichen kannst, so werde ich die Kuh melken." Als sich Tasso herüber lehnte, sah er in einiger Entfernung Minna. Sie wurde von einem Mann am Waldrand festgehalten und zu Boden geworfen. „Bäuerin, die Axt! Schnell!" rief er und sprang vom Wagen. Alwine gab ihm das gewünschte Werkzeug und Tasso rannte, so schnell ihn seine Füße tragen konnten. Als er ankam, sah er Elsa, die von einem zweiten Burschen bedrängt wurde, sich aber noch tapfer wehren konnte. Minna hingegen lag völlig wehrlos im Gras, während der Mann versuchte, sie zu entkleiden. Er hatte den Knecht nicht gesehen, der ihm ansatzlos das Beil in den Rücken hieb. Ein dumpfer Aufschlag und der Strolch lag regungslos im Gras. Tasso riss die Axt an sich und stürmte zu dem Zweiten, der immer noch lachend an kokettes Verhalten seiner Auserwählten glaubte, die in Todesangst um sich schlug. Nun hatte sie den Knecht gesehen und hielt einen Augenblick inne. Der Mann schaute sich um, er wollte den Grund für ihren Sinneswandel erkunden. Zu spät! Das Eisen traf ihn so wuchtig am Kinn, dass der Kiefer zersplitterte und ein Blutschwall hervorbrach. Auch er sank regungslos zusammen, während Elsa einen Weinkrampf bekam und losschrie. „Sei still! Geh zum Wagen!" Tasso streifte das Blut an der Kleidung seines Opfers ab und lief anschließend zu Minna, die immer noch zitternd im Gras lag. Sie blutete an der Lippe. Der Mann hatte wohl ihre Gegenwehr mit einem Faustschlag beendet. Er steckte den Holzstiel seiner Waffe am Rücken hinter den Gürtel und hob die Dirn aus dem Gras. Ihr Rock war zerfetzt und mit Lehm verdreckt.

14

„Wir müssen uns eilen. Ich weiß nicht, ob die Beiden noch unter uns weilen. Ich will hinter den Mauern sein, wenn sie doch wieder aufwachen sollten, schnell!" Die kleine Gruppe hastete zum Wagen und der Ochse brüllte laut los, als Tasso allzu hart an dem Zügel riss und damit an den Eisenringen, die in den empfindlichen Nasenflügeln festgeschmiedet waren. Es schien dem Tier stark zu schmerzen, denn es widersetzte sich nicht und trabte sofort an. Das Fuhrwerk schaukelte heftig auf dem holprigen Weg und Tasso achtete jetzt nicht mehr auf die vielen Schlaglöcher, er wollte die restliche Strecke einfach nur schnell hinter sich bringen. „Wie sieht es aus? Welche Stunde haben wir?" Tasso schaute sich um, denn er bekam keine Antwort von den Weibern. Die Mägde hatten immer noch ihre zerrissenen Kleider am Leib und Alwine versuchte sie zu trösten. „Zieht euch um! So kommen wir unmöglich an den Wachen vorbei. Wir müssen frisch wirken!" Sie kramte in einer Truhe und warf den Mägden Kleider von ihr zu. „Fahr vorsichtig und schau auf den Weg, Tasso!" rief sie dem Knecht zu, der zuvor dafür gesorgt hatte, dass die Weiber nicht geschändet wurden. Eben noch hatte er sie halbnackt gesehen, deshalb schüttelte er nun den Kopf. Er konzentrierte sich auf den Weg und versuchte den Stand der Sonne am Firmament einzuschätzen. Es musste die sechste Stunde sein, denn am Stadttor herrschte reges Treiben. Er verlangsamte die Fahrt und reihte sich zwischen die anderen Wagen ein. Der Fluss machte hier einen Bogen und man konnte gut die Schleppkähne und Flösse erkennen, die in einem kleinen Hafen seitlich an der Stadtmauer fest vertäut lagen und immer noch ausgeladen wurden. Es waren breite Kutter aus den niederen Landen und Flösse, die aus dem südlich angrenzenden Gebirge Holzstämme den Fluss herunter gebracht hatten. Schon hörten sie die Fragen der Wachen und sahen die willkürlichen Kontrollen der Männer, die durchaus auch mit klingender Münze zu einer schnelleren Abfertigung bereit waren. Alwine kramte ein prall gefülltes Leinensäckchen hervor und betrachtet die angesparten Münzen. Ein paar Groschen würden alle Fragen beantworten, das wusste sie aus Erfahrung, denn sie war schon einige Male zum Markt hierher, in die Stadt gekommen. Am Wagen vor ihnen wurde soeben laut geschrien. Die Wachen stürzten sich auf die Kisten und Waren. Dann warfen sie mit ihren Lanzen die Stoffballen herunter. Was der Grund war, entging ihnen, denn ein Soldat forderte sie auf,

zügig vorbei zu fahren. Unerwartet kamen sie
so unkontrolliert die Stadt. Die Bäuerin ließ
die vorbereiteten Münzen wieder aus ihrer
geballten Faust vorsichtig zurück in den Beutel
gleiten. Sie hatten unsagbares Glück gehabt.
Bald darauf waren sie durch das Tor und Tasso
steuerte den Wagen sicher durch die
gepflasterte Gasse. Die Weiber atmeten hörbar
auf, als sie im Innenhof einer Schänke
anhielten. Alwine sprach mit dem Wirt, der
ihnen hier entgegen gekommen war. Als der
alte Mann wohlwollend nickte, konnten sich
die Geflüchteten nur noch weinend vor Glück
in die Arme fallen. Das Schlimmste war
überstanden! Hoffentlich würde es auch so
bleiben und die Schergen der Veste würden
hier nicht nach ihnen suchen. Alwine verwarf
ihre düsteren Gedanken, sie musste schauen,
wie es weiter ging. Wir sind gerettet, sagte sie
sich immer wieder. Damals kannte sie ihr
bevorstehendes Schicksal natürlich noch nicht.

Hartes Überleben

Jost kannte sich in der Nähe der Herrscher-Veste nicht aus. Vater hatte ihn das erste Mal mit hierher genommen und nun, für den Kleinen völlig unerwartet, sein Leben gelassen. Warum war der edle Herr so ungehalten? Vater hatte ihn wohl loswerden wollen, das war die einzige Erklärung für Jost. Er konnte nur vermuten, dass es auf dem Lehn-Hof nicht genug zu essen für alle gab, aber war das der wirkliche Grund? Wieso sollte er, der kleine Knabe, in die Dienste des hohen, adeligen Herrn treten? Dass Vater damit nur versucht hatte, ihm hinter den schützenden Mauern ein besseres Leben zu ermöglichen, hatte er damals natürlich nicht verstehen können. Am frühen Morgen war der Bauer mit dem Spross zur Veste aufgebrochen: „Du wirst ab heute beim Herzog bleiben! Er braucht Ritter für sein Land!" Das hatte er ihm gesagt und dabei verträumt und gleichzeitig ein wenig traurig geschaut. „Warum wirst du denn nicht Ritter? Ich will bei Mutter auf dem Hof bleiben!" versuchte er verzweifelt sich den Anordnungen seines Vaters zu widersetzen. Dafür hatte er dann ohne Erklärung den harten, schnellen Handrücken seines Vaters auf seiner linken Wange gespürt.

Ab da war er ruhig, denn er wollte keine Schläge mehr einstecken und ihn nicht noch mehr erzürnen. Das war noch vor ein paar Stunden gewesen.

Nun saß er da, im Unterholz des kleinen Waldes und schaute zu der Pforte, aus der ihn Flora hatte entkommen lassen. „Flora! Ein schöner Name. Wo wird sie jetzt wohl sein?" sagte er halblaut und träumte davon, irgendwann einmal zurückzukommen, um sie als Freundin zu gewinnen. Sie könnten Nachlaufen spielen und er würde ihr zeigen, wie man aus dem kleinen Ast einer Weide eine mehrstimmige Flöte schnitzen konnte.

Aber zuerst musste er natürlich versuchen, zurück zum Hof zu kommen. Seine Mutter wartete bestimmt auf ihre Rückkehr. Es lag nun an ihm, die traurige Kunde zu überbringen. Er ging am Waldrand der untergehenden Sonne entgegen und hoffte, eine Wiese mit Tieren zu finden, denn die hatten meist einen Unterstand, wo er etwas geschützt und von den Tieren gewärmt, die Nacht verbringen konnte. Es war nicht das erste Mal, dass er in einer Remise nächtigen musste. Wenn er im Sommer die Ziegen hütete, so war er auch immer draußen bei ihnen. Hier jedoch hatte er kein Glück. Keine Wiese oder Koppel, keine Tiere kein

Unterstand! Er würde frieren müssen, denn die Bäume verloren schon ihr dichtes Blätterdach. Der Herbst kündigte sich an und die Sonne war schon hinter den Wolken zur Erde gefallen und hatte seine hellen, wärmenden Strahlen mitgenommen. Die kleine, fleckige Silberscheibe blickte nun durch die spärlichen Wolken und schien ihn auszulachen.

Weit konnte er nicht mehr in dem Dämmerlicht gehen und so kratzte er welke Blätter zusammen und suchte sich unter einem Baum ein Nachtquartier. Hätte er wenigstens eine Decke oder eine Joppe mitgenommen! Ein kalter Wind wehte über das dunkle Land und er kroch tief in das Blätterwerk, das den Waldboden bedeckte. Aus einiger Entfernung hörte er den schaurigen, monotonen Gesang eines Uhus, als seine Augen schwer wurden und ihn ein wilder Traum empfing. Er schaute in das schneeweiße Gesicht seines Vaters, der tief unten aus dem Loch zu ihm heraufsah. Fast sah es aus, als wollte er sich bei ihm entschuldigen. Dann meinte der Kleine, seine Stimme gehört zu haben: „Geh nicht zurück, Jost! Du hast kein Zuhause mehr!" Erschrocken setzte er sich auf, aber es schien nur der säuselnde Wind in den Blättern gewesen zu sein, der ihm einen Streich gespielt hatte. Unruhig warf er sich hin und her, kroch erneut unter die Blätter und endlich hatte das Schicksal ein Erbarmen und die Müdigkeit überkam ihn. Er konnte noch nicht lange geschlafen haben, denn es war immer noch finsterste Nacht, als er glaubte, wieder Stimmen zu hören. Erst ganz leises Flüstern, dann eine Unterhaltung zwischen Männern. Jost lugte zwischen den Blättern hervor und versuchte, in der Dunkelheit etwas zu erkennen. Endlich sah er in einiger Entfernung einen flackernden Lichtstreif zwischen den Bäumen. Ein Mann schwenkte wild eine brennende Fackel, die auf ihrem schnellen Weg kleine, glühende Punkte an die Umgebung verteilte. Jost setzte sich aufrecht und erkannte schnell den Grund dafür. Da kämpften Männer gegeneinander. Rufe und Angstschrei drangen an sein Ohr und im Halbschlaf war er von Panik ergriffen, wie gelähmt. Den Schatten nach zu urteilen, die in gut dreißig Schritt Entfernung da durch die Bäume huschten, musste es sich um mehrere Menschen handeln. Plötzlich rief eine männliche Stimme laut und deutlich: „Da laufen sie! Zerschlag ihnen die Gebeine! Sie dürfen nicht noch einmal entfliehen!" Wieder brachen Äste und heftiges Atmen drang an sein Ohr. Dann krächzte eine andere, viel tiefere Stimme: „Ich hab sie! Hierher!"

Er vernahm die flehenden Rufe eines Mannes und die Schreie eines Kindes, die jedoch beide abrupt abrissen. Bald darauf schienen die Männer ihre Beute betrachtet zu haben: „Lasst sie liegen, wir haben unsere Pflicht getan. Merkt euch die Stelle, wir holen die Gebeine morgen, wenn es hell geworden ist. Ich will jetzt endlich meine Bettstall sehen, es ist spät genug geworden!"

Jost hörte nur noch murmelnde Stimmen und das knacken von Ästen. Langsam wurde es wieder ruhiger und bald war wieder völlige Stille. Wie sollte er jetzt wieder Schlaf finden, wenn er wusste, dass da in seiner direkten Nähe arme Seelen zum Schöpfer gegangen waren? Er horchte noch eine ganze Weile in die Nacht und war trotz allem wieder von der Müdigkeit übermannt worden. Stunden vergingen. Ein kalter Nebel kündigte den nahenden Sonnenaufgang an und Jost rieb noch schlaftrunken, seine Arme und Beine, die steifgeworden waren und sich anfühlten, als habe er in einem Ameisenhaufen gelegen. Sofort erinnerte er sich an die schrecklichen Ereignisse der vergangenen Nacht und schaute sofort in die Richtung, wo er ungefähr die Getöteten vermutete. Bald würden die Mörder wieder zurückkommen und dann wäre auch er hier nicht mehr sicher. Er suchte sich einen kräftigen Ast und schlug sich durch das Unterholz. Bald erreichte er einen Pfad, der quer durch den Wald führte. Hier also hatten sie irgendeinen Mann und ein Kind gejagt und zerschlagen. Er musste unbedingt nach ihnen suchen, bevor er weiterging.

Abgerissene Zweige, Fußabdrücke und eine Schneise ins Dickicht zeigten ihm den Weg. Bald darauf stand er vor einem liegenden Mann, der auf dem Bauch zu schlafen schien. „Hallo?" sagte er so leise und vorsichtig, als habe er Angst, dass der Liegende ihn tatsächlich hören konnte. Er fasste seinen ganzen Mut zusammen und packte ihn an der Schulter, und drehte ihn um. Dabei kam ein Knabe mit vornehmer Kleidung zum Vorschein, den der Mann schützend verdeckt hatte. Der Hinterkopf des Kleinen war völlig zertrümmert. Der bärtige Alte schaute mit offenen, gebrochenen Augen ins Leere. Sein Gesicht war verdreckt, aber nicht blutig. Am Gürtel waren zwei Lederbeutel und ein kleiner Dolch befestigt. Was sollte der Mann damit noch anfangen? Wieso war der kleine Junker, der ungefähr sein Alter haben musste, ebenfalls erschlagen worden? Jost zog den Dolch aus der Scheide und schnitt den Gürtel durch, den er unter dem Mann mit aller Kraft herauszog. Länger konnte er sich mit dem

armen Mann nicht befassen und so lief er mit
seiner Beute den Weg entlang. Nach einer
halben Stunde lichteten sich die Bäume und
warme Sonnenstrahlen begrüßten ihn, als er
aus dem Wald trat. Hier standen in einem
Gatter mehrere Rindviecher, die mit prall
gefüllten Eutern auf ihn zu warten schienen.
„Milch zum Frühstück, wie aufmerksam!"
sagte er sich und schon lag er unter der ersten
Kuh. Mit geschickten Fäusten massierte er
dünne Strahlen der köstlichen Flüssigkeit
direkt in seinen Mund.

Die Lebensgeister waren wieder geweckt und
er nahm den erbeuteten Gürtel mit den daran
baumelnden Ledersäckchen und dem Dolch
und setzte sich ins Gras. Als er sich die Waffe
genauer ansah, war er richtig stolz, ein so
prachtvoll verziertes Stück in seinen Händen
zu wissen. Die Lederbeutel waren vollgestopft
mit fremdartigen Münzen. Ein unverhoffter
Reichtum, der ihn jedoch nun ängstigte. „Was,
wenn der Mann und der Knabe genau deshalb
gemeuchelt wurden?" Er musste die Sachen
vor fremden Augen verborgen halten. So
schnürte er den Gürtel lose um seinen Hals,
befestigte alle Teile wieder daran und steckte
alles unter seinen Kittel, der ihm sowieso
immer viel zu groß gewesen war. Dann
horchte er auf. Er hörte Hufe und das Ächzen

einer Holzkarre. Bald darauf kam ein Knecht mit einem Knüppel in der einen und dem Strick, der am Nasenring des Ochsen befestigt war, in der anderen, um die Wegbiegung. Er nickte nur kurz dem Jüngling zu, als er das Gespann an ihm vorbei führte. „Wie komme ich zum Hof des Rudger und seiner Frau Alwine? Kannst du mir den Weg zeigen?"

Der Knecht schaute ihn an und blieb stehen, während die Karre weiterrollte. „Ich muss zum Hof im Tal. Da kreuzt sich der Weg. Von da ist es nicht mehr weit zum Lehn Hof des Rudger. Spring auf, ich kann dich bis zur Wegbiegung mitnehmen." Er sah den Kleinen erwartungsvoll an: „Man ruft mich Bodo und wie nennt man dich?" Jost war immer noch ein wenig misstrauisch. Er musste Vorsicht walten lassen und hätte sich bald dem Fremden gegenüber verraten: „Jo . . . also Go . . ., " stotterte er los: „Golaff!" behauptete er dann schnell und wusste doch sogleich, dass er selber diesen Namen noch nie zuvor gehört hatte. Aber nun war dieses zusammen gestellte, fremde Wort, als seine Antwort, aus Angst einfach so aus ihm herausgekommen. Bodo wirkte gelangweilt und ein wenig trottelig. Er nickte nur gleichgültig, denn ihm schien der Name, den er womöglich noch nicht einmal richtig verstanden hatte, egal zu sein.

Jost lief zum Wagen und sprang auf. Auch Bodo ging nun einen Schritt schneller und griff wieder nach dem Strick, den der Ochse am Nasenring fest verknotet hatte, um ihn weiter auf dem Weg zu führen. Die Karre war mit Heu hoch beladen und lud förmlich dazu ein, noch eine Weile auf der weichen Unterlage zu dösen. Während Bodo das Gespann sicher durch eine steinige Fuhrt führte, war Jost schon im Traumland, während er den erbeuteten Dolch fest mit den kleinen Händen umklammerte.

Endgültig allein . . . .

Jost hatte einen wilden Traum. Er lief über ein weites Feld, verfolgt von den Soldaten des Herzogs. Seine Schritte wurden immer schwerer, er kam kaum von der Stelle, während sich die Männer immer mehr näherten. Schon spürte er ihren heißen Atem und feste Hände hatten schon seine Schulter gepackt. Er wurde geschüttelt und angeschrien, immer wieder. Plötzlich wurde er wach und schaute in die sanften und erschrockenen Augen des Knechtes, der neben ihm auf dem Wagen stand: „Du hast schlecht geträumt. Sind dir Häscher auf den Fersen?" Als er bemerkte, dass Jost nicht antworten wollte, sprang er wieder vom Wagen und sagte nur kurz: „Du bist da, ich biege jetzt ab. Wenn du noch immer zu dem Lehn – Hof des Rudger willst, so musst du diesen Weg einschlagen!" Der Kleine rieb sich den Schlaf aus den Augen und stieg herunter: „Entschuldige, aber ich habe die letzte Nacht kaum ruhen können. Vielen Dank für die Wegstrecke!" Der Knecht nickte nur, froh darüber, den kleinen Wicht endlich wieder loszuwerden, denn er war überzeugt, dass er irgendwo entlaufen war und nun gesucht wurde. Als die Karre in entgegengesetzter Richtung weiterfuhr, schaute der Kleine sich um. Jetzt erkannte er weit hinten am Waldrand die heimischen Felder, das Tiergatter und daneben den Rauch, der durch das Dach der kleinen Hütte nach draußen drang. Er war am Ziel. Tief atmete er die Luft ein und machte sich auf, die letzten Meter der Strecke hinter sich zu bringen. „Wie soll ich das Unheil mit Vater der Mutter erklären?" grübelte er vor sich hin, als sich die Tür seines Elternhauses öffnete und ein Soldat ins Freie kam. Er war noch zu weit weg, um die Rufe zu verstehen, aber sie hatten ihm wohl nicht gegolten, denn kleine Büsche versperrten die freie Sicht zu ihm herauf. Außerdem hatte er die blendende Sonne im Rücken und konnte nicht erkannt werden. Nun kamen aus dem Schuppen weitere Männer des Herzogs, die er an den blauen Waffenröcken erkennen konnte. Er warf sich ins Gras und bewegte sich vorsichtig nach vorne, um zuerst abschätzen zu können, ob seine Mutter noch im Haus oder im Schuppen war. Die Männer hatten ihre Pferde am Brunnen festgebunden. Sie unterhielten sich angestrengt und gingen danach wieder in das strohgedeckte Haus zurück. Eine böse Vorahnung beschlich ihn und er dachte unwillkürlich an den Traum im Wald, als ihn sein Vater gewarnt hatte, nicht zurück zu gehen. Es war wohl doch nicht nur der Wind gewesen! Wo waren die anderen? Seine Mutter Alwine, Minna, Elsa und Tasso? Man hatte sie wohl auch schon zur Veste gebracht. Jetzt würden sie Jagd auf ihn machen! Er drehte sich um und lief, so schnell ihn seine kleinen Füße tragen konnten, den ganzen Weg zurück. Völlig außer Atem hatte er bald die Wegbiegung wieder erreicht. Ohne Pause rannte er in die gleiche Richtung, die auch Bodo, der Knecht mit dem Ochsenkarren genommen hatte. Als er eine kleine Anhöhe genommen hatte, sah er zu seiner Erleichterung den Gesuchten keine hundert Schritt von ihm entfernt unter einer dicken Eiche sitzen. Die Karre stand auf dem Weg. Der eingespannte Ochse riss mit seiner Zunge

28

dicke Grasbüschel aus, die er lange und genüsslich zerkaute. Bodo hatte den Kleinen nicht erwartet und schaute erstaunt auf, als er vor ihm stand. „Was? Du schon wieder? Ist der Bauer nicht da?" Jost ging auf die Frage nicht ein und setzte sich zu ihm. Wortlos reichte ihm der Knecht ein Stück Brot und einen Lederbecher, der mit einer roten Flüssigkeit gefüllt war. Jost nahm dankend an und verschlang den dargebotenen Leckerbissen, den er mit einem großen Schluck herunterspülte. Zu spät merkte er, dass es ein schwerer Rotwein war, den er noch nie zuvor gekostet hatte. Es schmeckte ihm vorzüglich, machte aber schnell einen dummen Kopf. Bodo schien das zu merken. Er lachte nur und sprach: „Du hast Probleme, stimmt's?" Jost nickte. „Geht es um Unterkunft oder Arbeit?" wollte er von ihm wissen und Jost antwortete ehrlich und knapp: „Beides!" Bodo schlug ihm auf die Schulter. „Gut, du bist jetzt mein Gehilfe. Wie sagtest du war dein Name? Gaff?" Der Kleine schaute betroffen auf den Weg und erzählte ihm, was er bis jetzt erlebt hatte und wie sein richtiger Name war. Erstaunen konnte er Bodo damit nicht, denn der hatte sich so etwas Ähnliches schon gedacht. Sie gaben sich die Hände und der Knecht legte den Zeigefinger auf seine Lippen.

„Es wird besser sein, wenn du wirklich Gaff gerufen wirst. Von mir erfährt niemand, wer du wirklich bist, denn sonst bekommen wir beide nur einen Riesenärger." Jost fasste Vertrauen, denn was blieb ihm im Augenblick anderes übrig, als sich dem erfahrenen jungen Mann anzuvertrauen. Er kramte unter seinem Kittel einen der Lederbeutel hervor und zeigte seinem neuen Weggefährten den Inhalt. Der fuhr so erschrocken zurück, dass er rücklings ins Gras fiel. „Bist du des Lebens überdrüssig? Wo hast du das Vermögen her?" Jost antwortete nur: „Besser du weißt das nicht!" Damit nahm er ein paar Silberlinge und drückte sie Bodo in die offene Hand: „Hier, jetzt sind wir Partner!" Bodo war von der Naivität des Knaben beeindruckt und legte vertraulich den Arm um seine Schultern: „Gaff! Ich nenne dich Gaff, denn du schaust immer so gehetzt. Wir sind eine Gruppe von Gauklern, Beutelschneidern und Musikanten. Wenn wir gleich im Lager sind, so zeigt bloß niemandem deinen Schatz. Es sind zwar alles meine Freunde, aber die Klinge wurde schon wegen ein paar Groschen zum Engelmacher, von deinen Silberlingen gar nicht zu reden." Jost schaute ihn ängstlich an: „Werdet ihr auch gesucht?" Bodo lachte: „Wo denkst du hin! Wenn man uns ertappt, so schicken wir ein paar von unseren Weibern zu den Soldaten. Sie haben früher ihr Geld als Hübschlerinnen gemacht und verstehen ihr Handwerk. Wenn sie am nächsten Tag zurückkommen, wissen die Männer nichts mehr von einer Anklage. Das hat bisher immer gut geklappt!" Der kleine Jost bekam einen Schnellkurs im Erwachsenwerden. In diesen düsteren Zeiten war das jedoch normal, denn nicht jeder hatte das Glück, älter als dreißig zu werden. Nur jedes dritte Kind erfuhr die Gnade, laufen zu lernen. Jost konnte sich also glücklich schätzen und er schien das auch zu wissen, denn er freute sich auf die Gruppe der fahrenden Leute, die ihm so manches beibringen konnten – wenn sie ihn bei sich aufnahmen. „Ich habe frisches Heu geholt, für die Strohsäcke, auf denen wir liegen. Wir sind jetzt mit den Weibern zusammen dreißig Leut. Mal kommen welche für ein paar Tage oder Wochen zu uns, mal gehen andere ihrer Wege, aber jetzt sind wir dreißig." Er machte eine kleine Pause und verbesserte sich dann, als er mit dem Zeigefinger auf die Brust des kleinen Jost zielte: „Einunddreißig ab heute! Und vergiss nicht. Gaff ist dein Name. Sag es!" Jost schaute ihn schweigend an, denn er mochte seinen Namen. Gaff hörte sich so an, als würde er ein Augenleiden haben und nur herumstieren. „Sag es!" wiederholte Bodo und Jost wollte sich nicht jetzt schon unbeliebt machen, bloß weil er ab heute bei den Fremden einen ungeliebten Namen tragen musste: „Gaff! Man ruft mich Gaff!" Bodo nickte zufrieden und während sie neben der Karre die letzten Meilen gemütlich daher gingen, sang Jost immer wieder das gleiche: „Gaff! Man ruft mich Gaff!" Die ebene Fläche wandelte sich in eine hügelige Landschaft, von kleinen Wäldchen und dichten Sträuchern unterbrochen. Ein ekliger Geruch drang zu ihnen herüber, als sie die Anhöhe herabkamen. Bodo hatte gemerkt, dass sich sein kleiner Begleiter mit dem Daumen und Zeigefinger seiner rechten Hand fest die Nase zuhielt. „Der Wind steht ungünstig von der Stadt her! Wenn er sich nicht vor dem Abend ändert, so werden wir das die ganze Nacht in der Nase haben. Du gewöhnst dich daran. Wenn man an die Taler der Leut will, so kann man nicht allzu weit von ihnen weg sein!" Jost schaute sich um: „Sind wir da?" Bodo nickte. „In dem Waldstück dort, da ist unser Lager." Als sie noch gut hundert Schritt entfernt waren kamen drei düstere Gestalten aus dem Dickicht und schlenderten auf sie zu. „Ruhig, Gaff! Ganz ruhig. Ich mach das schon. Es ist zu unseren eigenen Sicherheit, dass sie aufmerksam sind." Eine tiefe Stimme rief ihnen entgegen: „Frisches Heu und Stroh solltest du bringen und keine unnützen Waisen unterwegs aufladen!" Bodo rief sehr sicher und gefasst zurück: „Er gehört zu mir! Er hat mir unterwegs sehr geholfen. Ich bürge für ihn, also kümmert euch nicht mehr darum!" Ohne eine Antwort zu erhalten drehte er sich um, nahm den Kleinen bei der Schulter und schob ihn vor sich her: „Geh! Schau dich nicht um! Geh einfach." Am Waldrand, außer Sichtweite der anderen setzten sie sich ins Gras. Bodo hatte sich mit dem Rücken an eine dicke Buche gelehnt, kaute auf einem Grashalm und sah Jost eindringlich an: „Du musst ihnen beweisen, dass du hierher passt. Hast du dich jemals als Beutelschneider bewährt? Bist du überhaupt in der Lage, alleine für Leib und Seele zu sorgen? Ach, wenn ich ehrlich bin, so habe ich mir das einfacher vorgestellt." Er beugte sein Haupt, zog den Dolch aus seinem Gürtel und kratzte mit der Spitze den Dreck unter seinen Nägeln heraus. Jost stand auf: „Wer wollte, dass ich mit hierher sollte? Warst du es nicht, der meine Begleitung haben wollte? Jetzt soll ich für euch stehlen und damit beweisen, dass ich keine Angst vor Folter und Strang habe? Was für ein erbärmliches Leben ist das denn? Ich hätte damals bei meinem Vater in der Veste bleiben sollen!" Jost nahm seine Sachen und wollte gehen. Bodo war schneller auf den Beinen, als ihm lieb war. „Wenn du gehen willst, so hab ich nichts dagegen, aber . . . . ." Sein Gesicht veränderte sich und Jost fühlte sich bedroht. Bodo ging mit der geöffneten, flachen Hand auf ihn zu. Dann bewegte er rhythmisch die Finger: „Den Beutel unter deinem Kittel brauchst du nicht mehr. Der ist viel zu schwer für dich!" Jost wich erschrocken einen Schritt zurück und stolperte dabei gegen einen Baum. Ein flüchtiges Grinsen huschte über das Gesicht seines angeblichen, neuen Freundes, der ihm mit der Faust kräftig ins Gesicht schlug. Benommen drehte er sich herum und stand wieder auf, aus seiner Nase tropfte Blut. Mit weit aufgerissenen Augen stand Bodo vor ihm und hatte plötzlich ein verrostetes Messer in der linken Hand. „Zier dich nicht wie eine Jungfer und gib mir den Beutel. Ich kann ihn auch von deinem Hals lösen, wenn du ausgeblutet bist. Tölpel! Nun mach schon!" Er zuckte zwei Mal mit der Klinge in seine Richtung und verpasste dem Kleinen dabei ordentliche Schnitte am Unterarm. Jost erkannte, dass Bodo nach seinen Münzen trachtete. Wieder einmal ging es um sein kurzes Leben. Der Kleine lehnte mit dem Rücken an dem Baum und tat, als würde er sich in seine neue Lage fügen. „Ich dachte, du wärst mein Freund!" murmelte er, während seine Rechte unter dem Kittel nach den Münzen suchte. Bodo bekam so kurz vor seinem vermeintlichen Ziel, gierig glänzende Augen. Er war jetzt nicht mehr der nette, freundliche Begleiter, der den Kleinen hierher geführt hatte. Seine Augen schauten hektisch nach allen Seiten, während er die Waffe in seiner Hand fest umschloss. Jost dachte an seine nächtliche Beobachtung. Der Tote hatte sein Erspartes nicht mehr benötigt, aber er brauchte jetzt die Münzen, um seine Mutter wiederzufinden. Wenn er nun deshalb von Bodo beraubt würde, so wäre er auch der Nächste, der genauso mit durchschnittener Kehle im Graben liegen würde. Wut, Zorn und tiefe Enttäuschung führten dazu, dass er plötzlich den baumelnden Dolch unter dem Kittel in der Hand hatte. „Gib endlich, nun mach schon!" rief Bodo ihn an und der Kleine nahm seine Faust heraus, die scharfe Klinge fest im Griff. Entschlossen, seine Beute zu verteidigen schürzte er so schnell auf den überraschten Bodo zu, dass der nicht mehr ausweichen konnte. „Das ist jetzt mein! Du wirst das nicht einfach an dich reißen!" Bodo sprang zwar zurück, aber der Dolch hatte sich schon zu tief in seinen Leib gebohrt. Er ließ sein eigenes Messer fallen und umklammerte mit beiden Händen erstaunt die tödlich eingedrungene Klinge. Dann fiel er rücklings auf den Waldboden und schlug dumpf auf. Jost ging zu ihm. „Ich hätte dir noch ein paar Münzen geben können, aber die anderen brauche ich, um meine Familie wiederzufinden, versteh das doch!" sagte er vorsichtig, denn er hatte sich nur wehren wollen. Bodo atmete flach und unregelmäßig. Jetzt erkannte Jost, was er angerichtet hatte. „Das ist deine Schuld, du raffgieriger Hund!" schrie er verzweifelt und ängstlich. Er bückte sich und zog an dem Dolch, um ihn wieder an sich zu nehmen. Erstaunt stellte er fest, dass sich die Waffe kaum bewegen ließ, obwohl Bodo ihn nicht mehr festhielt. Er musste hier verschwinden, jedoch nicht ohne den Dolch. Er stellte einen Fuß auf den Liegenden, der nur noch schwach röchelte. Wenn Vater eine Sau gestochen hatte, so waren die Geräusche, die er nun vernahm, sehr ähnlich. Mit beiden Händen griff er beherzt den Griff des Dolches und riss ihn an sich. Ein Blutschwall folgte und das Röcheln verstummte. Bodo hatte es überstanden. Jost reinigte die Waffe im Gras und schlich tiefer in den Wald. „Dieser Tölpel! Wie gierig der wurde!" sagte er sich entschuldigend und wickelte ein Tuch um seinen Unterarm. „Beutelschneider wollte ich nicht werden! Was für ein Hohn. Nun bin ich zum Meuchler geworden!" Hätte er sich nicht so beherzt zur Wehr gesetzt, so stünde er nun an seiner Statt vor dem höchsten Richter. Damit beruhigte er sein Gewissen und ging weiter. Die Nacht brach schneller herein, als ihm lieb war und er musste ein zweites Mal mitten im Wald eine Schlafstätte suchen. Zurück konnte er keinesfalls. Er musste nach vorne schauen. Während er langsam einschlief wehte noch einmal der penetrante Geruch der nahen Stadt zu ihm herüber. Morgen würde er sein Glück hinter den Mauern versuchen…gleich morgen früh.

Alwine war mit den drei Begleitern in der Schänke untergekommen. Die Mägde Minna und Elsa halfen in der Gaststube. Die Bäuerin machte sich in der Küche nützlich, Tasso versorgte die Tiere im Stall. Das war gut durchdacht, denn dabei konnte er auch die mitgebrachten, eigenen Vierbeiner und das Federvieh im angrenzenden Gatter gleich mit versorgen. Dem Besitzer war das nur recht, denn er war schon alt. Er mochte gut 40 Lenze hinter sich haben. Keine glücklichen Jahre, das sah man an seiner ganzen Gestalt. An der rechten Hand fehlten ihm zwei Finger, das linke Knie war steif und die lange Narbe, die durch seine schüttere Haartracht quer über das Auge bis auf seine Wange reichte, hatte ihn ein Augenlicht gekostet. Man sollte sich nicht mit der Stadtgarde anlegen. Er war bei dem Streit glimpflich davongekommen, denn ein Schwerthieb hatte schon so manchen zum Schöpfer geschickt. Man ließ ihn seit diesem Vorfall in Ruhe, denn die Soldaten durften sich nun kostenlos an seinen Köstlichkeiten bedienen. Nur wenn sie betrunken und allzu grob mit den Weibern umgingen, dann stellte er sich dazwischen und schaute die Männer nur drohend an. Das hatte bisher immer gut geklappt. Den drei Weibern hatte er wöchentlich einen Groschen, freies Essen und ein Dach über dem Kopf angeboten. Tasso, der auch dazu da war, dass er einen aufkommenden Streit zu schlichten hatte, bekam einen halben Groschen mehr. Das war allemal besser, als schutzlos den Häschern des Herzogs ausgeliefert zu sein. Hier genossen sie ein freies Bürgerrecht, solange sie ihre wahre Herkunft und ihren Stand zu verbergen wussten. Sie waren fleißig und bald sah der Wirt in ihnen treue, nicht mehr wegzudenkende, hilfsbereite Bedienstete. Die Monde gingen ins Land und nach weiteren fünf Lenzen, die sie unerkannt und geschützt in der Stadt zugebracht hatten, erkrankte der gutmütige Hausherr. Der Bader hatte vergebens schon den dritten Aderlass angesetzt, die krankmachenden Säfte verließen trotzdem den geschwächten Körper nicht mehr. Der eilig gerufene Medicus kannte diese Art der Krankheit auch nicht, er war mit seinem Latinum am Ende. Alwine, Elsa und Minna kümmerten sich liebevoll Tag und Nacht um ihn, denn sie befürchteten, dass sie mit seinem Ableben auch ihre Unterkunft verlieren würden. Tasso ängstigte sich am meisten, denn er hatte sich in die 15 jährige Tochter eines Nachbarn verliebt. Er zählte jetzt 19 Lenze und war bereit, in der Stadt zu bleiben. Am Tag des Herrn war der Wirt nicht mehr in der Lage zu sprechen. Die nächste Nacht überlebte er nicht. Die Angestellten waren auf das Schlimmste gefasst, als nach dem Begräbnis ein Scheffe an der Pforte klopfte. „Es ist soweit", flüsterte Alwine und ging traurig zur Tür. Minna und Elsa hielten sich bei der Hand, als der Gerichtsdiener den Raum betrat. Er hatte eine Ledermappe unter dem Arm und nahm unaufgefordert an einem Tisch Platz. „Einen Becher Wein, ich bin dienstlich hier." Damit meinte er, dass keine Bezahlung fällig würde. Elsa eilte sich, den vollen Krug und einen Becher auf die blankgeschrubbte Holzfläche zu stellen. Er nickte dankend und nahm einen kräftigen Schluck. Dann schaute er in die Runde: „Wer von euch ist Alwine?" Er legte die Mappe auf den Tisch und entnahm ein gesiegeltes Pergament. Die ehemalige Bäuerin schluckte verlegen und kam langsam zu ihm. Der Mann deutete auf den Stuhl, der ihm gegenüberstand: „Noch ein Becher. Ich will mit der Wirtin das Erbe besprechen." Vor Schreck fiel Alwine der Schlüssel aus der Hand, mit dem sie eben noch die Pforte geöffnet hatte. Klirrend tanzte der bärtige Eisenstift auf den Steinfliesen. „Meint . . . " ihre Stimme versagte. Sie räusperte sich: „Meint Ihr mich?" Der Scheffe nickte. „Wo bleibt der zweite Becher? Mit einer trocknen Kehle lässt sich nicht gut reden, oder?" Verschwommen hörte Alwine etwas von vererbt, da er keine Nachkommen hatte und in ihr eine treue Frau gefunden hatte, die es wert sei, die Schänke zu übernehmen und in seinem Sinne weiterzuführen. Alwine, die normalerweise dem Wein nur in kleinen Maßen zugesprochen hatte, war schon nach dem zweiten Becher so benommen, dass Elsa und Minna ihr am nächsten Tag erzählen mussten, was passiert war. Das Erbe musste im Zeughaus bestätigt und angenommen werden. Gegen eine Verwaltungsgebühr von zwanzig

Gulden wurde dann der gesamte Besitz des Verstorbenen auf sie überschrieben. Sie hatte für einen Obolus von einem Gulden einen Mönch mit dorthin genommen, der oft in ihrer Schänke gegessen und gezecht hatte. Er war der Schrift mächtig und hatte ihr das Pergament erklärt und mit zwei Kreuzen und dem in Tinte getauchten Daumen wurde mit dem Abdruck das angetretene Erbe bestätigt. Die Dörfler waren für die nächste Zeit ihre Sorgen los, denn auch eine, nicht unerhebliche Barschaft wechselte damit nun den Besitzer. Was konnte nun noch passieren? „Es bleibt alles so, wie es auch bis jetzt war, denn dazu haben wir zu viel gemeinsam durchgestanden. Wir führen die Schänke genauso weiter wie bisher." Alwine nahm die beiden Mägde und den Knecht in ihre Arme und als sie so vor dem offenen Feuer in der Stube standen, konnte sie die Tränen nicht zurückhalten, denn gerade jetzt dachte Alwine wieder einmal ganz intensiv an ihren kleinen Sohn, der nun schon zehn Lenze lang vermisst wurde. „Wenn ich bloß wüsste, was aus meinem kleinen Jost geworden ist! Ob unser Herr ihn noch bei uns auf der Erde gelassen hat oder ihn zu sich in den Himmel nahm? Was meint ihr?" Nun weinten alle drei, denn keiner von ihnen konnte darauf eine Antwort geben. So standen sie noch eine ganze Weile, dann wischte sich Alwine ihre Tränen ab. „Es hilft nichts. Machen wir uns an die Arbeit. Elsa, öffne die Schänke, wir werden heute unsere Gäste frei bedienen, unser Herr hätte das wohl genau so gewollt. Dann werden wir ein Gebet sprechen und Gott dafür danken, dass wir weiter hier in Frieden leben dürfen." Elsa ging zur Tür und ließ die ersten Gäste ein. Es wurde ein stiller, aber friedlicher Abend und die Anwesenden waren froh, eine so gütige Wirtin in ihrer Stadt zu wissen. Wenn Alwine geahnt hätte, wie schnell sich die Meinung der Menschen ändert und wie schnell eine Verleumdung den Tod bringt, sie wäre ohne einen Taler noch in der gleichen Nacht geflohen. Aber das Leben wollte es anders mit ihr vor. Ihr Schicksal nahm eine furchtbare Wende.

Unterdessen stand der kleine Jost in einer langen Reihe entlang der Stadtmauer zwischen Ochsenkarren, Bauern, Kaufleuten und anderem, niederen Volk. Alle warteten mit lautem Geschwätz darauf, dass die Tore sich endlich öffneten. Jost hatte die Arme vor der Brust verschränkt. Er hielt damit seinen Dolch und die Beutel unter seiner Bluse fest und verdeckte gleichzeitig die Blutflecken, die seine tropfende Nase gestern auf dem Kittel hinterlassen hatten. Im Bach war es nicht möglich gewesen, die Spuren der Nacht völlig zu entfernen. Sie waren lediglich etwas verblasst. Er schaute sich um und musste seine Angst überwinden, denn jedes Mal, wenn ihn die Blicke der anderen Leute trafen, hatte er das mulmige Gefühl, man könnte ihm ansehen, was er bis jetzt durchlebt hatte. Quietschend schwangen endlich die hohen Flügel des Bohlen-Tores auf und die Stadtsoldaten kamen ihnen mit Lanzen entgegen. Alle schauten gebannt auf die Männer, die sich vor dem Tor aufstellten. Es waren vier stattliche, jedoch etwas verwilderte Burschen, denen man ansah, dass sie keiner Rauferei aus dem Weg gehen würden. „Wer eine gültige Passage hat, nach links, die anderen nach rechts!" rief einer und Jost verstand das nicht und stand alleine mitten auf dem Weg, als sich die Menschen verteilt hatten. „Und du? Wo sind die deinigen?" wollte der Soldat wissen. Der Kleine war überfordert und wurde wortlos zum Tor gestoßen. Der Soldat rief hinter ihm her: „Das nächste Mal passt du besser auf, wenn deine Sippe losfährt, ab mit dir!" Er stolperte hinter einem Wagen her, der nach kurzer Kontrolle durch das Tor fuhr. Dann war auch er das zweite Mal in seinem Leben innerhalb von schützenden Mauern und stand auf dem gepflasterten Weg, der beiderseits von Häusern flankiert war. Nun erinnerte er sich daran, wie er mit dem Vater in die Veste des Herzogs gekommen war. Auch da hatten sie zu voreilig geglaubt, sicher zu sein. Er atmete tief durch, obwohl ein penetranter Geruch in der Gasse stand. Längst der Häuser waren tiefe Rinnen, die zum Tor zurückführten. Dunkelbraune Pfützen von undefinierbaren Abfällen, Urin und abgeschabten Knochen, um die sich ein paar abgemagerte Hunde kläffend stritten. Auf dem Lehn Hof hatten sie eine große Grube, in der solche Abfälle gesammelt wurden. Hier schwamm alles achtlos durch die Gassen und verbreitete diesen anhaltenden, scharfen Geruch. Er richtete seinen Blick suchend auf die Häuser, denn mit Grummeln meldete sich sein leeres Gedärm. Hunger trieb ihn in eine Schänke, die zu dieser frühen Zeit gerade geöffnet wurde. Mutig ging er die drei Stufen hinab und stand bald mitten in der Stube. Die Schemel waren seitenverkehrt auf die langen Holzbretter gestellt worden, die als Tische dienten. Eine Magd schrubbte mit einer Bürste kniend an einer Stelle auf dem Boden, der mit Brettern ausgelegt war. Holzspäne und Sand schüttete sie immer wieder auf die gleiche Stelle, tauchte die Bürste in den Eimer Wasser und versuchte, die verschmutzten Dielen zu säubern. Als sie den Jüngling sah, erklärte sie ihm: „Das Blut hält sich tapfer!" dann flüsterte sie leise: „Der Wirt mag es gar nicht, wenn man die Spuren der nächtlichen Balgerei am nächsten Morgen noch sehen kann." Dann richtete sie sich auf: „Was willst du hier? Ich kenne dich nicht!" Jost streckte sich, um ein wenig größer zu wirken und verlangte mutig: „Eier und Speck, vielleicht auch ein Humpen gewürztes Bier. Wo soll ich mich setzen?" Das Weib rieb sich die Augen. Träumte sie? Oder hatte sie da einen Mann vor sich, der in kindlicher Gestalt dahergekommen war? Ein Kobold, gar? Sie stand auf und ging langsam um den Kleinen herum. „Hab ich recht vernommen? Du willst Speis und Trank?" Jost nickte: „Sie hat es vernommen! Keine Spinn im Ohr. Wie gescheit du doch bist!" Das Weib war verwirrt und rannte aus der Stube. Er wollte schon den Rückweg antreten, als ein dickbauchiger Kerl auftauchte. Er kam aus der Ecke direkt auf ihn zu. Dann rief er über die Schulter zurück: „Es ist ein junger Schelm, kein Geist!" Dann schlug er sich auf die Schenkel und hielt sich vor Lachen den wackelnden Bauch, der rauf und runter tanzte und seinen Gürtel immer tiefer rutschen ließ. Er wurde ruhiger, schüttelte den Kopf und sagte: „Genug der Scherze. Hast deinen Spaß gehabt und nun troll dich!" Jost nahm wahllos einen Schemel und setzte sich: „Ich verstehe! Sie richtet das Essen an. Den Humpen Bier kannst du mir aber auch bringen!" Nun verstummte der Mann und ging auf Jost zu, packte ihn beim Kragen und wollte ihn geradewegs wieder auf die Gasse bringen, als der seine Faust öffnete und ein paar Silberlinge zeigte: „Ein freundliches Haus ist das gerade nicht, was mir da empfohlen wurde!" Der Wirt setzte ihn ab und Jost tippte mit dem Finger an seine Stirn und ging hinaus. Verblüfft schaute der Mann hinter ihm her, während die Magd vorsichtig um die Ecke schaute: „Ist er weg?" „Was war das denn?" antwortete der Wirt. „Der sah überhaupt nicht danach aus, als hätte der auch nun einen Groschen bei sich. Und dann zeigt der mir zwei Silberlinge! Was hat der gewollt? So ein kleiner Wicht mit Silberlingen? Das wird ein Taugenichts gewesen sein!" Dann tröstete er sich damit, dass er diese beiden Silberlinge nun doch nicht sein eigen nennen konnte: „Es waren einfache Blechplättchen! Ein Falschmünzer wird ihn beauftragt haben." Er wandte sich an seine Magd: „Hast du nicht seine Kerbe im Ohrläppchen gesehen? Ein Schlitzohr war es. Beim nächsten Mal achtest du darauf! Und nun mach dich wieder an den Flecken auf dem Boden, die ersten Kaufleute werden gleich ihr

Frühstück haben wollen!" Mürrisch drehte er sich um und ging zurück in seine Stube. Jost rannte derweil in die nächste Schänke, wo er anders begrüßt und auch endlich etwas zu essen und zu trinken bekam. Als der Wirt den leeren Humpen und seinen Holzteller abgeräumt hatte, kramte er den Lederbeutel unter seinem Kittel hervor. Dabei spürte er in den Augenwinkeln die gierigen Blicke seiner Mitmenschen. Er hatte gerade eine silberne Münze auf die Tischplatte gelegt, als der Wirt zur Seite gestoßen wurde und man ihm den ganzen Beutel vom Hals reißen wollte. Schnell hielt er mit der Linken sein Geld fest, zückte gleichzeitig mit der anderen Hand den Dolch und hielt ihn warnend gegen den Angreifer. „Seid Ihr toll? Bin ich unter Gaukler geraten? Warum versucht Ihr Euch als Beutelschneider? Ich schulde Euch doch nichts!" Während er das sagte, lockerte der Mann seinen harten Griff und schaute erstaunt auf seine Waffe: „Wo hast du den Dolch her?" wollte er wissen und setzte sich voller Ehrfurcht neben ihn. „Er gehört mir! Das sollte reichen und nun trollt Euch!" Die umstehenden Leute gingen murrend auseinander. Der Wirt kam von der Theke zurück, sah den erwachsenen Grobian vorwurfsvoll an und gab dem Kleinen sein Wechselgeld zurück. Der fremde Mann saß immer noch neben ihm und schaute ihn fragend an. „Seid Ihr des Grafen Sohn?" Jost schaute ihn an und wusste sofort, dass jede Antwort falsch wäre, denn er hatte einem Sterbenden diesen Dolch, samt seinem Geldbeutel entwendet. Sie mussten die Waffe wiedererkannt haben. Er drehte sich zu ihm und schaute ihn an: „Was meint Ihr denn, wer ich bin?" Allem Anschein nach wurde er für einen anderen gehalten. Er wurde verwechselt. „Ihr seid es! Die Augen, der Blick! Warum habt Ihr Euch nicht zu erkennen gegeben?" Jost hob die Schultern, denn er wollte sehen, wie weit der Fremde das Spiel noch treiben würde. „Weiß Euer Oheim schon, dass Ihr im Lande seid?" Jost schüttelte den Kopf: „Niemand weiß von mir!" sagte er und damit hatte er gewiss nicht gelogen. Er musste Zeit gewinnen. Zeit für die wichtigen Fragen, denen er sich jetzt stellen musste. Wie hieß der andere, welchen Stand hatte er und wurde er nur mit ihm verwechselt, weil er im Besitz des Dolches war? „Der Herr Graf wird sehr froh darüber sein, dass Ihr noch unter den Lebenden weilt. Man trachtet Euch nach dem Leben, müsst Ihr wissen!" Er hatte noch viel zu lernen, wenn es sich bei dem kleinen Jungen, mit dem man ihn verwechselte, wirklich um einen Grafensohn handeln sollte.

„In zwei Tagen fahren wir zurück zur Veste Eures Oheims. Ich steh in seinen Diensten." Er kam vertraulich etwas näher und murmelte leise: „Das mit dem Geld eben, das dürft Ihr nicht so ernst nehmen, das war Spaß!" Jost blieb hart und zweifelte seine Worte an und genau das hatte eine durchgreifende Wirkung, denn jetzt flehte er ihn sogar an: „Sagt Eurem Onkel nichts davon, er könnte den Scherz, den ich mit Euch wegen des Geldbeutels machte, falsch verstehen, denn ich treibe seine Steuern ein und er reagiert sehr empfindlich, wenn es um Taler, Dukaten und Groschen geht." Schnell wechselte der Mann das Thema: „Er hat von Eurer Geburt erst vor einem Jahr erfahren." Jost nickte und grübelte darüber nach, was der Dolch mit dem Bärtigen und dem kleinen Junker im Wald zu tun hatte. Er kam zu keinem Ergebnis. „Wir begleiten Euch natürlich zur Veste! Wo sagtet Ihr, hält sich Euer Begleiter auf? Ich habe ihn hier nicht gesehen." Jetzt verstand Jost. Die beiden Gemeuchelten waren auf dem Weg zum Grafen, als sie von Wegelagerern überfallen und getötet wurden. Erst später würde Jost erfahren, dass es ein Komplott gegen die Familie gewesen war, um den Erben aus dem Weg zu räumen. Nun rutschte er unversehens in die Identität des getöteten Junkers. Wenn es auffiel, so war er des Todes. „Wohl denn, Ihr habt neue Kunde?" Der Herzog saß an der Stirnwand, seine Männer flankierten ihn an der Tafel im Rittersaal. Über ihm hingen die Wappen seiner Ahnen. Gekreuzte Hellebarden, Schwerter und Lanzen bedeckten die restlichen Wände. Drei staubbedeckte Männer waren soeben aus der Stadt zurückgekommen. Ihr Anführer berichtete: „Ein Barde erzählte uns von einem alten Weib, das zu Reichtum und Ehre in der Stadt gekommen ist. Ihre wahre Herkunft soll angeblich bei den Nachbarn nicht bekannt sein. Trotzdem haben sie und ihre Begleiter es verstanden, einen braven Wirtsmann zu verwirren, sogar um den Verstand zu bringen." Dann fuhr er mit seiner Rede fort: „Eine Hexe muss es sein, denn der Mann hatte kein eignes Weib und verstarb, als nur sie alleine bei ihm war. Man munkelt, dass sie sich vor der Obrigkeit in der Schänke des arglosen Wirtes versteckt hatte. Nun führt sie als niederes Weib die Geschäfte, da sie mit Satanus Unterstützung ihr Erbe erschlichen hat. Unsere Männer wollten das näher erkunden und haben sie eindeutig wiedererkannt! Sie ist Eure Leibeigene Alwine, das entflohene Weib des Rudger. Das war dieser Nichtsnutz, der es gewagt hatte, Euch seinen Balg zu bringen. Erinnert Ihr

Euch noch an ihn?" Der Herzog erhob sich von seinem Ledersessel. Endlich würde er ein Exempel statuieren können. Zum Narren und Gespött hatte sie ihn gemacht. Als seine Männer den Hof erreichten, waren alle schon geflohen. Jetzt verstand der edle Herr: „Sie wurde von Luzifer in die Stadt gebracht! Deshalb konnten wir sie nicht finden! Sie steht mit ihm im Bunde!" Er bekreuzigte sich. „Wir müssen den Stadthalter warnen, denn sie wird weiter ihrer Hexerei nachgehen. Sagt im Kloster Bescheid. Ein Mönch soll uns begleiten. Wir werden den Prozess hier auf der Veste gegen sie durchführen. Sie muss verbrannt werden. Da sie Leibeigene war und damit mein persönliches Eigentum, so verfällt ihr Hab und Gut als Ersatz für das Lehn an mich. Bereite alles vor. Wir brechen auf, sobald wir kirchlichen Beistand bei uns haben." Der Bote hob noch einmal seinen Arm, um das Wort erteilt zu bekommen. Wiederwillig schaute ihn der Herzog an: „Was denn noch? Ihr habt für die Dienste einen Gulden erhalten. Versucht nicht, noch mehr zu fordern, ich warne Euch." Der Mann blieb hartnäckig und ließ sich durch die Worte nicht einschüchtern: „Das ist es nicht, edler Herr. Ihr könnt nur der Inquisition nicht vorgreifen und vorweg bestimmen, was zu geschehen ist. Bei einer Verurteilung verfällt ihr Erbe an die Kirche, wegen der Prozesskosten und . . . . . " Weiter kam er nicht, denn nun bekam das Gesicht des Herzogs einen gefährlichen, finsteren Ausdruck. Er zeigte zur Tür und seine Ritter gehorchten. Mit gekreuzten Hellebarden versperrten sie ihnen den Ausgang: „Schmeißt sie ins Angstloch! Alle drei. Ich dulde keinen Widerspruch. Aus meinen Augen, geht!" Die Männer ergriffen die drei Boten, trotzdem schrie ihr Anführer laut durch den Saal: „Tyrann! Ihr seid ein machthungriger, gieriger . . ." Ein Faustschlag brachte endlich Ruhe und der Herzog rief genau so erbost zurück: „Bringt ihn und die Seinen zum Schweigen. Reißt ihnen die Zungen heraus, bevor sie ins Loch gestoßen werden! Ich will endlich meine Ruhe haben, vor diesem Pöbel!"

Grausame Selbstjustiz

„Unser Prior weist ausdrücklich darauf hin, dass wir erst die Ankunft von Bruder Garibaldus abwarten müssen. Er alleine ist offizieller Inquisitor. Von Rom geschickt, weilt er im Augenblick im Frankenland. Wir können die Beschuldigte zwar vorladen, aber Gericht werden wir nicht über sie halten können. Es bedarf einer genauen Beachtung der Schrift, die nur unser Bruder versteht und zu deuten weiß. Uns fehlt dazu die Berufung." Der Herzog hatte dem Mönch schmunzelnd zugehört und lachte nun laut auf. „Ich weiß, wie man mit solch einem niederen Pack umzugehen hat, dazu benötige ich kein Pergament, das mir erklärt was Recht und Unrecht ist! Geht wieder in Euer Kloster zurück und bestellt dem Prior, dass ich, dank der Macht meines Amtes, das Gesetz bin und handeln werde, wie ich das in diesem Fall für notwendig erachte. Sattelt die Pferde, wir reiten in die Stadt." Der fromme Mann bekreuzigte sich und murmelte leise: „Wer ist hier der Satanus, Herr?" Dann raffte er seine Kutte und lief, vom Gelächter und Gespött der Ritter begleitet, über den Hof zurück in das Kloster. Derweil wurden schon die Vorbereitungen getroffen, das Vorhaben des

Herzogs so schnell als möglich in die Tat umzusetzen. Der vergitterte Kastenwagen war schon angespannt und die begleitenden Ritter saßen in ihren Sätteln. Unruhig schnaubten die Rösser, die nur mit der Gewalt der Sporen und des Zaumzeugs daran gehindert werden konnten, dass sie zu früh los galoppierten. Jetzt betrat der Herzog das obere Portal und schritt ehrwürdig die Steinstufen herab. Prunkvoll hatte er seinen Umhang aus feinstem Hermelin an und trug an der ledernen Kappe sein Wappen. Zweifellos wollte er damit Eindruck schinden. Er bestieg sein Ross und gab das Zeichen zum Aufbruch. Der Tross setzte sich in Bewegung und das Unheil nahm seinen Lauf. In der Stadt wähnte sich derweil die Wirtin sicher. Die Schänke war, wie in der letzten Zeit fast an jedem Wochentag, voll bis zum letzten Platz. Vielleicht lag das auch daran, dass es sich mittlerweile in der ganzen Stadt herumgesprochen hatte, dass die neue Wirtin immer noch keinen festen Mann an ihrer Seite hatte. Sie war von Anfang an zu jedem Gast gleich höflich gewesen und machte gerade dadurch manchem lüsternen Kerl unerfüllte Hoffnungen. Es war später Nachmittag, als die Männer des Herzogs plötzlich in das Wirtshaus kamen und sofort anfingen, die Gäste zu belästigen. Als Alwine die Unruhe hörte, kam sie aus der Küche und verschaffte sich mit lauter Stimme Gehör. „Ruhe! Setzt euch, sofern Platz ist, aber lasst meine Gäste in Frieden! Ich kann auch die Stadtgarde rufen lassen. Solche Pöbeleien sind wir hier nicht gewohnt!" Jetzt betrat der Herzog die Stube und rollte ein Pergament vor seiner Brust aus: „Weiß einer der Anwesenden, wo ich Alwine finden kann? Alwine die Hexe?" Stühle fielen um und ein Raunen ging durch die Schänke. Das war die schlimmste Anschuldigung, die einem zu jener Zeit widerfahren konnte, mit einer Hexe in Kontakt gewesen zu sein. Deshalb entstand auch sogleich unter ihren Gästen ein Getümmel. Ohne ihre Zeche zu bezahlen, rannten sie ins Freie und wurden dabei von den Soldaten des Herzogs großzügig unterstützt. Der Tumult dauerte nicht sehr lange und als sich nur noch die Soldaten des Herzogs um ihren Herrn versammelt hatten, erkannte die Wirtin ihren Erzfeind sofort am Wappen, welches auf die lederne Kappe genäht war. Hatte er sie also doch endlich gefunden! Alwine fasste all ihren Mut zusammen: „Innerhalb der Mauern habt Ihr keine Rechte! Geht und bringt im Zeughaus Euer Anliegen vor und dann begebt Euch zurück in Eure Veste!" Der Herzog lächelte und machte dem Stadtvogt Platz, der hinter ihm gewartet hatte. „Ich hatte keine Wahl! Im Wagen wartet der Inquisitor der Kirche, so hat er uns versichert. Wir müssen Euch an ihn ausliefern. So sagt es das Kirchengesetz. Aber habt keine Angst. Wenn Ihr unschuldig seid, so ist Euch die Freiheit gewiss!" Die Wirtin hatte die Willkür des Herzogs als Bäuerin erlebt. Noch einmal wollte sie sich nicht überlisten lassen, ohne sich gewehrt zu haben. Sie drehte sich schnell um und rannte in die Küche. Mit einem Schüreisen kratzte sie die glimmende Glut aus der Feuerstelle und schüttete alles in einen Blecheimer. Schon flog die Tür auf und die Häscher wollten ihrer habhaft werden. Mit einem gekonnten Schwung warf sie den glühenden Inhalt der anstürmenden Meute entgegen und sprang aus dem Fenster ins Freie. Genau das hatte der Herzog von ihr erwartet, denn vor dem Haus wartete er mit zwei Soldaten, die sofort über das Weib herfielen. „Last noch etwas Leben in ihr. Ich will sie schreien hören, wenn die Flammen an ihrem Körper lecken und ihr Leben in Rauch aufgelöst in den Himmel steigt! In die Karre mit ihr, holt meine Männer zusammen, wir reiten zurück!" Alwine schwanden die Sinne. Harte Schläge und Tritte hatten sie sehr schnell in eine erlösende Ohnmacht versetzt, die jedoch abrupt endete, als sie im Hof der Veste angekommen waren. Von einem Abgeordneten der Kirche, dem Inquisitor gar, war weit und breit nichts zu sehen. Der Herzog hatte diese List angewandt, um innerhalb der Stadt ein leichtes Spiel mir ihr zu haben. Angekettet an dem Holzpfahl, der mittig in einem Haufen von Reisig stand, war sie soeben mit einem Kübel Wasser wieder ins Hier und Jetzt zurückgeholt worden. Sie spürte ihre Beine nicht mehr und der rechte Arm schmerzte so sehr, dass sie sofort losschrie. Der Herzog saß auf einem Podest, nahm einen kräftigen Schluck aus seinem Lederbecher und gierte mit glänzenden Augen auf das arme Weib, das ohne Anhörung dort noch am gleichen Abend als brennende Fackel den Innenhof beleuchten sollte. Die Burgbewohner hatten schon so mache Grausamkeit ihres Burgherrn ertragen müssen, aber das war eindeutig zu viel. Erst murmelten ein paar Diener und Mägde leise immer wieder monotone Sätze, die mehrstimmiger wurden und bald war die Forderung der Bediensteten nicht mehr zu überhören: „Lasst sie frei! Lasst sie frei!" Wütend über so dreiste Rufe kamen die Ritter sofort der Forderung des Herzogs nach und räumten den gesamten Hof. Alwine `s Schreie waren verstummt. Ihr Kopf war zur Seite

57

geneigt. Ihre Augen waren geschlossen. Die schmerznehmende Ohnmacht hatte sie gnädiger Weise wieder aufgenommen. An ein Entkommen war nicht mehr zu denken, denn nun sprang der Herzog selbst zum Scheiterhaufen, entzündete zwei Fackeln in dem Feuerkorb, der seitlich an der Mauer stand und schob die brennenden Lunten mittig in den Reisig Haufen. Schon krochen gierig die qualmenden Säulen, schlangengleich an dem Pfahl und somit auch an dem Weib empor. Wäre zu diesem Zeitpunkt noch Leben in ihr gewesen, sie wäre an dem dichten Rauch spätestens jetzt jämmerlich erstickt. So griffen die Flammen nach ihren zerrissenen Kleidern, Funken sprühten und bald schlug die grelle Lohe hoch über die Mauern und von weitem sichtbar fraß die Höllenglut den aufgeschichteten Haufen, samt allem, was sich darauf befand. Alwine hatte ihr Bewusstsein nicht widererlagt. Sie war nun wieder mit ihrem Mann vereint. Enttäuscht darüber, dass keine angstvollen Schreie zu hören waren, warf der Herzog wütend seinen Sessel um und ging die Treppe hinauf, ohne sich noch ein einziges Mal zu der ächzenden Feuersbrunst umzuschauen. Im Kloster, außerhalb der Veste waren die hell flackernden Gebäude im Innenhof gut zu erkennen. „Er wird das nicht gewagt haben!" sagte der Prior angstvoll. Neben ihm stand sein Sekretär, der ihn noch am Vormittag vor den Folgen gewarnt hatte. Sie schauten beide zum Fenster hinaus und beteten. Als der Prior seine bittenden Worte beendet hatte, musste er erkennen, dass er diesen Herzog in seinem Wahn unterschätzt hatte. Sein Mitbruder sagte das, was sie beide jetzt dachten: „Ich fürchte, Luzifer hat endgültig von ihm Besitz ergriffen und das unschuldige Weib wirklich verbrannt. Er schert sich um Niemanden. Kein Gesetz kann ihn mehr stoppen. Er ist zu einer echten Gefahr geworden, zu einem wilden Tier, das sich anmaßt Schöpfer zu spielen. Es ist eine Frage der Zeit, Bruder Prior, wann er auch vor unserem Kloster und dem christlichen Glauben keinen Halt mehr macht. "

Sein Weg zum Ritter

Da niemand den kleinen Grafensohn in diesen südlichen Breiten jemals zu Gesicht bekommen hatte, genügte alleine der Besitz des Dolches, der den gekrönten Fisch als Wappen der Grafen aus der Mark Schleswig trug. Das war Beweis genug für die adeligen Herren, die so lange auf den einzigen, überlebenden Erben gewartet hatten und der just in dem Augenblick aufgetaucht war, als sie die Ankunft des Knaben erwartet hatten. Jost erfuhr durch sein geschicktes Schweigen, dass er sich nun auf der Veste des Grafen Balduin vom Grund in Speyer befand. Die grün-roten Fahnen hatten dasselbe Wappen, das auch den Knauf seines gestohlenen Dolches trug. Der Burgherr war der kinderlos gebliebene, jüngere Bruder des verstorbenen Siegurt von Schleswig. Man wusste hier bei Hofe von dem angekündigten Erben nur sein ungefähres Alter und den Namen Sigebert von Schleswig, Sohn des Siegurt. So wurde er nun durch die schicksalhafte Verwechslung auch gerufen. Er kam als Page sofort unter die Fittiche der gutmütigen Gräfin, die er nun Tante Lioba nennen musste. Sie war sehr freundlich zu ihm und hatte die Aufgabe, ihm höfisches Verhalten und die Tischsitten beizubringen.

Die sieben Jahre die er, wie ein jeder Page, lernen musste, waren schnell vergangen, ohne dass sein Schwindel aufgefallen war. Es war auch wider Erwarten kein weiterer, gefürchteter Anschlag auf sein Leben gemacht worden. Der gütige Mantel des Vergessens schien die Vergangenheit endgültig zugedeckt zu haben. Es gab keine Zeugen, die den wahren, jedoch gemeuchelten Jüngling gekannt hatten und Jost, der nun Sigebert genannt wurde, fügte sich gerne in sein neues Leben. Oft dachte er jedoch, wenn er abends alleine war, an seine arme Mutter, die jetzt den Lehn Hof zu bewirtschaften hatte. So dachte er damals wirklich, denn eine andere Kunde hatte er nicht. Eines Tages würde er zurückkehren und sie aus dem Elend herausholen, um ihr ein schöneres Leben zu bereiten. Nachdem er weitere sieben Jahre an einem befreundeten Hof in Sachsen als Knappe gedient hatte, wurde er dort, im Alter von nunmehr neunzehn Lenzen zum Ritter geschlagen und verließ die Veste, um sich im Tjost und Buhurt auf den Turnierplätzen des Landes mit ebenbürtigen Recken des Landes zu messen und sich als Ritter zu beweisen. Oheim Balduin bekam regelmäßige Kunde vom Erfolg seines „Neffen". Barden besangen seine Kühnheit und Minnesänger schwärmten von seiner anmutigen Gestalt. Er war mit Recht sehr stolz auf den jungen Ritter. Niemals dürfte er erfahren, dass Jost nicht der wahre Erbe war, der vor vielen Jahren mit seinem beschützenden Begleiter gemeuchelt wurde und sicherlich schon lange im Wald vermodert lag.

Das gewonnene Gestech

Alle edlen Herren waren zusammen gekommen, um dem Spektakulum auf den Festwiesen der Ortschaft beizuwohnen. Eine ganze Woche hatten die Wettkämpfe gedauert und gar manch tapferer Recke verlor nicht nur die Zweikämpfe, sondern damit auch sein Ross und die ganze Habe an den Sieger. Der Herzog vom Turnierplatz zurückgekehrt.

In der Schänke seiner Veste ging es nun hoch her! Hatte doch der Ritter bei ihm Einkehr gehalten, der Buhurt und Tjost mit viel Mut für sich entschieden hatte. Es war ein Fremder, der sich jedoch sehr gut hier in der Gegend auszukennen schien. Das war auch der Grund dafür, dass seine eigenen Ritter ihn unheimlich fanden. Die Weiber bewunderten den stattlichen, jungen Mann, der so gar nicht in das Bild eines mutigen Raufbolds passen wollte. Unverletzt aus einem so wüsten Durcheinander zu kommen, war alleine schon wert, dass man ihn beachtete. Von anmutiger Gestalt glaubte man eher an einen Schöngeist, der dem Minnesang frönte, als einer, der sich zwischen den Schranken so tapfer geschlagen hatte. Edle Frauen bedrängten ihn und so hatte er sich in die Schänke geflüchtet, da es den vornehmen Damen nicht gelüstete, ihn dorthin zu begleiten. Jeder Page und Knappe hatte Fragen und als er seine Ruhe haben wollte und den Wirt nach einem Quartier fragte, ging ein enttäuschtes Raunen durch die Stube.

„Meine Flora wird Euch das beste Zimmer zeigen, das ich habe! Nur für so edle Gäste, wie Ihr, Herr!" Mit übertriebener Verbeugung ging der gebrechlich scheinende Mann zurück in die Küche. Sofort kam seine Tochter, sengte den Kopf und ging wortlos, das flackernde Licht hinter sich auf dem Rücken haltend, die steile Stiege empor. Dabei achtete sie streng darauf, dass ihr bodenlanges Kleid nicht unzüchtiger Weise zu unerlaubten Blicken verführen möge. In der Dachkammer angekommen, bot sich dem Gast eine unerwartet, freundliche Stube. Das Bett war mit weißen Tüchern bezogen und nur wenig Stroh lugte neugierig unter dem Stoff hervor. Der hölzerne Rahmen des Fensters war geöffnet und eine frische Brise wehte herein. Zur anderen Seite sah er eine offene Feuerstelle mit aufgeschichtetem Holz, bereit für eine wärmende Nacht, wenn er die Schlagladen fest vor das Fenster verschlossen hatte. Vor dem Tisch standen zwei hölzerne Sessel, die zum Ausruhen einluden. Mit einem Knicks wollte die Maid zurück zur Tür, denn sie kannte die gewöhnlichen Manieren der meist betrunkenen Mannsbilder zur Genüge aus der Schankstube. „Flora wirst du gerufen?" der junge Ritter legte sein Schwert auf das Bett und drehte sich zu ihr herum. Die Maid nickte, hielt ihren Kopf jedoch so tief, dass er ihr Gesicht nicht sehen konnte.

Alt war sie nicht, denn die Stimme klang jung und frisch. „Ich kannte einmal eine Flora, die hier in der Veste als Magd arbeitete", sagte er und zum ersten Mal schaute ihn das Mädchen erstaunt an. „Hier?" stotterte sie. „Wann war das?" Der Ritter seufzte, denn damit kam auch die Erinnerung an seinen Vater wieder hoch. „Was ist Euch, Herr?" Flora stand schon halb in der Diele und kam nun doch noch einmal zurück in die Stube und im flackernden Schein erkannte er eindeutig das mutige Weib wieder, das ihm vor fünfzehn Lenzen zur Flucht verholfen hatte. „Jost!" sagte er und fügte hinzu: „Man nannte mich damals noch Jost. Ich werde wiederkommen, wenn ich groß bin! So haben wir uns verabschiedet, erinnerst du dich?"

Flora taumelte, griff an den Tisch und ließ sich, ohne zu fragen auf einem Sessel nieder. „Der kleine Blondschopf! Ein Segen! Hast du, habt Ihr es also doch geschafft!" Jost legte den Arm auf ihre Schulter. „Wer sich in einer so schlimmen Zeit kennen lernt, der bleibt bei seinem Wort. Sprich mich nicht so förmlich an, wenn wir alleine sind. Nur um eines muss ich dich bitten. . . " Er machte eine kurze Pause: „Flora, gib acht! Mein Name ist heute Sigebert. Sigebert von Schleswig. Vergiss Jost!" Die Dirn zog ihre Stirn in Falten: „Bist du . . . seid Ihr meinetwegen gekommen, oder dürstet es Euch nach Rache für die Schmach Eures Vaters?" Jost saß auf der Bettstall, zitterte ein wenig und vergrub sein Gesicht. Bloß nicht weinen! Nicht vor der Magd! Doch er konnte die Tränen nicht zurückhalten. Flora stand auf und wollte zu ihm, doch zögerte sie noch, denn er war die Antwort schuldig geblieben. Verlegen wischte er sich mit dem Ärmel durchs Gesicht und flüsterte leise: „Beides! Ich will dich näher kennenlernen und mich mit dem Herzog unterhalten! Aber das muss gut durchdacht sein, denn wenn er erfährt, dass ich sein Leibeigener war, so ist mein Leben dahin. Oheim Balduin ist so froh, dass er mich hat . . . es würde ihm das Herz brechen." Jetzt ging sie zu ihm, setzte sich und schaute ihn an: „An alles hätte ich gedacht, an alles. Aber nicht daran, dass Euch die Flucht tatsächlich gelingen würde!" Jost schüttelte den Kopf: „Dass dir die Flucht gelingt! Du! Wie du siehst, ja, wirklich! Es hat geklappt. Ich bin sogar zum Ritter geschlagen worden, das war der damalige Wunsch meines Vaters, aber das es für einen Sterblichen wie mich möglich gewesen wäre, ein richtiger Graf zu werden, das hätte ich anfangs auch nicht gedacht!" Ein lautes Rufen unterbrach ihr Reden und Flora sprang auf, sortierte ihren langen Rock und ging zur Tür, denn ihr Vater verlangte nach ihr. „Verrat mich nicht, Flora. Keiner darf wissen, wer ich wirklich bin!" Die Maid nickte und ging.

Leise fiel die Tür hinter ihr ins Schloss. Jost entkleidete sich bis auf den groben, wollenen Kittel, der ihn nun knietief bedeckte.

Aus seinem mitgeführten Bündel nahm er den vertrauten Dolch und legte ihn unter sein Kopfkissen. Das Schwert zog er aus der Scheide und stellte es am Kopfende neben sich. Dann legte er seine Kleidung geordnet auf einen der Sessel am Tisch. Den anderen hölzernen Sitz stellte er so gegen die Tür, dass es unmöglich war, hereinzukommen, ohne ein polterndes Geräusch zu verursachen. Dann erst ließ er sich auf der Bettstall nieder: „Gut sieht sie aus, ob sie einen Verehrer hat?" mit diesen Gedanken träumte sich der junge Ritter in den wohlverdienten Schlaf. Am nächsten Morgen hockte er nach dem eingenommenen Frühstück die ganze Zeit mit Kilian, dem Vater von Flora zusammen in der hinteren Ecke der

Schankstube. Sie wusste nicht, woher sich die beiden kannten und was sie so lange und intensiv zu besprechen hatten. Verwundert musste sie nach zwei Tagen von ihrem Vater erfahren, dass sie den „fremden" Ritter zu dessen Veste begleiten würden. Flora verstand nichts von dem, was sich da hinter ihrem Rücken abgespielt hatte. Wieso erfuhr sie das erst jetzt? Und warum ausgerechnet mit dem Junker, der ihr allem Anschein nach den Kopf verdreht hatte, denn sie spürte das Kribbeln der keimenden Minne, die ihre Sinne verwirrte, seit er sich an diesem ersten Abend zu erkennen gegeben hatte. Dieser kleine Blondschopf! Dieser Jost! Das der jemals lebend wieder zurückfinden würde, das hätte sie niemals zu glauben gewagt.

„Ist er noch in der Veste? Ich will ihn an meinem Hof! Er hat mehr Mut bewiesen, als alle Recken, die je in meinen Diensten standen. Weiß einer, woher er ist oder kennt jemand seinen augenblicklichen Verbleib?" Unsicherheit machte sich unter den Rittern breit. Die anwesenden Recken murmelten leise vor sich hin. Keiner von ihnen wollte diesen Junker hier am Hof wissen, denn sie spürten immer noch seine wuchtigen Hiebe mit der zweischneidigen Franziska und dem Streitkolben vom Kräftemessen. Das lag jetzt fast eine Woche zurück. Auch die eisernen Schutzschilde hatten sie nicht vor den Blessuren schützen können und einige von ihnen waren immer noch beim Bader, der die blau verfärbten Glieder gesalbt und ihre Knochen wieder eingerenkt hatte. Da erklang eine helle Stimme. „Herr, er nächtigt seit ein paar Tagen in der Schänke neben der Schmiede!" rief keck zum Unmut aller, der Knappe in die Runde, der sich noch am gestrigen Abend lange mit dem Fremden hatte unterhalten können. „So weiß er mehr, als alle meine Tölpel, die vom Wein aufgeschwemmt, sich dermaßen verprügeln ließen. Wenn du also weißt, wo er ist, so geh nun und führe ihn sogleich zu mir! Ich werde ihm ein gutes Angebot machen!" Der vorwitzige Junker musste nun die Rüpeleien der Ritter ertragen, die nicht sonderlich daran interessiert waren, den wagemutigen Gewinner der Tjost hier noch länger in der Runde zu sehen. Der Herzog merkte sofort, dass sich ein Komplott anbahnte und rief seinen Recken warnend zu: „Sein Können, sein Mut und sein Gewinn vor ein paar Tagen waren redlich erstritten. Wage es niemand von euch, sich seiner zu bemächtigen. Er steht unter meinem persönlichen Schutz! Und nun lasst mich alleine!" Murrend gingen die Männer aus dem

Saal. „Dieser dahergelaufene Ritter hat noch nicht einmal einen Knappen, der seinen Weg begleitet. Soll er doch zurück an seinen Hof reisen, was will er hier? Wieso war es ihm überhaupt gestattet, mit schwarzer Rüstung und dem Schild ohne allseits bekanntem Wappen zu dem Kräftemessen anzutreten? Kennt einer von euch dieses Bildnis eines springenden Fisches mit dreizackiger Krone? Die Fantasterei eines betrunkenen Malers! " Die Gerüchte brodelten und man versuchte, Zwietracht zu streuen, ungeachtet der mahnenden Worte des Herzogs. In der Zwischenzeit war der Knappe schon an der Schänke und pochte gegen die Tür: „Aufmachen, im Namen des Herzogs, macht die Tür auf!" Flora öffnete die kleine Holzklappe in Augenhöhe: „Schreit nicht so herum. Unser Gast, der Graf schläft noch!" Sie flüsterte und war redlich darum bemüht, nicht noch mehr Lärm zuzulassen. „Was wollt Ihr?" Flora schaute sich um, doch alles blieb in den oberen Räumen still. „Um ihn geht es! Der Herzog verlangt nach ihm! Er will ihn unbedingt sehen, jetzt sofort. Er will ihm . . . . . " weiter kam er nicht, denn Jost kam soeben die hölzerne Treppe herunter und hatte die letzten Worte des Knappen vernommen: „Was will dein Herr von mir?" Der Junge schaute hektisch durch die Klappe an der Dirn vorbei in die Stube: „Soweit ich das vernehmen konnte, so will er Euch in seine Dienste nehmen, Herr Graf. Ich soll Euch zu ihm bringen!" Jost schaute Flora an und erwiderte: „Bestell deinem Herrn, dass ich zu ihm komme, sobald ich mich gestärkt und entsprechend gekleidet habe. Und nun geh und lass deinen Herrn nicht länger warten." Während der Bote noch mit offenem Mund vor der Tür stand, ließ Flora die Klappe fallen und schob den kleinen Riegel wieder davor: „Aber du bist doch schon angezogen und gestärkt. Was soll die falsche Rede? Verbirgst du etwas?" Jost hüpfte auf den Tisch, nahm sie bei der Hüfte und setzte sie auf seinen Schoß. „Hat dein Vater schon mit dir gesprochen?" Flora schaute ihn an: „Er sagte nur, dass wir dich begleiten! Aber wo liegt deine Burg?" Jost ließ sie wieder frei, gab ihr einen Klaps auf den Po und stand wieder auf, ihre Frage beantwortete er nicht. „Dein Vater ist reisefertig. Wir nehmen den Wagen. Eil dich, lange werden wir den Herzog nicht hinhalten können!" Flora fühlte sich übergangen, denn Jost hatte schon alles mit dem Wirt, ihrem Vater besprochen. Kilian war ein guter Freund des Lehnbauern Rudger gewesen und schon am ersten Abend hatte er am Verhalten, den

Bewegungen und an der Gestik des Junkers in ihm den alten Weggefährten wiedererkannt. Bei einer Kanne Bier hatte sich Sigebert dem treuen Wirt offenbart und dann war der Entschluss schnell gefasst, ihn mit auf seine Veste zu begleiten, denn auch er war bei dem Herzog in Ungnade gefallen. Es war also eine Frage der Zeit, wann der Burgherr seiner überdrüssig werden, ihn verhaften und Flora als Mätresse in sein Bett zwingen würde. Jetzt ging alles sehr schnell. Bald darauf saß die Dirn neben ihrem Vater vorne auf dem Ochsenkarren. Sie hatten wenige Habseligkeiten eingeladen und fuhren hinter dem Ritter und seinem Packpferd auf das Tor zu. Aus gut zwanzig Schritt Entfernung rief ihnen ein Wachsoldat zu: „Wolltet Ihr nicht der Unterredung unseres Herzogs beiwohnen?" Jost hielt weiter auf das geöffnete Tor zu, so als hätte er die fragenden Worte nicht vernommen. Die Kunde schien sich schon unter den Soldaten verbreitet zu haben. Der Soldat wurde ungehalten und wiederholte seine Frage, als Jost seine Rösser zur Seite bewegte, um dem rollenden Wagen des Wirtes mit seiner Tochter Platz zu machen. Er wartete absichtlich, bis sie mit dem Fuhrwerk den gepflasterten Weg ins freie Feld genommen hatten. Nun stellte er sich im Sattel auf und antwortete: „Der Herzog wollte schon, dass ich ihn aufsuchen sollte, aber ich war heute nicht so recht in Stimmung, mir die Lügen eines Tyrannen anzuhören. Bestellt ihm, dass es unter meiner Würde ist, einem unehrenhaften Mann zu Diensten zu sein. Ich bin mein eigner Herr. Auf geht's! Los jetzt!" Die letzten Worte hatte er mit einem Schenkeldruck und dem Lockern der Zügel begleitet. Seine treuen Vierbeiner trabten los und nahmen die Verfolgung des Wagens auf. Der Wachsoldat war irritiert. Er konnte unmöglich die genauen Worte des Ritters an seinen unberechenbaren Herrn weitergeben. Hätte er die Leute daran hindern sollen, die Veste zu verlassen? Seine Männer schauten ihn erwartungsvoll an. Er reagierte, wie ein trotziges Kind, dass bei einer Lüge ertappt worden war. „Auf die Mauer, voran ihr faulen Hunde. Was gafft ihr denn so? Habt ihr nicht den Auftrag unseres Herrn, nach Fremden Ausschau zu halten?" Er ging in den Wach Raum und schlug unwirsch die schwere Bohlentür hinter sich zu. Dann nahm er den Krug, gefüllt mit rotem Wein und schüttete einen Teil des Inhaltes in seinen Becher. Schwer ließ er sich in den breiten Holzsessel fallen und stillte gierig seinen Durst. Wohltuende Wärme breitete sich in seinem

Innersten aus: „Ich habe ihn überhaupt nicht fortreiten sehen!" flüsterte er immer wieder, um sich diese falsche Antwort fest einzuprägen. Er sprach mit sich selber und suchte nach Worten, die er dem Herzog entschuldigend sagen würde. „Ich war hier in der Stube, Herr! Man hat ihn durchs Tor gelassen, ohne mich zu fragen!" Oder vielleicht: „Die Soldaten wunderten sich, dass Eure Unterredung so schnell und fruchtlos endete!" Nein, den Satz musste er sich ersparen, denn der konnte falsch verstanden und ihm übel ausgelegt werden. Er entschloss sich dazu, nichts zu wissen, nichts gesehen zu haben. „Ich bin die gesamte Zeit hier in der Stube gewesen und habe meine Waffen geschärft." Er setzte sich und nahm sein Schwert und den Wetzstein. Sollte auch nur ein einziger Soldat etwas anderes behaupten, so würde er sie mit seiner Knute zum Schweigen bringen und alles abstreiten.

„Ich muss dir noch etwas Wichtiges sagen, Sigebert!" Ängstlich, fast ein wenig hilflos schaute sie dabei ihren Vater an, denn sie hatten schnell bemerkt, dass Jost den alten Versorgungsweg eingeschlagen hatte, der zum ehemaligen Lehn Hof führte. Er musste jetzt in seiner augenblicklichen, freudigen Erwartung und Euphorie unbedingt davon abgehalten werden. Der junge Ritter drehte sich im Sattel um und lächelte: „Könnt ihr euch denn nicht vorstellen, dass ich auch meine Mutter abholen werde? Wie sie wohl all die Jahre erlebt hat, ohne Vater!" Beide befanden sich in einer Zwickmühle. Einerseits wollten sie dem Junker helfen und ihm die entsetzlichen, weiteren Ereignisse seine Vergangenheit behutsam nahe bringen, andererseits war der Zeitpunkt dafür jetzt sehr schlecht gewählt. Sie mussten einen Ausweg finden, und zwar schnell! Schon wollte Jost seinem Ross die Sporen geben, als sich nun auch Kilian in das schwierige Gespräch einmischte. Seine Tochter hatte Recht. Er musste die traurige Wahrheit erfahren, aber nicht hier auf dem Weg. „Herr Graf?" Der Junker hielt sein Pferd an. „Warum plötzlich so förmlich, Kilian? Wir sind unter uns!" Er wartete auf die beiden, die bald auf seiner Höhe neben ihm standen. „Wir reiten zum Kloster. Dort wirst du alles erfahren!" Unschlüssig tänzelte sein Pferd, das die Unruhe des Reiters spürte. Auch das Packpferd wieherte nervös auf. „Ist sie dort untergekommen? Wurde sie Nonne? So sprecht doch!" Kilian schaute ihn eindringlich an: „Vertraust du mir?" Jost nickte. Er verstand zwar nicht, was sie von ihm wollten oder was sie vor ihm verbargen, trotzdem nahm er an der nächsten Wegbiegung widerwillig die alte Römerstraße in entgegengesetzter Richtung. Sie führte direkt zum benachbarten, alten Kloster. Flora drückte die Hand ihres Vaters, sie war eiskalt. Fürs erste war sie jedoch erleichtert, dass er im Augenblick keine Fragen mehr stellte. Die Anspannung des Junkers war groß, denn seine Mutter mochte nun knapp 40 Lenze hinter sich haben. Eine Mutter erkennt ihren Spross mit Sicherheit sofort wieder, aber warum war sie im Kloster? Hatte sie dort Schutz gefunden, vor dem Herzog und seinen Mannen? Er drehte sich zum Wagen um und meinte, den verstohlenen, unbehaglichen Blick von Flora gesehen zu haben. Ein mulmiges Gefühl machte sich in seinen Därmen breit. Sein Pferd scheute plötzlich und sprang zur Seite, denn ein schwarzer Rabe hatte mitten auf dem Weg gesessen und wollte seine Beute, einen halb zerrupften, kleinen Vogel, nicht ohne weiteres hergeben. Mit Mühe hielt er sich im Sattel und beruhigte den Vierbeiner. Diesen Schreck wertete er als böses Omen. Seine Mutter würden sie bestimmt nicht im Kloster antreffen. Er brach sein Schweigen: „Kilian!" rief er dem Alten zu: „Bei deiner Mutter! Sag mir die Wahrheit, lebt Alwine noch?" Floras Vater traute sich nicht, dem Junker offen ins Gesicht zu schauen. „Der Prior weiß mehr! Er wird dir berichten, was vorgefallen ist!" Jetzt zog Jost die Zügel stramm. Das Pferd gehorchte und blieb sofort stehen. Kilian wollte sich nicht mit dem Junker anlegen, nicht in Sichtweite der Klosteranlage. Darum deutete er mit der Hand zu den Gebäuden und wiederholte seine letzten Worte: „Da, schau doch! Gleich werden deine Fragen beantwortet." Trotzig und ein wenig enttäuscht lenkte er seinen Gaul auf das große Tor zu. Mannshohe Mauern umgaben die gesamte Anlage, die hier friedlich im Tal lag. Man konnte von hier aus noch immer in weiter Entfernung die mächtige Burg des Herzogs sehen, die auf einem Hügel, einem Adler gleich, das gesamte Land zu überwachen schien. Ohne aus dem Sattel zu steigen, beugte sich Jost vor und zog an dem Lederriemen, der seitlich von dem Tor angebracht war. Eine Glocke gab ihren hellen Klang ab und ein

Mönch eilte aus einem der Häuser auf das Tor zu. Nach einer kurzen Begrüßung und den Erklärungen von Kilian wurden beide Flügel des mächtigen Eichen Tores geöffnet. Als auch der Wagen den Innenhof des Klosters erreicht hatte, wurde es wieder verschlossen und mit einem schweren Balken, der an beiden Seiten in wuchtigen Eisenhaken ruhte, für die anstehende Nacht gesichert. Man brachte die Tiere zu den Stallungen, wo ein paar Mönche die Vierbeiner übernahmen, sie hineinführten, abgerieben und mit Futter versorgten. Die drei gingen zurück in den Innenhof und sogleich kam ein weiterer Geistlicher, der den Auftrag hatte, sie ins Haus zu begleiten. Die Ungeduld des jungen Ritters stieg, als sie zum Prior vorgelassen wurden.

„Was meinst du damit? Fortgeritten! Wohin denn?" Der Herzog schaute den Pagen ungläubig an und schlug wütend mit dem Arm Becher und Karaffe klirrend vom Tisch: „Wiederhole das noch einmal. Du willst also sagen, dass sich der Junker aus dem Staub gemacht hat, ohne ein Wort mit mir zu wechseln? Warum hatte er denn nach dem gewonnenen Tjost darauf bestanden, mit auf meine Veste zu kommen, wenn nicht aus dem Grund, in meine Dienste zu treten?" Der Page hockte kniend vor dem Herzog. „Ich weiß es nicht, Herr!" Unwirsch stand der Adelige auf. „Raus mit dir! Und schick mir den Hauptmann der Torwache. Sofort!" Der Jüngling sprang auf und rannte aus dem Saal. Kurz darauf klopfte der Gerufene an die Tür. Ein Diener öffnete und ließ den verschwitzten Soldat mit hochrotem Kopf eintreten. „Ich weiß nichts, Herr. Ich war in der Waffenkammer dabei, mein Schwert . . . . ." Der Herzog hob die Hand und gebot dem Ritter damit, sofort zu schweigen: „Hab ich dich etwas gefragt? Du sprudelst schon los, als wüsstest du, warum du hier bist!" Der Hals des Hauptmanns wurde trocken und ihm wurde klar, dass er sich nicht in der besten Lage befand. Seine Ausrede, die er sich mühsam zurecht gelegt hatte, würde nur noch alles verschlimmern. Was konnte er dafür, dass sich dieser Fremde den Anordnungen des Burgherrn widersetzt hatte? Er wurde sicherer und schaute den Herzog offen an: „Er ist mit Kilian, dem Wirt und seiner Tochter einfach aus dem Tor gefahren! Ich hatte keine Order, das Tor zu schließen!" Den Herzog hatten die letzten Worte getroffen, wie ein Blitz. Er lehnte sich an den Tisch, drehte sich um und ließ sich schwer in den Ledersessel fallen. Hatte er nicht heute Morgen noch das Pergament unterzeichnet, man möge Kilian arrestieren? Seine junge Tochter war in einem recht kecken Alter, genau das Richtige für seinen Zeitvertreib. Warum hatten seine Männer nicht schnell gehandelt? Was war da falsch gelaufen? „Kilian sollte wegen üblen und aufrührerischen Reden zu mir gebracht werden! Ich wollte ihn, seines wilden Tuens wegen exemplieren. Bringt mir den Schreiber. Ich werde durch meinen Herold im Land meinen Entschluss vorlesen lassen, dass sich Kilian, seine Tochter Flora und dieser Ritter . . . . wie war sein Name?" Der Hauptmann zog seine Schultern hoch. „Na, egal! Diese Drei erkläre ich ab sofort für vogelfrei! Meine Herolde sollen ausreiten und in jedem Dorp, in jeder Stadt dem Pöbel erklären, dass eine Hilfe an diese Leute genauso zur Arrestierung führt." Mit einem hinterlistigen Lächeln ergänzte er: „Nur die kleine Dirn, so man ihrer habhaft wird, soll mir lebend gebracht werden!" Mit einer flüchtigen Handbewegung gebot er dem Hauptmann, den Saal zu verlassen und seine Anordnung weiter zu geben. Tief durchatmend ging der Soldat wieder aus dem Saal. Zufrieden, dass der vergiftete Kelch diesmal noch an ihm vorübergegangen war, denn er hätte sein Leben auch im Angstloch verwirken können.

Er kannte aus Erfahrung die Wutausbrüche seines Herzogs, der seinen ganzen Groll nun gegen den fremden Ritter und seine Helfer gewandt hatte.

Man hatte den Ankömmlingen winzige Klosterzellen zur Verfügung gestellt. Er zog sich in den karg eingerichteten Raum zurück. Heute wollte er niemanden mehr sehen! Er konnte keinen klaren Gedanken mehr fassen. „Kilian und Flora mussten das doch die ganze Zeit über gewusst haben!" folgerte er. Auch die tröstenden Worte des Priors, dass man dagegen hatte nichts unternehmen können . . . es war ein schwacher Trost für ihn. Als der Klostervorsteher eben noch mit ihm alleine in der Kapelle gewesen war, wollte er dem verzweifelten Ritter die Beichte abnehmen und sprach zu ihm: „Vergebt dem Herzog! Er ist krank und machthungrig. Eure Mutter wird dadurch nicht wieder lebendig! Stillt nicht Eure Rachegelüste an ihm, denn er ist von hohem Adel und Ihr werdet Euch doch nicht mit dem Günstling des Königs oder seinen engsten Vasallen anlegen wollen?" Jost hatte daraufhin den Klostervorsteher nur angeschaut und dann erklärt: „Ich kenne Eure Weisheiten! Vergebung! Schlägt mir einer mit der Rechten ins Gesicht, so soll er auch seine Linke an mir ausprobieren. Meint Ihr wirklich, dass diese

Zeilen in Euren Schriften auf Dauer Bestand haben könnten? Hätte ich noch eine Mutter, so sollte er auch sie verbrennen dürfen? Demütig soll ich sein? Ich habe die Schwertleite erfahren und den Ritterschlag bekommen! Das war der letzte Schlag, den ich ungestraft und demütig hinzunehmen gewillt sein sollte. Das wird unser König verstehen. Es hat nichts mit Rache zu tun, wenn man einen Tyrannen zu stoppen versucht. Es wird für all seine Untertanen eine Befreiung sein, ein Aufbegehren vom Joch der Unterdrückung. Er lässt seine Launen ungerecht an seiner Dienerschaft aus und bestraft sie wegen Bagatellen, Nichtigkeiten, die normal passieren können und keines Kommentares bedurften. Das soll sein Recht sein? Dieses Recht dulde ich nicht! Geht und nehmt dem Herrscher die Beichte ab! Da könntet Ihr fündig werden." Der Prior stand einfach da. Natürlich hatte er Verständnis für den Junker, denn auch er hatte in seiner Gemeinde viel Elend erfahren müssen, das der Herzog willkürlich ausgelöst hatte, aber sein Glaube verbot ihm, solche Gedanken in sich zu tragen. Er würde für den jungen Mann beten müssen. Jost hatte sich vor Wut und Verzweiflung zurückgezogen. Weder seinem Vater, noch seiner Mutter hatte er in ihren letzten Stunden beistehen können. Man hatte zwar seine Schritte gelenkt und ihm ein neues, besseres Leben ermöglicht, aber doch nur zum Zweck, eines Tages wieder für Gerechtigkeit sorgen zu können. Warum denn sonst? Flora saß bei ihrem Vater und weinte. Sie hätte es ihm schon viel früher sagen müssen. Aber ihr Vater hatte sie mit Recht davor gewarnt, denn er wäre unbedacht und wütend mit den Schergen des Herzogs aneinander geraten. Das wäre nie gutgegangen. Kilian stand auf. Er wollte ihm erklären, dass er nicht mehr unter den Lebenden weilen würde, hätte er aufbrausend in der Veste seiner Wut nachgegeben. Da die Klosterzellen nicht zu verschließen waren, nahm sich Kilian das Recht, einfach zu ihm einzutreten. Er redete sofort los: „Bevor du dich zu sehr ereiferst, will ich dir Folgendes zu bedenken geben: Ich war der beste Freund deines Vaters und könnte dir heute nicht beistehen, wenn ich den Herzog nach Bekanntwerden seiner schädlichen Taten aus Wut und Verzweiflung blind angegriffen hätte. Ich bin auch bei ihm in Ungnade gefallen, denn er hat sofort gespürt, dass ich mit seinem Tun nicht einverstanden war." Der Wirt kam auf den Junker zu und tippte mit dem Finger auf dessen Stirn: „Benutz den Verstand, blindes Dreinschlagen führt zu nichts. Du musst ihn geschickt bekämpfen, mit Geist und Waffe. Wir müssen behutsam und bedacht vorgehen. Ich stehe auf deiner Seite und werde dich unterstützen. Er wird seiner gerechten Strafe nicht entgehen. Denk nach, wenn du dich zur Nacht legst. Glaube mir, ich fühle mit, aber wir müssen seine Macht und Stärke bezwingen! Da hilft kein Geschrei und wüstes Lamentieren. Jetzt wird dein Geist gefordert!" Kilian drehte sich um und ging. Die Tür fiel ins Schloss. Es gab heute nichts mehr dazu zu sagen. Jost setzte sich auf die einfache Pritsche. Der Alte hatte ihm gehörig den Kopf gewaschen und er musste sich eingestehen, dass er mit seinem jetzigen Wissen spontan in der Veste zu jeder Tat bereit gewesen wäre. Ohne Folgen für den Herrscher, aber mit seinem Untergang! Es wäre nicht gut für ihn und seine Begleitung ausgegangen. Nie wieder wollte er seinen alten Namen gebrauchen oder so genannt werden. Ab jetzt hatte er sich von seiner Vergangenheit gelöst. Er würde dem Herzog Einhalt gebieten! Als Graf Sigebert von Schleswig!

„Was wollt ihr hier? So früh am Morgen?" Der Herzog hatte gerade seine Milchsuppe ausgelöffelt und sah sich seinem ersten Ritter gegenüber, der soeben dreckig und verschwitzt hereingeplatzt war. Er hielt ein gerolltes Papier in der Hand und strahlte: „Ich war in der großen Stadt. Hier steht sein Name!" rief er. „Er trägt das Wappen des Balduin vom Grund. Der Graf, der die großen Ländereinen östlich Eures Landes besitzt. Und nun aufgepasst: Balduin hat keine Nachkommen! Wir sind einem Schwindler aufgesessen! Was sagt Ihr nun?" Der Herzog hatte sich auf dem schweren Holzsessel zu ihm herumgedreht und gab ihm mit einer flüchtigen Handbewegung die Erlaubnis, näher zu treten: „Woher weißt du das?" Der Ritter entrollte sein Papier: „Eine Abschrift der Wappenrolle, Herr. Angefertigt vom städtischen Herold. Das Original liegt im Zeughaus zu Bamberg. Graf Balduin vom Grund trägt dieses Wappen, seht!" Er entrollte das Schreiben und legte es auf die Tischplatte. „Kein Zweifel! Es handelt sich um das gräfliche Wappen. Ein Grund mehr, den falschen Ritter zu jagen! Man müsste Balduin mit ins Boot holen, denn sein Name wurde schändlich missbraucht! Reitet zu ihm und erklärt, dass ich für Genugtuung sorgen werde!" Der Ritter rollte das Schreiben zusammen, verbeugte sich und nahm beim Herausgehen noch schnell ein Stück Brot und Schinken von der gedeckten Tafel. Er verbeugte sich und verließ die herzogliche Veste, um zu dem Grafen zu eilen.

In der Mensa des Klosters wurden breite, lange Bretter hereingetragen und auf die bereitstehenden Böcke gelegt. Mönche kamen herein und schoben ihre Stühle und Sessel heran, um sich vor der soeben eingerichteten Tafel zum gemeinsamen Frühstück nieder zu lassen. Sie murmelten ihre Gebete, während Novizen die Holzteller, Messer und Brotkörbe, sowie Schmalz und Honig bereitstellten. Als das gemeinsame Gebet verstummt war, wandte sich Kilian an den Prior, der an seiner rechten Seite Platz genommen hatte: „Speist der Ritter nicht mit uns? Ich kann ihn nicht sehen?" Das Klosteroberhaupt beugte sich näher zu ihm und flüsterte: „Jost, jetzt Sigebert genannt, wird gleich kommen. Ich ließ nach ihm schicken. Er will ab sofort nicht mehr mit seinem alten Namen angeredet werden. Versteht Ihr warum?" Kilian nickte. Er verstand den Jüngling nur allzu gut, denn es war ihm sehr nahe gegangen, dass er seinen leiblichen Eltern in ihrer letzten Stunde nicht hatte helfen können. Flora saß seitlich von ihrem Vater. Eine große Kapuze verdeckte ihr langes Haar, denn die frommen Männer sollten nicht erfahren, dass ein Weibsbild hier unter ihnen weilte. Der Prior hatte das so gewollt: „Wir wollen nicht, dass das Weib die Sinne meiner Mönche betört und sie vom Pfad des Glaubens abbringt!" Das waren seine Worte, als er am Abend die große Kutte ins Zimmer der jungen Dirn hatte bringen lassen. So konnte man auch nicht die dunklen Ränder unter ihren Augen sehen, denn sie hatte die ganze Nacht nicht schlafen können. Immer wieder dachte sie darüber nach und machte sich große Vorwürfe, nicht von Anfang ehrlich zu ihm gewesen zu sein. Da betrat er, geleitet von zwei Mönchen, den großen Saal und nahm seinen Platz am Kopfende der Tafel ein. Er schaute sich nicht um und vertiefte sich in seine Schüssel Haferbrei. Nach einem Stück Brot und einem Brocken Käse, das er mit einem großen Schluck des gewürzten Weines herunterspülte, stand er als erster auch schon wieder auf und verließ den Raum. Flora, die jede seiner Bewegungen genau aus dem Augenwinkel beobachtet hatte, musste wieder schluchzen. Der Ritter sah verbittert aus und sie hatte Angst, dass er seine Pläne ändern und sie beide wieder auf die Veste des Herzogs zurückbringen könnte. Sie hielt diese

Ungewissheit nicht länger aus, stand ebenfalls auf und ungeachtet der bösen Blicke, die man ihr hinterherwarf, rannte auch sie aus dem großen Saal. Flora schaute sich draußen um. Wo konnte er so schnell hingegangen sein? War er zurück in seiner Zelle? Doch da gewahrte sie eine Bewegung hinter der hohen Hecke, neben dem Säulengang. Tief gebeugt ging er durch den Garten. Wenn man ihn so von hinten sah, hätte man glauben können, dass er ein alter Mann sei, der von seiner schweren Arbeit geschafft, nach Hause ging. Ihre klappernden, schnellen Schritte, die von den Holzpantinen kamen, mit denen sie eilig durch den, mit Steinen bedeckten Gang lief, holten ihn aus seiner Schwermut. Er blieb kurz stehen und drehte sich zu ihr um. Noch zehn Schritte, dann stand sie ihm auf mannslänge gegenüber. Jetzt sah sie in sein trauriges, mit dunklen Rändern über den Wangen gezeichnetes Gesicht, es schien in der letzten Nacht um Jahrzehnte gealtert. Trotzdem schaute er sie aus den tränennassen Augen offen an. Flora näherte sich ihm vorsichtig noch mehr und als sie unmittelbar vor ihm stand, öffnete sie weit ihre Arme: „Darf ich?" fragte sie und der Ritter nickte, seine Schultern gesenkt stand er abwartend da und sie nahm ihn fest in ihre Arme. „Jost, wie kann ich dir helfen?" Der Ritter schluchzte und fing an, hemmungslos zu weinen. Unter Tränen sagte er nur: „Bleib bei mir! Meine ganze Hoffnung ist in dieser Nacht gestorben. Bitte nenn mich Sigebert. Jost gibt es nicht mehr, denn er ist mit der Hoffnung zusammen in den Himmel gefahren!" So standen sie eine ganze Weile regungslos im Garten, bis sich räuspernd ein Mönch bemerkbar machte. „Entschuldigt!" sagte er und versuchte, freundlich zu schauen: „Der Prior möchte Euch sehen!" Sigebert nickte und wollte ihm folgen. Da drehte sich der fromme Mann noch einmal um und ergänzte: „Beide! Er möchte euch beide sehen. Er wartet in der Kapelle auf euch." Mit seinem ausgestreckten Arm zeigte er auf das andere Ende des Kreuzganges, wo der kleine Glockenturm über dem Dach zu erkennen war. Dann verbeugte er sich und verschwand in der Seitentür.

Graf Balduin war außer sich. Da hatte der streitsüchtige Herzog doch tatsächlich das gewonnene Tjost und den Buhurt seines Neffen anzweifeln lassen, da es sich dabei nicht um seinen eigenen Sohn gehandelt hatte. Es kam dem hohen Herrn wohl nicht in den Sinn, dass es auch noch weitere Abkömmlinge dieser Sippe hätte geben können. Alle Kinder des verstorbenen Grafen Siegurt hatten das Recht, das gleiche Wappen im Schilde zu führen! Selbst die verheiratete Schwester, die einem Nordmann ins Land der Langboote gefolgt war, hatte den gleichen Siegelring. Als Balduin dann auch noch von dem Erlass des Adeligen erfuhr, der den Neffen für vogelfrei erklärte, war für ihn das Maß voll! Übervoll! Er schickte einen Schriftkundigen in Begleitung von vier Rittern an den herzoglichen Hof, um das Missverständnis auszuräumen. Die mitgebrachte Abschrift sollte dem Adeligen den Stammbaum der Grafen von Schleswig näherbringen. Der Herzog war nicht interessiert, seinen Fehler einzugestehen. Im Gegenteil, er wollte den Fremden dafür strafen, dass er übergangen und ignoriert worden war. „Er wurde für vogelfrei erklärt und dabei bleibt es, denn Hochmut und Überheblichkeit werden in der Ritterschaft nicht geduldet. Ihr dürft euch entfernen!" Die

Boten des Grafen waren enttäuscht. Er hatte das Pergament noch nicht einmal entrollt. Das war also die beschämende Antwort des Adeligen, der nun alles daran setzte, die Flüchtigen so schnell wie möglich in seine Gewalt zu bekommen. Bevor diese Angelegenheit beim König für zu viel Wirbel sorgen würde, musste er die angefangene Sache so schnell als möglich zu seinen Gunsten in den Griff bekommen. Eine klingende Münze hat schon so manche Zunge gelöst. Er sollte Recht behalten, denn bei der Sonntagsmesse hielt ein Pfaffe seine geldgierige Hand auf und verriet dem Herzog, dass die Gesuchten in der Klosteranlage eine vorübergehende Bleibe gefunden hatten. Sofort setzte er seine Männer mit einem Schreiben dorthin in Bewegung, um in seinem Sinne die Verfolgung und Auslieferung der drei Vogelfreien zu erzwingen. Dreist wurde die gesamte Klosteranlage umstellt, das Tor überwunden und trotz des vergeblichen Protestes des Priors durchsucht! Sie verwüsteten die Zellen der Mönche und führten sich auch sehr wirsch und rau in der Mensa auf, wo die frommen Männer beim gemeinsamen Essen an der langen Tafel saßen. Nach zwei Stunden brachen die Ritter verärgert ihre Suche ab, denn von den

Geflüchteten fehlte jede Spur. Als der Prior mit seinem Sekretär am Fenster der Kanzlei die Staubwolke betrachtete, die als letztes Zeichen dieser wilden Horde auf dem Weg verwehte, brach der Klostervorsteher sein Schweigen: „Gott ist mein Zeuge, dieser Tyrann muss zur Rechenschaft gezogen werden. Ich hoffe, dass es dem jungen Grafen gelingen möge, ihn zur Sühne und Beichte zu bewegen, um seine Sinne wieder auf den rechten Pfad des Lebens zu führen!" Er drehte sich um und verließ den Raum. Als Mensch empfand er tiefen Hass gegen diese Willkür und schämte sich deshalb dafür. Er ging in seine Zelle, um sich für diese letzten Gedanken zu geißeln. „Ich muss ihm vergeben, so will es die Heilige Schrift!" murmelte er, während die Lederriemen der geführten Peitsche seinen Rücken malträtierten.

Kilian wusste von einem geheimen Weg aus der Veste des Herzogs: „Vergessen haben sie diesen Gang schon lange, denn als ich ihn mit meiner Tochter zur Flucht nutzen wollte, musste ich erkennen, dass er innen halb mit Dreck und Unrat zugeschüttet war, schwerlich mit unseren vielen Sachen zu begehen. Einer alleine könnte sich dort hindurchzwängen. Der Eingang befindet sich im Pferdestall, direkt hinter dem letzten Gatter. Der Holzverschlag verbirgt die verrottete Eisentür. Der Gang ist mit Spinnengewebe verklebt, der Boden feucht und natürlich stockdunkel. Man könnte ihn zwar immer noch nutzen, jedoch nicht, ohne seine Beinkleider und Wams einer ekligen Tortur zu unterziehen." Er machte eine Pause und ergänzte dann: „Ich weiß natürlich nicht, wie der Ausgang aussieht und ob der überhaupt noch zu betreten ist, wenn ich den überhaupt am Waldrand wiederfinden sollte."

Sie saßen in einer Waldschänke bei einem Freund des Wirtes, der den seltenen Besuch von Gästen nicht mehr gewohnt war. Vor vielen Jahren hatte es den Gnom aus dem fernen, nördlichen Alba hierher verschlagen. Hamish der Rote, wurde er genannt, obwohl sein schütteres Haar längst nicht mehr die feurige Farbe hatte, die ihn in jungen Jahren, als dicken Zopf gebunden, geziert hatte. Kilian hatte den armen Mann damals kostenlos bewirtet und als Knecht bei sich aufgenommen, als er noch außerhalb der Veste mit Floras Mutter, seinem leider schon früh verstorbenen Weib, auf einem Bauernhof gewohnt hatte. Diese Freundschaft mit dem Kelten war auch nach all den vergangenen nicht vergessen und hatte immer noch Bestand. Deshalb war ihm auch die Waldschänke als erstes eingefallen, als es darum ging, ein

Versteck für die drei zu finden. Hier würde sie keiner suchen. „Woher, mit Verlaub . . . " fragte der Jüngling in die Runde, „woher wisst Ihr von dem Gang, wenn er doch so geheim sein soll?" Kilian lächelte: „Weil in meiner Schänke die Männer gezecht haben, die den Gang vor Jahrzehnten gebaut hatten. Ein paar Krüge zu viel und sie plapperten, als würden sie von einem Goldschatz reden. Wichtig wollten sie sich machen, denn sie mussten sich durch hartes Gestein wühlen und teilweise, so sagten sie, die gerade Strecke verlassen und schräg weiter in den Berg graben, da es unmöglich war, durch das Felsmassiv zu kommen. Es klang so ehrlich, dass ich eines Nachts den Stall aufsuchte und den Eingang tatsächlich fand, allerdings damals schon in diesem bedenklichen Zustand." Der Weggefährte von Kilian sprang auf und verschwand in einem Nebenraum. Er glich eher einem Kobold, als einem ausgewachsenen Mann, mit seiner kindlichen Figur und dem Buckel, der seinen Rücken leicht zur Seite verbog. Dann ließ er manchmal ohne ersichtlichen Grund sein helles, krächzendes Kichern ertönen, genauso wie ein paar arme Kreaturen im Kloster, die dort versorgt wurden, weil ihr Verstand der von Säuglingen war. Aber das Wissen des Kelten schien groß zu sein, denn er kannte Dinge, die dem jungen Sigebert völlig fremd und seltsam vorkamen, die aber unabhängig davon auch Floras Vater erwähnt hatte. Beim Gehen humpelte der Gnom und zog sein linkes Bein etwas unkontrolliert nach. Er machte nicht nur auf Flora einen unheimlichen Eindruck, aber ihr Vater versicherte beiden, dass er zu Freunden ein überaus gutmütiger, hilfsbereiter Geselle war. „Herr Graf!" rief der Wichtel, der gerade wieder den Raum betreten hatte. Er humpelte mit einem hölzernen Etwas zu ihm an die offene Feuerstelle. „Verzeiht, aber ich habe die Worte **airgeadach** Kilians mit angehört. Das hier wird Euch gute Dienste erweisen, wenn Ihr vorhabt, durch diesen Gang zurück in die Veste zu gelangen." Kilian schaute den Kleinen an und packte ihn an der Schulter: „Wie hast du mich gerade genannt?" Hamish, der Rote, auch **ruadh** genannt, lächelte: „In meiner Muttersprache rutschen mir schon einmal solch treffenden Worte raus. Schau dir deine Haare an, sind sie nicht **airgeadach**, silbern?" Er streckte dem Junker sein Geschenk entgegen, das auf den ersten Blick aussah, als wäre es eine Armbrust für Puppen. Sigebert musterte das Gerät und schaute seinen väterlichen Begleiter abwartend an, denn sein breites Grinsen zeigte ihm, dass er diese kleine

Waffe zu kennen schien: „Er glaubt, dass es ein Spielzeug sei, Hamish! Zeig ihm seine Wirkung!" Der kleine Mann zog seine Brauen zusammen und nahm die Armbrust wieder an sich: „Zwei Schüsse kann ich damit so schnell abschießen, wie die Wachsoldaten mit dem Laden eines einzigen Pfeils beschäftigt sind! Kommt zur Tür." Sigebert stand auf, gefolgt von Flora und ihrem Vater, denn das wollte sich keiner entgehen lassen. Als sie an der Tür standen, kam der Wichtel gerade von dem angrenzenden Waldrand zurück. Er stellte sich vor den Grafen, hielt dabei in einer Hand seine angebliche Waffe und zeigte mit der anderen in die Richtung, aus der er gekommen war: „Seht Ihr die Strohscheibe?" Der Ritter schaute zum Waldrand, sah aber nicht das erklärte Ziel des Kleinen.

„Wo denn?" fragte er und mit einer schnellen Drehbewegung, die er dem Kelten nicht im Traum zugetraut hatte, hörte er kurz hintereinander zwei surrende Geräusche. In gut dreißig Schritten Entfernung fiel die beschriebene Strohscheibe am Waldrand auf den Boden. Zwei kurze Bolzen stachen in seiner Mitte: „Da. Seht Ihr sie jetzt? Die habe ich gemeint!" Sigebert war sprachlos und Kilian nickte. „Eine kleine, gefährliche Waffe. Sie gehört Euch, Graf, wenn Ihr sie noch haben wollt." Sigebert legte beide Hände auf die Schultern des Begleiters. „Lass die Anrede, ich heiße Sigebert!"

Am frühen Morgen des nächsten Tages wurde Sigebert durch ein leises Kratzen an seiner Tür geweckt. Sie hatten in den kleinen Dachkammern der Waldschänke des Kelten eine ruhige Nacht gehabt. Bis jetzt . . . Das Scharren hielt an und Sigebert, noch in seinem langen Schlafkittel, ging vorsichtig zur Tür und riss sie mit einem Schwung auf. Jaulend rannte ein kleiner Köter die Treppe herunter, fast hätte er sich dabei überschlagen, denn er hatte sich mehr erschrocken als der junge Herr. Nun war er wach und öffnete den Bretterverschlag, der vor dem Fenster angebracht war. Er atmete tief die reine Waldluft ein und musste unwillkürlich an den stinkenden Geruch in der Stadt denken, das war kein Vergleich. Er erfrischte sich am Wasserkrug, der nebst Schüssel und Linnen Tuch neben dem Fenster auf einem Schemel stand. Nachdem er sich abgetrocknet hatte, schlüpfte er in die kurze, lederne Hose, die sein Geschlecht bedeckte. Danach streifte er die zwei Beinlinge über seine Füße und zog sie bis zur Hüfte. Mit den Lederstrippen befestigte er sie am Gürtel. Den schützenden, wärmenden Wams zog er über den Kopf und zog ihn stramm bis unter die Hüfte. Nun waren die Füßlinge und die Stiefel an der Reihe. Mit beiden Händen strich er das nasse Haar zurück. Sein Dolch baumelte neben dem Münzbeutel am Gürtel, er war bereit, um in die Gaststube zu gehen. Verwundert sah er, dass Flora mit ihrem Vater schon fast mit dem Frühstück fertig war. Sie schien guter Laune und hatte diesen kleinen Kläffer auf dem Schoß und kraulte sein Fell. „Na endlich!" Sie zeigte auf den Vierbeiner. „Hat er dich geweckt?" Sie lachte, als habe sie ihm aufgetragen, ihn aus der Bettstall zu werfen. „Habt ihr auch so ausgezeichnet geruht, ich hätte noch länger schlafen können." Flora lachte so laut, dass der Hund aufgeschreckt von ihrem Schoß sprang und winselnd in die Ecke neben der Feuerstelle kroch. „Sigebert! Die hohen Bäume lassen die Sonnenstrahlen nicht hierher, aber es hat schon die siebte Stunde!" Es klang ein wenig vorwurfsvoll von ihr. So früh war er nicht mehr gewohnt, sein wärmendes Nachtlager zu verlassen. Kilian schien ein Morgenmuffel zu sein, denn er zog unwirsch seine Stirn kraus und schaute Flora an: „Gib Ruhe! Ich genieß gebratene Eier und Speck!" Er zog einen Schemel unter dem Tisch hervor und deutete mit einer Hand auf den Sitz. „Hock dich nieder! Hamish holt noch ein paar frische Eier aus dem Stall. Sein Weib ist gerade in der Küche und holt neues Brot, Speck, Käse und gewürztes Bier. Ich liebe es, bewirtet zu werden." Der junge Graf setzte sich zwischen Vater und Tochter und stellte eine Frage: „Er hat ein Eheweib?" Flora hielt den Zeigefinger vor ihre Lippen, aber Sigebert hatte schon zu voreilig nach dem Weib gefragt. Kilian verzog sein müdes Gesicht zu einem Lächeln und antwortete karg: „Ein Weib ist es! Braucht man dazu den Pfaff? Selbst die lassen ihre Schlafliege von jungen Dirnen wärmen. Was soll die Frage?" Sigebert wandte sich der Tochter zu und flüsterte: „Hast du sie schon gesehen?" Flora wollte antworten, als das erwähnte Weibsbild die Küchentür öffnete und die erwähnten Sachen auf einem Brett in die Stube brachte. Das Weib passte zu dem Kelten. Sie hatte ungepflegtes, zottiges Haar, einen Kittel, an dem man ersehen konnte, was sie in der letzten Woche gegessen und getrunken hatte. Sie kam mit einem Lächeln auf sie zu, stellte das Brett auf die Tafel und versuchte eine Verbeugung, die sehr aufgesetzt schien. Als ihr Kopf wieder hochkam entblößte sie ihre Zähne, oder besser gesagt, wo früher einmal solche gewesen waren. Dunkelbraun verfärbte Stumpen lächelten ihm entgegen, Sigebert hatte keinen Hunger mehr. „Sie

99

versteht sich auf Kräuter und Heilmittel!" ließ Kilian wissen und dann hörte er die Alte krächzen: „Willkommen in unserem bescheidenen Heim, Herr Graf!" Sie drängte Flora von ihrem Stuhl und schmiegte sich an seine Seite: „Stattlich! Stattlich!" sagte sie und dann folgte ein kaum zu bremsender Redeschwall: „Ich war gestern im Wald, Kräuter sammeln. Man kann nie wissen, wozu die gebraucht werden. Die einen machen schläfrig, die anderen . . ." sie schlug ihm unvermittelt auf den Oberschenkel. „die anderen Mittelchen stärken Eure Manneskraft!" Schelmisch schaute sie zur Seite, wo Flora auf einem Hocker saß und rot wurde. „Ach? Ist es noch nicht so weit bei euch? Na, wird schon werden. Wenn er nicht die Leistung bringt, komm zu mir, ich kann jedem helfen!" Hamish kam in die Stube und sah, dass sein Weib wieder einen, der seltenen Gäste bedrängte: „Eilidh! Weib was soll das? Es sind meine Freunde!" Mit einem flüchtig dahingeworfenen Handkuss sprang das Weib vom Stuhl und ging in die Küche. Kilian hatte dem Gespräch keine Beachtung geschenkt. Er war in sein Essen vertieft und hatte schon den Nachschlag auf seinen Teller geschippt. Hamish kam zum Tisch, während Flora wieder ihren Sitz einnahm. Der Gnom tippte mit dem

Zeigefinger an seine Stirn „Sie hat einen Wurm im Schädel, aber sie ist ein guter Mensch, Ihr müsst sie nur näher kennenlernen!" Sigebert nickte, aber im seinem Innersten dachte er dabei: „Darauf kann ich liebend gerne verzichten." Hamish ging ihr nach. Er hatte einen toten Hasen auf der Schulter, wohl in einer Schlinge im Wald gefangen. Mit dem Jagdrecht schien man es hier nicht genau zu nehmen, denn die Wälder und Tiere gehörten seit jeher dem Adel. Wenn der Herzog davon erfahren würde . . . . . aber wie sollte er? Sigebert schaute zur Seite und nahm unter dem Tisch die schmale Hand von Flora und drückte sie. Mit einem Gegendruck erwiderte sie diese Geste, entzog ihm die Hand und schaute ihn an: „Du hast noch nichts zu dir genommen, iss etwas!" Er drehte sich zu ihr um und zog dabei seine Nase angeekelt hoch. Dann flüsterte er: „Meine Därme werden das nicht zulassen! Hast du die Alte nicht angeschaut? Ihr werdet euch vor Ekel den Magen zerreißen!"

„Es muss des Nachts geschehen sein, Herr, denn am Abend waren die Pergamente noch nicht hier." Die tief in ihren Höhlen liegenden Augen des Burgherrn funkelten gefährlich auf: „Wachen!" rief der Herzog und schaute gehetzt und fahrig in jede Ecke seiner Kammer. Als zwei Soldat daraufhin gehetzt den Raum betraten, schrie er sie sofort an, bevor sie überhaupt Zeit gehabt hätten, eine Meldung zu machen: „Bringt mir eines dieser Schreiben, die da im Hof an den Türen kleben!" Die Ritter spürten, dass es vorbei war mit der geruhsamen Zeit, deshalb wollten sie ihn auch nicht verbessern und erklären, dass die Nachrichten mit groben Nägeln angebracht worden waren, dessen Lärmen doch hätte nächtens auffallen müssen. Sie nickten nur und beeilten sich, den Befehl auszuführen. Der Adelige hatte Schaum vor dem Mund und ereiferte sich, als er die Botschaft in der Hand hielt: „Wer konnte, wie konnte das . . . . ." während er die roten Buchstaben auf dem Blatt versuchte zu entziffern, wurden seine Bewegungen hektisch, da er der Schrift nicht so mächtig war. Wieder schrie er durch den Flur: „Mein Schreiber! Wo steckt der Kerl? Komme er zu mir!" Der Herbeigerufene ahnte, dass es ihm nun an den Kragen gehen würde, so er den Text wahrheitsgemäß verlesen würde. Deshalb redete er auch um den heißen Brei herum, als er den gesamten Wortlaut gelesen hatte. „Ein makabrer Scherz, Herr. Regt Euch nicht auf. Das ist mit einem roten Farbstoff aufgemalt! Das ist kein Blut. Nichts von Bedeutung! Da schaut selber, " er kam mit dem ausgerollten Pergament zügig auf den verängstigten Herzog zu, der einen flüchtigen Blick darauf warf. Er hatte aber nicht verstanden. was daran so erleichternd hätte sein sollte und wieso war sein Schreiber denn auf die Idee gekommen, das die Aufzeichnungen mit einem Lebenssaft geschrieben wären? Der Schriftkundige ignorierte die erstaunte, unverständliche Mine des Herzogs und fuhr fort: „Wie kann ein Toter ein Schreiben verfassen? Dazu noch ein Leibeigener, der noch weniger der Schrift mächtig ist als . . . ." die letzten Worte waren immer leiser aus seinem Mund gekommen, denn er merkte zu spät, dass er sich versprochen hatte. Schnell wollte er seine Worte korrigieren: „Ich meine natürlich, ein Leibeigener, der nicht Schreiben und Lesen kann!" Der Herzog war zu verwirrt, als dass er die Worte hätte richtig zu deuten vermocht. Er bekam von dem wirren Erklärungen nur mit, dass ein Niederer das Schreiben verfasst haben sollte und stellte die entscheidende Frage: „Ein

Leibeigener, sagst du? Wer sollte das sein!"
Der Schreiber beugte sich wieder über das
Pergament: „Beunruhigt Euch nicht, Herr. Es
soll angeblich von einem Bauern stammen, der
hier im Hof im Angstloch sein Leben verwirkt
hatte. Das ist zwei Jahrzehnte her!" Er
formulierte die Buchstaben zu einem Namen,
der den Herzog wie ein Blitz traf: „Rudger?
Kanntet Ihr einen Bauern mit diesem Namen?"
Der Herzog wischte mit einer groben
Bewegung das ausgerollte Schreiben vom
Tisch. „Raus, alle! Ich will alleine sein!" Die
Ritter, die an der Tür Wache gehalten hatten,
beeilten sich, mit dem Schreiber die
Räumlichkeiten zu verlassen, während der
Adelige zusammengesunken in seinem Sessel
hing: „Er ist zurückgekommen, um sich an mir
zu rächen! Aus der Hölle ist er gekommen!"
flüsterte er und starrte gegen die kahle Wand.
Am nächsten Morgen, der Burgherr hatte kein
Auge zugetan und den ganzen Abend und die
Nacht hektisch jede Bewegung im Hof
verfolgt. Es war ihm jedoch außer ein paar
streunenden Hunden und den grunzenden
Schweinen nichts Verdächtiges aufgefallen.
Die Papiere hatte er restlos entfernen und
verbrennen lassen. Der Spuk sollte ein Ende
haben. Da klopfte es an der Tür seines
Privatgemaches. „Ja, was ist denn schon so

früh geschehen, dass du meine Ruhe störst?"
Sein Page trat ein und legte ein weiteres Papier
auf sein Bett und wollte sich wieder
zurückziehen. „Nimm das hinweg! Ihr solltet
alle gestrigen Schreiben verbrennen!" Der
Page wagte nicht, ihm in die Augen zu
schauen und flüsterte: „Neue Schreiben, Herr.
Das sind neue Schreiben. Der ganze Hof ist
wieder damit beklebt!" Ungeachtet des kurzen
Schlafkittels sprang der Burgherr aus dem Bett
und rannte zum Fenster. Schnell riss er die
Bretter zur Seite und sah das gleiche Bild, das
sich ihm schon am Vortag gezeigt hatte.
Wieder waren solche Schriften an die Türen
und Bretterverschläge genagelt. „Was . . . . ."
fast krächzend flüsterte der Herrscher, „was
sagen die Schriften? Ist es der gleiche
Wortlaut?" Der Page hob seine Schultern: „Ich
bin des Lesens und Schreibens nicht mächtig,
aber die Zeichen sind anders, als die gestrigen.
Ich werde den Schreiber zu Euch schicken!"
Er verbeugte sich und ging zurück in den Hof.
Da betrat sein Schreiber gebückt sein
Schlafgemach. Er nahm das Papier und
überflog die Zeilen. Mit weit aufgerissenen
Augen vernahm der Herzog den Wortlaut, der
diesmal von einer Frau stammte: „Ihr werdet
mir bald folgen, denn Ihr habt mich zu
Unrecht hier im Hof auf dem Scheiterhaufen

verbrannt. Ich verfluche Euch!"

Die Pagen und Mägde auf den Fluren erschraken, als sie die fürchterlichen Schreie aus der Kammer des Herzogs hörten. Dann flog die Tür auf und der Schreiber rannte aus dem Palas in den Hof: "Der Bader! Schnell! Wo ist der Heiler? Er muss sofort zum Burgherrn kommen. Ihm geht es nicht gut!" Dann schaute er sich im Hof um: "Und reißt diese Papiere herunter und verbrennt sie!" Aus dem Nebenhaus sprang der Bader und zog beim Laufen seine Beinkleider hoch, denn er war durch das Rufen im Schlaf gestört worden. "Ist er in seinen Gemächern?" rief er zurück und der Schreiber beeilte sich, mit ihm Schritt zu halten. Da kam das Weib des Heilers hinter ihnen hergerannt und trug die kleine Kiste mit den wichtigsten Tinkturen, Salben und allerlei Geräte, die ihr Mann bei seiner Arbeit benötigte. Als die drei das Zimmer betraten, sah es dort aus, als hätte ein Sturm durch die Gemächer getobt. Die Vorhänge und Teppiche waren von den kahlen Wänden gerissen, Sessel lagen zerbrochen auf dem Boden und der Herzog schlug im Liegen auf seiner Bettstall den Kopf mit verdrehten Augen wild hin und her. "Wache!" rief der Heiler, denn sie benötigten immer mehr Männer, um den Tobenden ruhig zu stellen. Erst als mehrere

Hände den Burgherrn gegriffen und festgehalten hatten, konnte der Bader ihm den Wattebausch, der mit dem Extrakt der Tollkirsche getränkt war, auf sein Gesicht pressen. Es dauerte eine Weile, bis die Gegenwehr erlahmte und der Kopf des Herzogs schlaff zur Seite fiel. Die Männer lösten vorsichtig ihren Griff und gingen zurück, während der Bader sich den Schweiß von der Stirn wischte. Wenn er die Dosierung zu stark gewählt hatte, würde ihm der Herrscher für immer wegschlafen. Da half nur abwarten.

Ein Plan reift heran

In der Waldschänke waren die Bewohner guter Dinge, denn ihr Plan schien Früchte zu tragen. Eilidh, das Weib des Hamish, war soeben aus der Veste zurückgekehrt und hatte den Wartenden die Ereignisse der letzten Tage berichten können: „Oft braucht Ihr den Geheimgang nicht mehr für Eure nächtlichen Ausflüge zu nutzen Graf, denn der Herzog scheint durch die Papiere, die in seinem Hof aufgetaucht sind, den Verstand verloren zu haben. Er fiebert und träumt von Satanus, der mit seinem Gefolge im Auftrag der Gemeuchelten an ihm Vergeltung sucht. So denkt er!" Sigebert war erleichtert und atmete hörbar auf: „Da denkt er richtig!" Nun wollte er alles genauer wissen, denn seine nächtlichen Ausflüge waren riskant geworden, nachdem ihn bald ein Pferdeknecht im Stall erwischt hatte. „Das Weib des Baders hat es mir gesagt, sie war dabei, als sie mit vier Männern den Adeligen auf seiner Bettstall überwältigen mussten." Dann ergänzte sie: „Wir sind gute Freundinnen, denn so manches Kraut und Elixier bekommt ihr Mann von mir! Ich muss heute noch einmal zurück zur Veste, denn sie wollen, dass ich eine Sud aus Salbei und Baldrianwurzel bereite, damit sie ihn damit beruhigen können." Sigebert zog das Weib in eine dunkle Ecke: „Wir könnten uns viel Arbeit ersparen, wenn du ein etwas, nennen wir es einmal . . . stärkeres Mittelchen zusammenbraust, meinst du nicht?" Die Alte krächzte los, wie ein Rabe: „Ich soll ein Engelmacher werden? Ihr wollt den armen Kranken vergiften?" Sigebert wiegte den Kopf hin und her: „Wenn du das so nennen willst Weib, so sage ich unverblümt, dass es der Menschheit von großem Nutzen sein würde, wenn der Herzog ein wenig ewigen Schlaf finden würde." Die Alte nickte: „Schon verstanden! Ich soll Euch die Arbeit abnehmen und im Zweifel dafür gerade stehen und büßen." Sie zog ihre verrunzelte Stirn noch mehr in Falten. Dann flüsterte sie: „Aber das mache ich nicht!" Sigebert war enttäuscht und wollte gerade wieder zu den anderen gehen, als ihn die Alte am Ärmel festhielt: „Ich mach Euch einen anderen Vorschlag. Da ich am Hof als Kräuterhexe bekannt bin, weiß ich um jeden Winkel und jede Räumlichkeit in der Veste. Ich erklär Euch, wie Ihr des Nachts in sein Gemach kommen könnt. Ich kann ihn mit Kräutern schwächen, aber eine vergiftete Tinktur würde dem herzoglichen Bader sofort auffallen und meine Bestrafung nach sich ziehen. Denkt Euch etwas anderes aus.

109

Kommt, ich bin der Schrift mächtig. In der Küche mache ich Euch einen Plan, dann könnt Ihr ihn unbemerkt von den Wachen, in der Nacht besuchen! Was Ihr dabei mit ihm anzustellen vermögt, liegt dann in Euren Händen." Die beiden gingen aus dem Raum und Flora schaute ängstlich ihren Vater an: „Hoffentlich geht das gut!" Kilian legte tröstend seine Hand auf ihre Schulter: „Du musst ihm vertrauen. Er ist geschickt und mutig. Soll er mit ansehen, wie er weitere Familien ins Unglück stürzt? Er träumt jede Nacht von seinen Eltern und wird erst Ruhe finden, wenn er ihre Pein, Schmach und Ermordung gesühnt weiß, glaube mir!" Flora atmete schwer, als sie in ihre Kammer ging. Sie wusste nur allzu gut, dass die nächsten Tage über ihr Leben entscheiden würden. Vor ihrer Bettstall kniete sie nieder und bat alle guten Geister inständig um Schutz und Unterstützung für den Grafen, denn sie trug das Produkt ihrer gemeinsamen Liebe unter dem Herzen.

Entgegen der brutalen, hinterlistigen Art des Herzogs bevorzugte Sigebert trotz allem doch die offene, ehrliche und ritterliche Auseinandersetzung. Er würde ihn zum Zweikampf zwingen, ohne jegliche Hilfe seiner Vasallen. Die Morgensonne schickte ihre ersten, hellen Streifen durch die Ritzen der Bretter, die vor den zwei Fenstern des Schlafgemachs für die Nacht eingehängt waren. Der Herzog hatte ruhig und fest geschlafen, so wie es die Hexe vorausgesagt hatte. Er setzte sich aufrecht, stand auf und ging, um die Bretterverschläge zu entfernen. Als das helle Licht das Zimmer des Palas durchflutete, reckte sich der Herrscher am offenen Fenster ein paar Mal, bevor er zurück zu seiner Liege wollte. Sein Blick fiel auf den großen Ledersessel, in dem Sigebert saß und seinen Blick nicht einen Augenblick von ihm genommen hatte. Sein Schwert lag griffbereit quer auf seinen Schenkeln. „Äh…" taumelnd erschrak der Herzog und war zurückgewichen. Er rannte zur Tür und zog heftig an der Kordel, die normalerweise eine Glocke zur Dienerschaft betätigte. Mit einem Ruck fiel der gesamte Vorhang, samt Kordel herunter. Er wollte nach seiner Wache rufen, doch nur ein leises Krächzen verließ seinen Mund. Sigebert hatte Vorsorge getroffen und die Wachen ins

Traumland geschickt, bevor er in sein Schlafgemach gekommen war und ihn die halbe Nacht aufmerksam beobachtet hatte. „Nur Mut, Herr!" rief er laut. „Versucht, einen Menschen zu rufen, der Euer schändliches Tun rechtfertigt und sein Leben für einen so erbärmlichen Schuft, wie Ihr es seid, zu opfern! Ruft, aber ruft laut, denn die Männer vor Eurer Tür liegen geschnürt und geknebelt. Sie können nicht kommen!" In seinem knielangen Nachtgewand sah er sehr erbärmlich aus. Die dünnen Beine zitterten, als er sich vorsichtig zu seinem Bett zurückschleppte. „Wer seid Ihr und was wollt Ihr von mir?" Oh, dachte sich Sigebert, der Kerl hat seine Sprache aber schnell wiedergefunden. „Tja, wer bin ich?" wiederholte der Graf seine Worte und fügte hinzu: „Wenn ich ehrlich sein soll . . . und das ward Ihr doch ein Leben lang auch, oder?" Der Herzog saß ruhig auf der Liege, nur seine rechte Hand kroch langsam zu dem kleinen Regal, das dort stand: „Wenn Ihr den Dolch sucht, Herr, so ist Euer Bemühen vergebens!" Sigebert hielt die kleine, gefährliche Stichwaffe in seiner linken Hand. Enttäuscht und entlarvt sank er in sein Bett: „Was wollt Ihr von mir?" Sigebert nahm sein Schwert, stand auf und ging zu ihm. Er legte die Spitze seiner Blankwaffe an den ungeschützten Hals des Adeligen: „Ich will etwas, das Ihr mir nicht geben könnt, " Die blitzenden Augen des Bedrohten zuckten auf: „Alles kann ich Euch geben, alles! Ihr müsst mir nur sagen, was?" Abwartend schaute er den Grafen unsicher an. Er erkannte in ihm immer noch nicht den tapferen Recken, der im Turnier so kampferprobt seine Recken besiegt hatte. Sigebert kam ganz nah und schaute in das Gesicht des hinterhältigen Herzogs, nicht ohne die Spitze der Waffe drohend an ihrem Platz zu lassen: „Gerechtigkeit!" sagte er langsam und gedehnt. „Wisst Ihr, was das ist? Gerechtigkeit?" Verblüfft saß der Adelige da, denn er hatte mit Sachwerten gerechnet, einem Säckchen voller Dukaten und Gulden, aber mit dieser Antwort konnte er nichts anfangen. Sigebert ließ ihm keine Zeit, darauf zu antworten und fuhr fort: „Das ist eine Gabe, die Euch abhandengekommen ist, wenn Ihr sie überhaupt jemals besessen habt!" Er nahm das Schwert zurück, ging zur Tür, entriegelte sie und rief über den Flur: „Schickt den Schreiber zum Herzog, schnell!" dann schloss er die Pforte und widmete sich wieder seinem Erzfeind: „Ihr werdet den Prior des Klosters hierher bestellen und Euch zu der Schuld, die Ihr auf Euch geladen habt bekennen. Bittet ihn

113

darum, Euch dafür zu bestrafen. Falls Ihr dazu nicht bereit sein solltet . . . . . " er drehte sich um und mit dem wuchtigen Schlag seiner Waffe zerteilte er die armdicke, brennende Kerze, deren heißer Wachs durch den Raum spritze. „Ich bin zur Stelle, Herr!" rief der Schreiber und Sigebert öffnete die Tür, riss den Verblüfften Mann in das Zimmer und verriegelte den Ausgang mit einer Bohle, die seitlich in die Öffnungen der Wand eingelassen wurde. „Euer Herr möchte Euch ein Schreiben diktieren, also schreibt!" Er schob den Mann zum Bett und ergänzte: „Aber Vorsicht, was Ihr da zu Papier bringt, denn ich bin des Lesens kundig! Solltet Ihr etwas anderes formulieren, so bedenkt, dass Ihr kein Vogel seid und die Räumlichkeiten durch dies Fenster verlassen werdet!" Während Sigebert wieder in dem Ledersessel Platz genommen hatte, flüsterte der Herzog den verlangten Text." Als er fertig war schauten ihn die beiden Männer an und der Graf nahm das Papier an sich und überflog den Text: „Euer Siegel fehlt noch, Herr!" Er ging mit dem Herrscher zum Stehpult und wartete, bis er das Schreiben versiegelt hatte. „Gut so! Und nun dürft Ihr Euch entfernen!" Die Männer standen ungläubig auf und gingen vorsichtig zur Tür, nahmen die Bohle zur Seite und öffneten die

Tür. Dann sprangen sie schnell heraus und schrien: „Wachen, schnell hierher! Es ist ein Verräter im Palas!" Polternd stürmten Soldaten die breite Treppe empor: „Wo, Herr?" Der Herzog streckte sich, um größer zu wirken und deutete auf die Tür seines Schlafgemachs. „Dort findet ihr ihn! Tötet ihn!" Die Soldaten stürmten in das Zimmer. Es rumorte, Stühle und Sessel fielen um, dann erschien einer der Ritter an der Tür: „Wo ist er hin, Herr? Seid Ihr sicher, dass hier ein Eindringling war? Euer Zimmer ist leer!" Das konnte nicht sein! Der Herzog sprang an dem Eisenmann vorbei und schaute hektisch in alle Ecken. Die anderen Soldaten hatten noch ihre Schwerter in den Händen und warteten auf weitere Befehle. „Sucht Ihr mich?" schallte es aus dem Hof nach oben. Wutentbrannt rannte der Adelige zum Fenster und sah mit großem Erstaunen, wie Sigebert triumphierend das aufgerollte Schreiben hochhielt: „Der König wird erfreut sein, über Euer Geständnis!" Lachend rannte er durch den Hof zu den Stallungen. Die verängstigten Burgbewohner trauten sich nicht aus ihren Häusern, während am oberen Fenster des Palas der Herzog schreiend seine Anweisungen und Drohungen ausstieß: „Er greift ihn doch endlich! Er darf die Veste nicht lebend verlassen. Im Stall ist er. Schließt die

Tore!" Mit aufgerissenen Augen und Schaum vor dem Mund lamentierte er noch eine ganze Weile von dort oben, während Sigebert schon hinter sich die Geheimtür verschlossen hatte und sich durch den Gang zwängte. Wie konnte der Fremde aus seinem verschlossenen Gemach entschwinden und kurze Zeit später im Hof sein? Der Herzog entriss einem Ritter sein Schwert und stach gegen die weiß getünchten Wände, raffte die Teppiche von den Wänden und rückte sein Bettgestell beiseite. Er suchte nach einem Geheimgang, nach einer versteckten Tür, eine Falltür womöglich. Indes, seine Suche blieb erfolglos. Mit einem Ausbruch von Wut warf er das Schwert gegen die Wand, sodass es klirrend in zwei Teile zersprang und die Hälften auf den Steinfliesen tanzten. Er schrie seine Verzweiflung so laut heraus, dass der Bader wieder mit mehreren Männern den um sich Schlagenden bändigen musste, bevor ihm die Schlaf bringende Droge verabreicht werden konnte. Als seine Gegenwehr erlahmte und er schlaff in seine Kissen zurücksank, sprach der Heiler aus, was alle dachten: „So geht das nicht weiter! Er wird uns in seinem Wahn noch ins Verderben reißen!" Er zeigte auf zwei Ritter und befahl ihnen: „Fesselt und bewacht ihn! Ein Dämon hat Besitz von ihm genommen. Das ist nicht mehr unser Herzog!" Er drehte sich um und ging angewidert aus dem Raum. Die Ritter führten die Anordnungen aus und stellten sich auf dem Flur zur Bewachung des Herzogs auf.

Ein kühner Plan

„Du vertraust darauf, dass man dies Schreiben für echt hält?" Kilian sah seinen jungen Freund traurig an. „Ich kenne sein Siegel und seine Handschrift. Das trägt weder sein Siegel, noch ist es von ihm angefertigt. Er wird im Zweifel sagen, dass er unter der Folter gezwungen war, das Schreiben anzufertigen. Der Schreiber steht zudem auf seiner Seite. Du wirst damit nicht durchkommen. Du müsstest ihn schon ins Kloster begleiten und im Beisein des Priors sein Geständnis bekommen, aber das ist ja aussichtslos, denn er wird seine Veste niemals ohne Schutz und alleine verlassen, es sei denn . . ." Kilian rieb sein Kinn und schmunzelte. „Was ist? Was geht dir durchs Hirn?" wollte Sigebert wissen und sein väterlicher Freund grinste. „Bekommen wir ihn geschnürt durch den Geheimgang? Ich kann dich begleiten." Der junge Graf schüttelte den Kopf. „Der Gang macht mir keine Sorgen. Es ist die geheime Wendeltreppe, die ich in sein Gemach nehmen musste. Sie ist viel enger, als der Gang vom Pferdestall aus. Er wird diesen Transport, so wir es wagen sollten, nicht ohne Blessuren überstehen!" Kilian ging in seine Stube und war bald mit lederner Hose und Wams gerüstet, wieder zurück: „Sei es drum! Ich bin bereit." Da meldete sich Flora, seine Tochter zu Wort. „Vater, nichts gegen Euch, aber ich habe das halbe Gewicht von Euch und könnte mich besser und schneller durch die Gänge winden. Ich begleite Sigebert!" Der Graf drehte sich zu seiner Freundin um: „Das ist viel zu gefährlich . . . " „Ja, ja, ich weiß! Das schickt sich nicht für ein schwaches Weib! Ich bin jedoch stärker, als du annimmst!" Sie stemmte die Arme in ihre Hüften. „Du gehst nicht noch einmal alleine in die Veste. Entweder du nimmst mich mit, oder . . . . " Sigebert hob erwartungsvoll seine Augenbrauen: „Oder was?" Jetzt zwängte sich Hamish zwischen die beiden Streithähne. Er hob seine kleine, gefährliche Armbrust. „Allzu lange hab ich in der Schänke vor dem Feuer gesessen und aus der Ferne mit ansehen müssen, wie dieser Unhold, den man Herzog nennt, mit seinen Untertanen umging. Jetzt bin ich an der Reihe." Er tippte Flora leicht mit dem Zeigefinger auf ihren Bauch. „Hast du bei deiner Rede auch an deine Frucht gedacht, Weib?" Flora schaute enttäuscht: „Also, vergiss es! Ich werde den Grafen begleiten! Bei den kelpies meiner fernen Heimat und dem mächtigen Fingal, sollte er sich zu stark zur Wehr setzen, so wird er nicht an einem

Stück hier ankommen!" Sigebert musste zugeben, dass dies nicht die schlechteste Lösung war. In der kommenden Nacht würden sie ihn aus seiner Bettstall holen und hierher bringen. Eilidh gab ihrem Mann einen Lederbeutel mit Schwefelsteinen. „Wickelt die Steine in seinem Gemach aus und tropft dieses Elixier darüber." Sie gab ihm ein kleines Fläschchen. „Jeder, der dann das leere Zimmer betreten wird, muss annehmen, dass der leibhaftige Satanus diesen Unmenschen zu sich holte, denn man glaubt immer noch, dass der Teufel nach Schwefel stinkt!" Sie kicherte leise, als sei der geniale Plan schon perfekt umgesetzt. Als die Nacht angebrochen war, verabschiedeten sich die beiden ungleichen Männer, um ihr gefährliches Vorhaben in die Tat umzusetzen. Flora blieb mit Eilidh am offenen Feuer sitzen, denn sie fand in dieser Nacht keine Ruhe.

„Er ist aufgewacht und schreit schon seit Stunden, was sollen wir tun?" Ein Ritter war zu dem Bader geeilt, um ihm zu berichten, was sich im Palas zutrug. „Er ist noch gebunden?" Der Ritter bejahte und bekam von dem Heiler die erlösende Tinktur: „Flößt ihm das ein! Er wird dann bis zum Morgen ruhen, danach sehen wir weiter, geht. Ich habe zu tun." Er schloss die Tür und ging zu seinem Weib zurück: „Ich werde ihm nicht noch einmal beistehen. Er ist des Wahnsinns." Er setzte sich wieder, nahm sein unterbrochenes Mahl ein und trank einen großen Schluck Wein. Sein Weib schwieg, denn sie war absolut gegen den Herrscher, der sich lange Jahre ihres Leibes bedient hatte, bevor der Bader in die Veste gekommen war. Sie hatte mit ihm nie darüber sprechen können, aber insgeheim betete sie dafür, dass dieser Unhold bald seine gerechte Strafe bekommen würde. Zur gleichen Zeit huschten zwei Schatten aus dem Stall quer über den Hof. In der hintersten Ecke des Palas schlüpften sie in eine kleine Pforte, die Sigebert mit der Hilfe eines Schließeisens zu öffnen vermochte. Bald hatten sie die verborgene Tür in der Außenmauer erreicht und stiegen leise die steinerne Wendeltreppe empor. Schier endlos windete sich der dunkle Gang nach oben, bis sie endlich vor einem

Holzverschlag hockten. „Pst!" flüsterte Sigebert: „Ich höre Stimmen!" Die Ritter hatten soeben dem Herzog wieder die betörende Tinktur eingeflößt und nun warteten sie darauf, dass der kleine Bruder des Todes seine Gegenwehr lähmen würde. Sigebert hatte seinen Kopf seitlich gegen die Holzwand gepresst und hörte endlich die erlösenden Worte eines Ritters. „Seht nur! Er liegt so unschuldig da, als hätten wir einen anderen vor uns. Bis morgen früh werden wir Ruhe vor ihm haben, das hat mir der Bader versprochen. Gehen wir!" Sigebert hörte Schritte und das Knarren der Tür. Sie warteten noch eine Weile ab, bevor sie vorsichtig die Holzverkleidung hochklappten. Flackerndes Kerzenlicht zeigte ihnen einen gespenstisch anmutenden Raum. Der Adelige war gefesselt und lag tief atmend auf dem Rücken. Sigebert wollte so schnell als möglich sein Werk zu Ende bringen, zog zur Sicherheit seinen Dolch und hielt dem Herzog mit der Linken den Mund zu. Er rührte sich nicht und atmete ruhig weiter. „Was hat man ihm gegeben?" fragte er den kleinen Gnom, der seine Schultern hob. „Es gibt viele Mittel. Hier . . ." er hatte sich zu ihm heruntergebeugt und an seinem Atem gerochen. „dies hier ist eines der stärksten. Er wird nicht aufwachen, vertrau mir. Und nun ans Werk!" Da der

Adelige an Beinen und Händen schon gefesselt war, schleppten sie ihn so wie er war zu der verborgenen Klappe und schoben ihn hindurch. Hamish nahm den Lederbeutel und ging in die Stube zurück. Er verteilte die Schwefelbrocken auf dem Boden, träufelte die Flüssigkeit darauf und verschloss das kleine Gefäß wieder mit dem Holzstopfen. Sofort stiegen kleine Rauchsäulen empor und gaben einen ätzenden Gestank ab. Hamish hielt sein Halstuch vors Gesicht und folgte dem Grafen kriechend durch die Holzklappe. Sigebert war zehn Stufen unter dem Gnom, der den Geschnürten fest an den Schultern hielt. So viel Kraft hatte der Junker den kleinen Kelten gar nicht zugetraut. Stufe für Stufe bekamen sie den Adeligen immer tiefer, nur zwei Mal mussten sie ihr Werk unterbrechen, denn durch die Drehbewegungen wurde auch ihr Hirn verwirrt. Es dauerte viel länger, als sie gedacht hatten und als sie endlich die rückwärtige Pforte geöffnet hatten und im Hof standen, kündigte sich am fernen Horizont schon der Feuerball an, der den Morgentau vertreiben und bald hell den Tag erleuchten würde. Jetzt war noch einmal Eile geboten. Hamish warf ein paar Fleischstücke in den Hof, als sich ihnen ein paar Hunde knurrend näherten. Sie fielen sogleich auch zankend über ihre Beute her, sodass sie unbeobachtet den Pferdestall erreichten. Als sie im Geheimgang waren, legte Sigebert ein Seil unter die Arme des Gefesselten, nahm die beiden Enden und zog sie stramm auf seine rechte Schulter. „Geh vor!" sagte er zu seinem Begleiter, ich schleppe ihn wie einen Mehlsack hinter mir her, das geht schneller!" Die Füße des Herzogs schleiften durch den verdreckten Gang und nach einer weiteren Stunde hatten sie den Ausgang im angrenzenden Wald erreicht. Als sie die verrostete Tür aufdrückten, wurden sie von Kilian und den beiden Weibern erwartet. „Endlich! Wir waren in größter Sorge. Habt ihr ihn?" Sigebert kam heraus und ließ seine Last fallen. Wie ein nasser Sack lag der total verdreckte Körper des Adeligen im Gras. „Ist er gemeuchelt?" Hamish antwortete, denn Sigebert musste sich von der ungewohnten Anstrengung erholen und atmete tief durch. „Eilidh, riech an seinem Maul, ich denke er hat einen kräftigen Sud vom Bader bekommen. Schafsgabe mit Baldrian? Was meinst du?" Statt einer Antwort beugte sich die Alte über den Wehrlosen und lächelte verschmitzt: „Weder, noch! Es ist ein Extrakt aus gekochtem Mohnsaft. Er wird lange schlafen."

Auf der Veste

Schreiend rannte der Page des Herzogs über den Hof. Er klopfte so stürmisch an die Pforte des Baders, dass auch die benachbarten Burgbewohner ihre Türen und Fenster öffneten: „Bist du närrisch? Wcißt du, welche Stunde wir haben? Der Tau hängt noch in den Wiesen! Gib Ruhe!" Wütend, der letzten Morgenstunden beraubt, riefen die Mägde und Knechte in den Hof, denn sie hatten Angst, dass ihre Herrschaften zu früh herunterkamen und sie zur Arbeit anhielten. Es half nichts! Der Jüngling war außer sich. „Ein Unglück! Ein schreckliches Unglück! Macht auf, Bader! Es ist höchste Eile geboten!" Endlich klappte die Luke seiner Eingangstür in Augenhöhe auf und ein verschlafenes Gesicht zeigte sich. Auch er war verärgert und wollte den Junker zur Ruhe mahnen, bis der sein Anliegen geflüstert hatte. Ungeachtet seines Nachtkittels, denn mehr trug er nicht an seinem Leib, riss er seine Tür auf und rannte mit dem Pagen zurück zum herzoglichen Palas. Sein Weib tauchte nur kurz an der Pforte auf, um sie zu verschließen, dann kehrte wieder Ruhe im Hof ein. Sie hielt derweil nur sehr kurz an, denn ein Schreien tönte aus dem obersten Geschoß. Die Bretterverschläge des

Schlafgemachs wurden aufgerissen und der Bader zeigte sich völlig verstört am Fenster: „Satanus war hier! Er hat unseren Herrn geholt! Eilt zum Priester, schnell! Wir brauchen sein Weihwasser. Man wird den Raum versiegeln müssen!" Schon lief er zurück auf den Flur, denn die Schwefelgase breiteten sich schnell aus, trotz des geöffneten Fensters. Nach zwei Stunden kamen die ausgesandten Boten erfolglos aus dem benachbarten Kloster alleine zurück. Jeder Mönch, jeder Priester und sogar der Prior weigerten sich, die vom Teufel in der Nacht heimgesuchte Veste zu betreten. Lediglich ein kleines Fläschchen mit gesegnetem Wasser hatten sie den Mönchen abschwatzen können, wenn auch gegen teuer erkaufte Silberlinge. „Unser Schöpfer hat euch verlassen und die Burg seinem Erzfeind überlassen. Fragt euch, warum dies geschehen konnte und kommt zur Beichte. Wir können euch helfen, wenn ihr willens seid!" hatten sie den Männern noch mit auf den Weg gegeben und drei von ihnen waren daraufhin sofort ängstlich im Kloster geblieben. Nur die anderen zwei erfüllten ihren Auftrag, aber nur um danach sofort wieder zurück zu reiten. Die gesamte Veste war in hellem Aufruhr. Der wahrlich teuflische Plan der Wald Hexe erfüllte sich besser, als sie gedacht hatten. Eilidh war unter dem Vorwand, neue Kräuter an den Bader zu liefern, wieder zur Burg gegangen und konnte ihre Freude über den geglückten Streich schwerlich verbergen. Jedoch waren alle Bewohner der Veste, einschließlich des Heilers so überzeugt von der nächtlichen Heimsuchung des Satanus, dass sie jede andere Möglichkeit völlig außer Acht ließen. Sie konnte sogar den Heiler überzeugen, den Schwefelgestank im Schlafgemach auffinden zu können. Alleine wurde die Alte in die verschlossene Kammer gelassen, während sich im Flur die Ritter ängstlich anschauten. Kurze Zeit später klopfte sie wieder an die Tür: „Es ist vollbracht, lasst mich wieder raus!" sagte sie und kam, mit einem Tuch vors Gesicht gebunden, wieder in den Flur. In einem Korb hatte sie verdeckt mit Linnen, die immer noch dampfenden Schwefelstückchen. Sie zeigte auf die Beute: „Es sind die Exkremente des Höllen Meisters, wollt ihr sie sehen?" Schreiend rannten die tapferen Männer davon. So konnte sie die verräterischen Beweise ohne Kontrolle wieder mit zur Waldschänke nehmen. Als sie die Mauern hinter sich gelassen hatte, entfuhr ihr ein lautes Lachen, welches die Wachen so sehr erschreckten, dass sie eine ganze Weile darüber nachdachten, ob die Hexe nicht mit dem Satanus im Bunde stand. Jedoch weigerte sich ein jeder von ihnen, sich mit der dunklen Macht anzulegen. Sie waren froh darüber, dass der Gestank im Palas langsam verzog und das verspritzte, geweihte Wasser würde hoffentlich dazu führen, dass Diabolo nicht noch einmal durch die dicken Mauern hindurch die Veste betreten möge.

Als die Alte wieder zurück war, erzählte sie von dem Erfolg. „Keiner denkt im Entferntesten daran, dass der Herzog von Euch aus der Veste geführt wurde, keiner!" Sigebert streckte dem alten Weib anerkennend die Hand entgegen. „Ich hab dich unterschätzt, Eilidh. Die Aufgabe, die ich mir stellte, ist jedoch erst halb getan. Ich will mich nicht mit ihm auf eine Stufe stellen, denn sonst würde er einen gar qualvollen Tod erleiden, für all das Unrecht, dass er über das Land gebracht hat. Bringen wir ihn vor das königliche Gericht! Die sollen über ihn richten, was meint ihr dazu?" Kilian sprach als erster: „Da du uns ermutigt hast, uns gegen ihn zu erheben, so soll Dein Vorhaben auch von uns unterstützt werden. Das seht ihr doch genauso?" er drehte sich um, denn Hamish hatte seine Meinung dazu noch nicht gesagt. Er saß die ganze Zeit scheinbar unbeteiligt am offenen Feuer.

„Eilidh!" sagte er und sein Weib nickte. Sie verließ den Raum und kam wenig später mit einem Korb voller Geräte zurück: „Holt den Herzog hierher! Er soll dabei sein, wenn ich die Feme meiner Ahnen anrufe!" Während sie ihre Knochen, Federn und Steine auf dem Boden zu einem Kreis verteilte, ging Hamish, um den Gefesselten zu holen. Flora saß mit ihrem Vater auf der Eckbank, schmiegte sich ängstlich an und wusste nicht, was da im Augenblick im Gange war. Die Alte hatte eine kleine Handtrommel, die sie wiederholt schlug, sang krächzend ein monotones, unverständliches Lied und Sigebert war sich darüber im Klaren, dass die Geister der Kelten bald einen Rat geben würden. Hamish stieß den Herzog in die Runde, der sofort zu Boden stürzte, denn seine Arme und Beine waren immer noch zusammengeschnürt. Auf dem Boden liegend versuchte er den Kopf zu heben und lallte ein paar Worte, die aber durch den Singsang der Alten ungehört blieben. Plötzlich verstummte sie und schaute den Grafen an. Er konnte nur die weißen Augäpfel von ihr sehen und schauderte sich zum ersten Mal: „Du bist in großer Gefahr, mein Sohn!" sagte sie ohne jeden Dialekt und Sigebert war sich sicher, die Stimme seiner Mutter vernommen zu haben. Ihn fröstelte und er schüttelte sich. Trotzdem hing er weiter an den Lippen der Alten, als sie im gleichen Tonfall weitersprach: „Es ist noch lange nicht vorbei!" Als sie das gesagt hatte, donnerte es und ein Sturm fegte durch den Wald. Die Bretter vor den Fenstern schlugen in den Halterungen und die verschlossene Eingangstür flog auf. Ein eisiger Wind fegte herein und Hamish sprang schnell auf, um die Pforte wieder zu verschließen. Zuerst glaubte Sigebert an ein weiteres, geplantes Spiel der Alten, aber als sie sich an den Hals fasste und ihr ein letzter, erstickender Schrei entfuhr, sahen sie zu ihrem Entsetzen, dass der Herzog nicht mehr an Fessel gebunden, mit einem Dolch zugestochen hatte. Er sprang auf, schlug den kleinen Kelten beiseite und rannte in den dunklen Wald. Starr vor Schreck saßen sie noch da, während Hamish zu seinem Weib geeilt war. Sie röchelte, während pulsierend der Lebenssaft über die Hände ihres Mannes spritze: „Nein!" schrie der alte Rothaarige und dann folgten nur noch unverständliche Worte seiner Muttersprache, als er die Sterbende in seinem Schoß wiegte. Sigebert sprang auf, rannte in die obere Kammer, holte sein Schwert und wollte dem Unhold nachlaufen. Kilian versperrte ihm den Weg: „Er ist im Vorteil. Lass ihn laufen, denn es ist stockdunkel da draußen und ein Unwetter tobt.

Nimm den Geheimgang, so wirst du vor ihm da sein! Er wird sich auf seine Veste zu flüchten suchen." Er kramte in seinen Sachen und hielt ihm die bekannte Armbrust hin: „Hier ist die kleine Waffe, die uns Hamish gegeben hat. Siehst du den doppelten Eisenbogen? Jeder hat einen Schuss. Krümmst du deinen Zeigefinger ganz durch, so löst du kurz hintereinander beide Bögen aus. Du hast insgesamt zehn Bolzen! Nutze sie gut. Ich kümmre mich derweil um Hamish und beschütze das Haus, so er doch wider Erwarten hierher zurückkommen sollte!" Flora sprang ihm entgegen: „Denk an unser Kind! Ist es das alles wirklich wert? Geh nicht, ich flehe dich an!" Kilian nahm sie beiseite: „Schweig, Weib! Du selbst wolltest dich in Gefahr begeben, schon vergessen? Es ist jetzt seine Pflicht, sonst werden wir niemals Ruhe finden." Mit tränenden Augen schaute Flora hinter ihrem Geliebten her, den die Dunkelheit alsbald verschluckt hatte. Kilian legte seine Hand tröstend auf die Schulter seiner Tochter und schaute sie an: „Geh zu Hamish. Er braucht unseren Trost, denn sein Weib war alles, was ihn hier gehalten hat. Sprich ihm Mut zu, denn er neigt zum Jähzorn und dann wäre Sigebert in größter Gefahr."

„Ein Geist! Hilfe ein Geist!" riefen die Wachen von der Brüstung, als ein grauhaariger Mann, nur mit seinem knielangen Hemd bekleidet vor dem Burgtor stand. „Ihr Narren! Öffnet eurem Herrn! Man hat mich entführt!" Der Herzog war ungehalten, vor seiner eigenen Veste abgewiesen zu werden, denn er hatte von dem Spuk und den Schwefelstücken in der vergangenen Nacht nichts mitbekommen. Also ahnte er auch nicht, dass man ihn mit dem Teufel in Verbindung gebracht hatte. Leise flüsterten die Soldaten. Sie waren sich uneins darüber, ob sie den Herzog, den sie sofort an der Stimme erkannt hatten, noch hier hereinlassen durften, nachdem er doch mit dem Diabolo die ganze Nacht verbracht hatte. Vielleicht war es der Höllenherrscher persönlich, der sich in seiner Gestalt Einlass zu verschaffen suchte? „Ruft den Bader hier zum Tor! Er soll eine Entscheidung treffen!" Damit hatten sie die Verantwortung auf den Heiler geschoben, der im Falle eines Misslingens zur Rechenschaft gezogen werden konnte. Mit zwei Wachsoldaten traute sich der Gerufene endlich vor die Tore, um sich der Person des Herzogs zu vergewissern. Nach kurzer Besprechung hatte er mit dem Burgherrn ein Einsehen und so wurden sie eingelassen. „Wieso sollte

Satanus um Einlass betteln, wenn er doch die Gabe hat, nächtens im verschlossenen Gemach aufzutauchen? Unser Herr ist entführt worden." Ohne zu zögern ließ der Burgherr alle Ritter und Wachsoldaten wecken und im Hof antreten. Als alle versammelt waren, man hatte dem Herzog seinen Umhang aus rotem Stoff und Fellbesatz umgelegt, hielt er eine flammende Rede. „Männer! Dieses Pack von Vogelfreien, deren Aufenthalt ich jetzt kenne, hat es gewagt, Hand an mich zu legen, aus der Veste zu führen und zu demütigen. Sie befinden sich in einer Waldschänke, an jenem Ort, wo in frühen Zeiten unsere kleine Kapelle stand. Diese erbärmlichen Hütten werden mit allen darin befindlichen Wesen ein Opfer der Flammen werden. Die Hexe, die unseren Bader des Öfteren hier innerhalb meiner Veste besucht hat, gab ihnen Unterschlupf. Nehmt eure Fackeln, wir reiten noch in dieser Nacht! Sattelt mein Pferd, ich werde mich kleiden und gerüstet an eurer Spitze reiten!" Die Männer verteilten sich, um ihre Waffen und die Pferde zu holen. Sigebert hatte die Vierbeiner derweil schon aus dem Stall in den hinteren Teil des Hofes geführt, wo sie nun angeleint warteten. Die Verwirrung der Knappen war groß, als sie den Junker mit Schwert und Armbrust im leeren Stall antrafen. Keiner von ihnen schaffte es, den Hof wieder zu erreichen. Während Sigebert die abgeschossenen Bolzen aus den toten Körpern zog und schnell an deren Kleidung abstreifte, warteten die Ritter vergebens auf ihre Pferde. Nach und nach kamen sie hintereinander vorsichtig herein, um sogleich getroffen auf den strohbedeckten Boden zu sinken. Der Junker merkte schnell, dass er nicht gegen alle Männer kämpfen konnte und verließ durch den Geheimgang die Veste, um seine Freunde im Wald zu warnen. Fünf Knappen und zehn Ritter lagen im Reitstall, als die restlichen Männer ihre Geduld verloren hatten und nach ihnen sehen wollten. „Satanus ist zurück!" schrien manche von ihnen und fielen auf die Knie, um sich zu bekreuzigen. Auch die Androhung von schlimmsten Strafen konnte die Hälfte der Männer nicht dazu bewegen, ihrem Herrn weiter zu folgen. Man hatte zwar die Pferde gefunden, jedoch waren nur noch fünfzehn Ritter bereit, mit dem Herzog die angekündigte Rache im Wald vorzunehmen. „Ihr feiges Pack werdet mir meine Veste bewachen, Satanus hin, Hölle her! Meine Strafe wird euch härter treffen, als das Erscheinen des Höllenfürsten! Tor auf, wir reiten!" Das Donnern der Hufe verklang schnell, denn der Burgherr trieb seine Männer zur Eile. Er war vor Zorn und Wut zu allem entschlossen. Wild schwand er seine Lieblingswaffe, die schwere, kurze Franziska. Diese Streitaxt hatte zwei Schneiden und zusätzlich eine geschmiedete Spitze, mit der man im Nahkampf auch hervorragend zustechen konnte.

Sigebert kroch und wand sich, so schnell er konnte, durch den engen Schlund und stand bald danach wieder am Waldrand. So schnell ihn seine Füße tragen konnten, rannte er durch das Unterholz. Der Vollmond bescherte ihm das nötige Licht, um kurze Zeit später wieder vor der Schänke zu stehen. Er riss die unverschlossene Tür auf und rief in den Raum, der nur spärlich vom offenen Kamin beleuchtet wurde: „Sie kommen hierher! Beeilt euch, wir müssen fliehen!" Gerade wollte er die hölzerne Treppe hochrennen, da legte sich eine Hand auf seine Schulter. Kilian stand neben ihm. „Es ist niemand mehr im Haus. Hamish hat sein Weib genommen und ist fort. Flora wartet auf unserem Wagen. Er steht hinter dem Haus in der Dunkelheit. Es wird jedoch unmöglich sein, zum Kloster zu kommen, bevor die Sonnenscheibe uns den Weg weist. Das wird noch Stunden dauern. Wo sollen wir jetzt noch so schnell hin?" Sigebert ließ enttäuscht seine Schultern sinken: „Ich weiß es nicht." Sie gingen gemeinsam zum Wagen und wurden von der aufgeregten Flora empfangen. „Seht ihr den Lichtschein, dort?" Die Männer blickten in die angegebene Richtung und konnten eine Fackel erkennen, die einen verborgenen Waldweg zeigte. „Hamish hat mir etwas zugerufen, aber ich habe nur verstanden, dass wir den Wagen dorthin lenken sollen." Kilian nahm das Seil, das im Nasenring des Ochsen verknotet war: „Springt auf, worauf warten wir?" Der Ochse folgte Kilian, der an dem Strick zog. Knarrend setzte sich das Gefährt in Bewegung und hielt auf die Fackel zu, die Hamish auf einer Lichtung in den Boden gesteckt hatte. Äste schlugen ihnen ins Gesicht und Flora legte sich flach auf den Wagen, während Sigebert heruntersprang und vorauslief. Erstaunt sah er, wie sich hinter ihnen der breite Weg wieder mit Geäst zudeckte. Zischend flogen die gespannten Äste auf den Weg zurück, wenn der Wagen durchgefahren war. Hamish hatte mit Seilen das Unterholz zurückgezogen und rannte neben ihnen her, während er mit einem Schwert die gespannten Seile durchschlug. Sie waren noch zwanzig Schritte von der versteckten Lichtung entfernt, als sie das Donnern der Hufe vernahmen. „Die Fackel! Schnell, lösch die Flamme!" rief Kilian, der noch mit dem Wagen zu weit entfernt war. Sigebert riss den brennenden Ast aus dem Boden, warf ihn ins Gras und trat so lange darauf, bis der Funkenflug erloschen und wieder Dunkelheit eingekehrt war. Im Mondschein standen sie am Rand der Lichtung, als der alte Kelte zu ihnen trat: „Da, seht! Sie sind da!" Ein flackernder Lichtschein war durch das Dickicht zu sehen, der erst schwach, dann immer stärker wurde. „Sie brennen alles nieder! Hoffentlich fängt der Wald nicht auch noch Feuer. Diese Tölpel sind in ihrem Wahn zu allem fähig!" Sigebert beugte sich zu dem Kelten herab: „Es tut mir aufrichtig leid, dass du dein Weib so tragisch verloren hast!" Er drückte den kleinen Mann an sich und spürte die Tränen, die warm über seinen Arm liefen. Der Kleine nickte nur und zeigte zum Waldrand. Sie sahen einen Holzhaufen, auf dessen oberster Fläche Eilidh zugedeckt lag, so als ob sie schlafen würde. „Morgen Mittag werde ich ihre Seele erlösen und mit den Flammen wird sie von den kelpies nach Alba zurückreisen." Er setzte sich ins Gras und schaute in Richtung der alten Waldschänke, die ein Raub der Flammen wurde.

Finale

Wochen später stand ein Tross von Reitern, Wagen und Fußvolk vor den Toren der herzoglichen Veste. Nach kurzem Wortwechsel wurden sie eingelassen, denn dem königlichen Wappen durfte sich kein Vasall widersetzen. „Ein Gericht wollt Ihr abhalten? Bei mir?" waren die verwunderten Worte des Burgherrn, der sich allem Anschein nach gut von den Strapazen der vergangenen Wochen erholt hatte. Der mitgereiste Prior bejahte und der königliche Gesandte gebot dem Burgherrn, für den morgigen Tag im Hof alles dafür vorzubereiten. Um welche Art von Prozess es dabei ging, verschwiegen sie. Mehrere Mönche, die ihre Kapuzen tief ins Gesicht gezogen hatten, nahmen in der Kemenate gegenüber dem Palas Quartier. Keiner der Burgbewohner bekam sie an jenem Abend zu Gesicht. Sie speisten für sich alleine und bald legte die Nacht ihre Decke über das Land und brachte ein letztes Mal eine trügerische Ruhe. Der Herzog verspürte eine innere Anspannung, denn nur ein einziges Mal hatte man bisher im Namen des Königs in seiner Veste Gericht abhalten. Nach dem Frühstück versammelten sich im Hof alle mitgereisten Scheffen, der königliche Gesandte als oberster Richter, der

Bischoff, der Prior und zum Schluss kamen die Mönche in ihren Kutten, wieder hatten sie ihre Kapuzen tief herunter gezogen. Auch die neugierigen Burgbewohnen waren zahlreich erschienen und am Balkon des herzoglichen Palas hatte sich der Burgherr auf seinem Sessel niedergelassen, um dem Treiben in seinem Hof von hier oben beizuwohnen. Ein Herold eröffnete die Verhandlung und verkündete, dass man gegen den Burgherrn daselbst vorzugehen gedachte. Der Herzog erschrak, denn dabei konnte es sich nicht um einen Irrtum handeln. Angst und Neugier fesselten den Adeligen auf seinem hohen Sitz, aber er sagte kein Wort dazu, zeigte äußerlich keine Regung. Als die erste Zeugin aufgerufen wurde, schlug Flora ihre Kapuze zurück und trat vor den Richter. Sie beantwortete wahrheitsgemäß die gestellten Fragen, die man ihr über den grausamen Tod des leibeigenen Rudger vor zwei Jahrzenten stellte und dass sie dabei dem kleinen Jüngling zur Flucht verholfen hatte. Der Herzog schmunzelte und schrie vom Balkon: „Verjährt! Das sind alte Geschichten eines Nichtsnutzes, der zudem mein Eigentum war und über dessen Leben ich nach Gutdünken verfügen durfte!" Die Rufe zeigten jedoch im Hof keinerlei Wirkung. Man rief den Knaben auf, der den Leibeigenen damals zur Veste begleitet hatte und Sigebert betrat aus den Reihen der Mönche den Hof. „Ich habe diesen Jüngling gekannt!" Er warf seine Kutte ab und stand in seiner strahlenden Rüstung im hellen Sonnenschein. Der Herzog hielt sich an der Lehne des Sessels fest. „Was geht da vor sich?" fragte er leise und hörte die Schilderungen des Junkers, der die Ereignisse so schilderte, als habe er sie von dem Knaben im Wald erfahren, bevor der gemeuchelt wurde. Er selbst, so sagte er, war auf dem Weg zu seinem Oheim. Es durfte auch jetzt niemand erfahren, dass er selber der kleine Jost war, der das erlebt hatte. Am Schlimmsten war für den Zeugen die Begegnung mit dem Knecht und den beiden Mägden gewesen, die mit ihm auf dem Lehn Hof gewohnt hatten, Tasso, Elsa und Minna. Man hatte sie in der Stadt ausfindig gemacht und unter dem Schutz der gleichen Verkleidung in die Veste verbracht. Sie hatten den kleinen Blondschopf von damals in ganz anderer Erinnerung und ihn nicht wiedererkannt. Sie schilderten die List und den Vorwand, mit dem der Herzog entgegen dem Stadtrecht Alwine geraubt und anschließend im angeblichen Namen der Inquisition hier im Hof verbrannt hatte. Auch das konnte der hiesige Prior bestätigen. Tränen stiegen Sigebert durch die Schilderung des gewaltsamen Todes seiner Mutter in die Augen. Er musste sich abwenden, um dadurch nicht erkannt zu werden. Während dem Herzog langsam ein kalter Hauch über den Rücken kroch, vernahm man unter den Burgbewohnern ein erstes Raunen. Manche wurden von mulmigen Gefühlen geplagt und vereinzelte Blicke richteten sich zu der Empore. Die Verhandlung wurde mit weiteren Zeugenaussagen von Gefolterten und Geschändeten fortgesetzt. Selbst die mitgereisten Mönche und ihr Prior sprachen ihre Abscheu und das menschenverachtenden Verhalten des Burgherrn laut aus. Die Forderungen nach einer gerechten Strafe wurden immer lauter, obwohl man noch weitere Zeugen mit hierher genommen hatte und befragen wollte. „Ich habe ein Anrecht darauf, auch vor dem Gericht gehört zu werden!" schrie der Herzog herunter und wollte auf gestellte Fragen antworten. Der Richter unterbrach die Verhandlung und schaute zu ihm hinauf: „So komme er in den Hof, damit man ihm von Angesicht zu Angesicht die Fragen stellen kann!" Als sich der Herzog weigerte, herunter zu kommen um in ihre Mitte zu treten, forderte die Richtbarkeit die Soldaten auf, den Adeligen aus dem Palas zu holen. „Ihr wollt mich demütigen? Behandeln wie einen räudigen Hund? Ich bin von Adel, Ihr dürft mich nicht richten!" Der königliche Gesandte ließ sich durch derlei Geschwätz nicht beeindrucken: „Hab ich das nicht erwähnt?" Er schaute gelangweilt in die Runde. Dann stand er auf und zeigte mit der ausgestreckten Hand zum Balkon hinauf: „Ihr seid vom König zum Herzog ernannt worden, mit Güte das Land in seinem Namen zu regieren. Aber was habt Ihr gemacht? Wir haben erst einen kleinen Teil Eurer Schuld erfahren." Er nahm ein Pergament, dass ihm gereicht wurde, entrollte es und las laut vor: „Der König entzieht Euch den verliehenen Titel, bis Eure Unschuld erwiesen wurde! Also kommt endlich zu uns in den Hof, Gernot von Tribur! Oder sollen meine Ritter Euch hierher schleifen?" Zitternd stand der Angesprochene auf und flüsterte ein paar Worte, die unter dem lauten Jubel des versammelten Volkes untergingen. So, wie Ratten ein sinkendes Schiff als erste verlassen, so alleine stand der Burgherr nun da. Keiner wollte etwas von seinen Machenschaften gewusst haben. Nun war der Pöbel erstarkt und stellte sich ihm entgegen. Eine Handbewegung des Richters ließ die Menge verstummen und er rief hinauf: „Wolltet Ihr etwas sagen?" Gernot stellte sich auf: „Ich verlange ein

Gottesurteil! Es steht mir bei all diesen infamen Lügen zu, meine Unschuld im Zweikampf zu beweisen!" Er wartete keine Antwort ab und verschwand in der Kammer. Man hatte mit allem gerechnet, doch so leicht sollte er nicht davonkommen. „Holt ihn hierher!" rief der Richter seinen Rittern zu und eine Gruppe von Bewaffneten lief sogleich die breite Treppe herauf, um den Befehl auszuführen. Sigebert nutzte die Gelegenheit, denn ein weiteres Mal durfte ihm der Mörder seiner Eltern nicht entwischen: „Wenn es ihm nach dem Gottesurteil verlangt, so trete ich in Eurem Namen gegen ihn an!" Flora schaute ihn entsetzt an und suchte die Hand ihres Vaters. „Es ist mein Recht als Ritter, mich für das Gericht zu verwenden, um den getöteten Leibeigenen zu ihrem Recht post mortum zu verhelfen!" Der Richter nickte: „Sigebert von Schleswig, Ihr habt meine Zustimmung! Kämpft und bestätigt das Unrecht!" Gernot von Tribur kam die breite Steintreppe herab. Er trug nicht, wie erwartet seine eiserne Rüstung, sondern hatte sich für den leichteren Lederwams entschieden. Er schwang seine zweischneidige Franziska so geschickt über dem Kopf, dass Kilian den jungen Graf sein besorgtes Gesicht nicht verbergen konnte. Der Hof wurde von Schaulustigen geräumt und die

Kontrahenten standen sich auf zwanzig Schritt gegenüber. Die Mönche, nebst Priester und Prior, sowie die königlichen Gesandten und der Richter daselbst saßen nun auf dem hölzernen Vorbau der Kemenate, oberhalb des leeren Platzes. Der Richter stand auf und rief laut: „Es ist, und das betone ich ausdrücklich in diesem Gerichtsverfahren, leider das Recht des angeklagten Adeligen, dem ehemaligen Herzog Gernot, Burgherrn dieser Veste erlaubt, ein Gottesurteil einzufordern. Wir hatten das Urteil zwar noch nicht verkündet, aber er scheint selber davon überzeugt zu sein, dass ihn eine gerechte Strafe erwartet hätte. Bevor ich es vergesse, muss ich die beiden Kämpfer noch darauf aufmerksam machen, dass drei Bogenschützen. .“ er zeigte auf die Ritter, die schussbereit mit ihren Langbögen auf der Brüstung standen: „ . . . sofort in den Kampf eingreifen, wenn sich einer der Männer nicht an den ritterlichen Ehrenkodex hält. Der Kampf geht auf Leben und Tod. Es möge die Gerechtigkeit obsiegen!" Sigebert hatte sein leichtes Schwert gewählt und war sich der Gefahr durchaus bewusst, aber wenn sein Gegner einmal mit der Axt zugeschlagen hatte, so musste er auch den Schwung der schweren Waffe auspendeln. Er könnte drei, vielleicht auch vier wuchtige Schläge austeilen, danach würden seine Kräfte erlahmen und der Graf hätte eine Chance dem Wütenden Einhalt zu gebieten. Die Beiden umkreisten sich in einem gehörigen Abstand wie zwei Katzen, die an den Futternapf wollten. Ein Ruf vom Balkon irritierte Sigebert für einen kurzen Augenblick und er schaute hinauf. „Das ist gegen jede Regel! Ich beende diesen Kampf!" rief der Richter und deutete auf die Brüstung, wo soeben die Bogenschützen, von Bolzen getroffen, zusammengebrochen waren. Hatte dieser feige Adelige doch noch Verbündete hier auf der Veste, die aus einem Hinterhalt mit ihren Armbrüsten in das Kampfgeschehen eingegriffen hatten. Sigebert konnte sich nun nicht mehr auf die Ritterlichkeit verlassen. Jetzt galt es, mit List dem Angeklagten ebenbürtig zu sein. Er konzentrierte sich wieder auf seinen Gegner, der den kurzen Moment genutzt hatte, um sich auf ihn zu stürzen. Der Junker hörte den Angstschrei seiner Flora, konnte aber kein weiteres Mal seinen Blick abwenden, denn sein Gegner wollte mit Hinterlist einen Vorteil daraus ziehen: „Hört Ihr nicht? Ihr habt das Gottesurteil nicht verdient, denn Ihr kämpft unehrenhaft. Legt Eure Axt nieder und begebt Euch in die Obhut des Gerichtes!" Der Adelige starrte nur auf seinen jungen Gegner und

Sigebert hatte den Eindruck, als glühten seine Augen. Da sprang der Adelige vor und schlug mit seiner Franziska zu. Der Junker rollte sich geschickt zur Seite und entging dem Streich nur knapp. Wieder standen sie abwartend voreinander, bedacht, den kommenden Schlag des Gegners abzuwehren. Da bekam Sigebert einen Schlag gegen sein rechtes Bein, er knickte ein erwartete den entscheidenden Schlag. Der befiederte Bolzen einer Armbrust steckte tief in seinem Oberschenkel. Er ließ sein Schwert fallen und griff verzweifelt an sein verletztes Bein, das ihm nun den Dienst versagte. Er ließ sich auf den Rücken fallen und die Axt schlug direkt neben seiner Schulter in den Boden. Als Gernot seine Waffe hochnehmen wollte, durchfuhr ihn ein Blitz, denn es war dem Junker gelungen, seinen zweischneidigen Dolch zu ziehen und gegen den Adeligen zu richten. Der stand wie angewurzelt über dem Liegenden, ohne sich zu bewegen. Ein zweiter Blitz zuckte durch den Körper, als Sigebert noch einmal zustach. Er drehte sich, um von dem stürzenden, massigen Körper nicht begraben zu werden. Dumpf schlug der Adelige neben ihm auf. Die Anwesenden konnten nicht erkennen, was genau geschehen war und schauten entsetzt auf die Kontrahenten, die nebeneinander regungslos im Staub lagen. Flora war in Ohnmacht gefallen und ins Haus gebracht worden. Kilian sprang mit Hamish über die Brüstung und eilte auf die Männer zu: „Der Bader, schnell!" rief er und zog den verletzten Jüngling in den Schatten. Die Wunde blutete stark und hinterließ eine schwarze Spur im Hof. „Ist noch Leben in ihm?" fragte der Richter und Kilian nickte ihm zu: „Aber der Schuldige ist gerichtet! Er wird schon in der Hölle sein und bis in alle Ewigkeit von Satanus gequält werden." Die Leute kamen aus ihren Häusern und der Bader kniete neben Sigebert und prüfte das eingedrungene Geschoss. „Ich werde den Stumpf absägen und den Bolzen auf der anderen Seite herausschneiden, denn die geschmiedete Eisenspitze ist zu dick. Wir können sie nicht einfach wieder herausziehen. Hier, seht. . " er nahm die Hand des Kilian und führte sie bei dem Verletzten oberhalb dessen Kniekehle auf das Bein. Deutlich konnte der alte Mann die Spitze des Bolzens fühlen, die auf der Rückseite die Haut zu einer Wölbung hochgeformt hatte. „Bringt ihn in mein Haus. Hier kann ich ihm nicht helfen." Dann drehte er sich um und rief sein Weib: „Halte heißes Wasser bereit und deck den Tisch ab!" Die Männer trugen den Bewusstlosen durch den

147

Hof. Der Bader ging noch einmal zu dem, im Dreck liegenden Adeligen und drehte ihn um. Immer noch hielt der mit beiden Händen verkrampft die Stelle fest, wo der Dolch eingedrungen war. Durch den Sturz war nur noch der Rest des Griffes zu sehen. Der Adelige muss sofort tot gewesen sein. „Hierher!" rief der Richter und meinte damit seine Ritter, die unterdessen die beiden Armbrustschützen gefasst und brutal jeden Widerstand gebrochen hatten. Sie bluteten aus Mund und Nase. Gebunden wurden sie in den Hof gebracht und vor den Anwesenden in den Staub geworfen. Der Richter verfügte: „Wir brauchen keine weitere Verhandlung! Macht es kurz!" Der Eisenmann hatte verstanden. Sofort befolgte er den Befehl und fasste den Knieenden an der Stirn, dann zog er mit kräftiger Hand ein Messer an seinem Hals vorbei. Mit einem gurgelnden Geräusch ließ er ihn im Hof ausbluten. Der zweite Schütze schrie und wehrte sich, doch ihn ereilte das gleiche Schicksal. Der Bader hatte sich abgewandt und ging ins Haus, um dem Verletzten zu helfen. Man stellte zum Gedenken und als mahnende Erinnerung einen Eichenbalken mittig im Hof auf, in dem die Namen der Geschändeten eingeritzt waren. Sigebert hatte darauf die Namen seiner damaligen Familie mit schwarzem Pech deutlich gekennzeichnet und atmete tief durch, als er auch (zum Schein) seinen eigenen, alten Namen markierte. Flora wurde sein Weib und hatte ihm einen gesunden Jungen geschenkt. Fortan lebten sie mit Kilian und dem keltischen Freund, Hamish auf der Veste des Sigebert von Schleswig und Grund, in der Grafschaft Speyer. Bodo, der ehemalige Knecht auf dem Lehn Hof war zum Burgverwalter ernannt worden, Elsa und Minna hatten zwei Ritter von der Veste gefreit und lebten ebenfalls als Hofdamen in der gräflichen Burg. Das war das mindeste, was Sigebert für die Treue der Bediensteten hatte machen können, ohne seine wahre Herkunft offenbaren zu müssen. Nie hat ein Fremder erfahren, dass es der kleine Jost gewesen war, der dem Herzog letztendlich zum Verhängnis geworden war.

Schatrandsch (Schach

Das 2. Leben des Thilo, dem geraubten Grafensohn

„Oh, wie schade! Er hat sicher nur dumme Gedanken im Kopf und weiß nicht mehr, wie sie dort hineingekommen sind!" ganz leise, fast flüsternd hatte der Herzog diese Worte gesprochen. Dann, nach einer kurzen Pause, hob er seine Stimme an. Tief und mit ungeheurer Autorität, kraft seines Amtes, fuhr er umso lauter fort: „Denkst du vielleicht, nur weil ich euch einen Hof zur Verwaltung des Landes überlassen und deinem Vater gutmütig das Amt des Landgrafen übertragen habe, dürft ihresgleichen mich und meinen Hochadel angreifen? In schändlicher Weise lässt du im Beisein meiner Männer ein forderndes Pergament verlesen? Dein Vater wird mir ein staatliches Lösegeld dafür bezahlen!" Er drehte sich zu seinen Rittern herum: „Was erlaubt sich der Mann, der sich doch glücklich schätzen sollte, mit dem Titel eines Grafen bedacht worden zu sein. Er sollte meine Befehle umsetzen. Habe ich etwa den falschen Mann in sein Amt gehoben? Was machen wir denn da?" Die kurze Rede des adeligen Herrn war bis dahin eindeutig sehr gereizt und ironisch, doch dann offenbarte er auch noch sein wahres, brutales Gesicht: „Na, Junker? Er sagt ja nichts! Da er sich nicht erklären will, sich auch nicht erkenntlich zeigt, so bringt ihn wieder herunter, aber wartet diesmal mit der Pein, bis ich bei euch bin!" Herzog Walther stand von seinem prunkvollen Sessel auf, warf mit einer gekonnten Bewegung seinen Umhang über die linke Schulter und kam ganz dicht zu dem armen Teufel, der zerschunden und blutend in den Armen seiner Folterknechte hing. „Ich werde schon noch bekommen, wonach es mich dürstet, glaube mir!" Das Gesicht des Gefolterten war geschwollen. Von den brutalen Schlägen hatte sich ein Auge hinter blau-grünen Prellungen tief in die Augenhöhle zurückgezogen. Das andere Lid war gerissen, trotzdem versuchte der Jüngling tapfer, seine Peiniger anzuschauen. Sollte er dieser Hölle jemals entkommen, so hatte er sich geschworen, war das edle Leben des Burgherrn keinen Pfifferling mehr wert. Die beiden Grobiane schleppten das wehrlose Bündel Mensch wieder zurück in den Gewölbekeller. Sie achteten absichtlich dabei nicht auf die Steinstufen, an denen bei jedem Tritt die leblosen Beine ihres Opfers hart aufschlugen. Thilo hatte es gewagt, dem Landesherrn zu widersprechen und ihn der

Untreue zu bezichtigen. Das war dem jungen Ritter zum Verhängnis geworden. Seine Familie wusste nicht, dass er auf der benachbarten Veste des Herzogs vom Adler See schon seit einer Woche festgehalten und schlimm misshandelt wurde. Er war mit seinem Knappen hierhergekommen, um im Namen seines Vaters sein Anliegen vorzubringen. Den Knappen hatte man schon im Vorhof erschlagen und den Sohn des Landgrafen ins Angstloch gesteckt. Als weitere Ritter nach ihm suchten und nach seinem Verbleib fragten, tat der Herzog recht unschuldig und verheimlichte dessen Anwesenheit. „Er hat das Pergament verlesen lassen und sein Begehr kundgetan. Dann ist er mit dem Knappen wieder davon geritten. Das ist schon fünf Tage her, bestellt das dem Herrn Grafen!" hatte man den Reitern, nicht ohne ein Lächeln zu verheimlichen, an der Festungsmauer zugerufen, ohne das schwere Tor herunter zu lassen. Sie wendeten darauf die Pferde und ritten ohne eine Pause einzulegen, zurück zu ihrer Burg des Landgrafen. Als der Herzog das düstere Gewölbe betrat, warteten die Folterknechte schon darauf, dem Junker die nächste Stufe der Pein zu bereiten. Der Adelige, begleitet von drei weiteren Rittern, hatte sich ein Tuch geben lassen. Man hatte Pfefferminzblätter darin zerrieben und nun presste er es fest unter seine Nase, denn der Gestank nach Schweiß und Fäkalien war für ihn ungewohnt. Er setzte sich auf den Ledersessel, den ein Diener schnell herbeigeholt hatte. Dann hob er seine linke Hand, zum Zeichen, mit der Prozedur fortzufahren. „Verunstaltet ihn nicht allzu heftig. Ich will ihm lediglich eine Lektion erteilen, damit er weiß, wer hier das sagen hat. Thilo Gawains, wie sein vollständiger Name war, lag mit dem Rücken völlig entblößt auf einer Holzbank. Die Arme, weit über dem Kopf gestreckt, waren an einem Hanfseil befestigt, das an einer Spindel aufgerollt war. Die Füße wurden von Ketten am unteren Ende festgehalten. Mit nacktem Oberkörper trat nun Garibald persönlich zur Pritsche. Der brutale Herr dieser Unterwelt grinste und entblößte dabei seine wenigen, schwarzen Zähne. Von Ruß und Dreck waren seine Arme verschmiert. Er ließ sich aus dem Feuerkorb einen rotglühenden Eisenstab geben und legte ihn zischend auf den Oberschenkel seines Opfers, während er ihn dabei aufmerksam ansah. „Halt ein, Garibald. Ich will nicht, dass seine Seele entschwindet. Streckt ihn ein wenig, damit er ohne seinen Gaul über die Brüstung schauen kann." Die Augen des Kerkermeisters glühten, denn die Streckbank war sein liebstes Gerät. Als er das Drehkreuz der Spindel in seinen Pranken hielt, schaute er noch einmal zum Herzog herüber, der immer noch Mund und Nase in das Tuch gepresst hielt. Ein kurzes Nicken und die Seile spannten sich knarrend, ohne das ein Angstschrei dem Junker entfahren wäre. „Ist er überhaupt bei Sinnen? Ich höre nichts von ihm! So wird er auch nicht geständig sein und die Forderung widerrufen." Nun ließ der Knecht das Seil lockern und faltete die schwarz glänzenden Hände über der Brust: „Er kann nur noch stöhnen, edler Herr. Die Feuersbrunst frisst mit lautem Knistern die Holzscheite, so müsst Ihr schon ein wenig näher kommen, um sein Wimmern zu hören. Sagen kann er nichts mehr, denn wir haben einen Teil seiner Zunge herausgeschnitten und mit Verlaub, sein Kiefer Herr, ist ein wenig schief! Seht nur. Vielleicht ist er zerbrochen." Ein schelmisches Lächeln begleitete diese Worte, die ein Entsetzen bei dem Herzog auslösten. „Ihr Narren! Ich wollte, dass er sich zu seinem niederen Stand bekennt. Nun, da er geschändet wurde, darf er nicht mehr zurück, ist das verstanden worden? Wer zahlt mir denn jetzt das Lösegeld für ein so wertloses Stück Fleisch?" Die Folterknechte schauten sich irritiert an und schüttelten die Köpfe. Der

Herzog stand auf und verließ unwirsch das stinkende Gewölbe. „Es darf nichts von ihm übrig bleiben! Entsorgt ihn in der Schlucht! Und noch etwas, Garibald, dieser Tollpatsch hat sich nicht genau an meine Anweisungen gehalten. Ihr wisst, was zu tun ist!" flüsterte er dabei seinen Rittern zu, die sofort damit anfingen, den leblosen Körper loszubinden und wiesen an, ihn vorerst im Hof auf eine Karre zu werfen. Am nächsten Morgen würden sie ihn zur Teufelsschlucht bringen. Dort hineingestoßen, kommt kein Lebewesen mehr zum Vorschein. Bald darauf lag der Grafensohn, mehr tot als lebendig, mit nur zwei Leinensäcken bedeckt auf einer Ochsenkarre unten im Hof. Dichte Wolken zogen auf und in wenigen Minuten wurde es stockdunkel. Strömender Regen, begleitet von hell aufzuckenden Gewitterblitzen tauchten die Veste für Bruchteile in gespenstisches Licht. Alle Burgbewohner waren froh, im Inneren der Häuser zu sein. Die Fenster hatten sie mit Brettern verschlossen und die vorgehangenen Teppiche hielten nur mühsam den tobenden Wind ab, der immer wieder versuchte, das Nass in die Räume zu blasen. Die Ritter hatten sich im Turm ein offenes Feuer gemacht und lagen trotzdem frierend im Heu. Das Unwetter tobte die ganze Nacht und keiner konnte dabei länger als ein paar Minuten an einem Stück einen erholsamen Schlaf finden. Als sich in den frühen Morgenstunden der Regen etwas abgeschwächt hatte, hörte man im Hof schon ein lautes Schreien. Kurz darauf standen zwei Knappen vor dem Herzog und stammelten durcheinander unverständliche Worte, bis ihnen der Burgherr mit einem: „Ruhe! Nacheinander!" Einhalt gebot. „Einer nach dem anderen. Was hat euch so verschreckt, nun redet schon!" Wieder schwoll der unverständliche Redefluss an sein Ohr, aber diesmal verstand er bruchstückhaft doch, worum es ging: „Der Grafensohn! Ich wage nicht es laut auszusprechen, Herr." Tief ließ der Knappe die Luft durch seine Lungen strömen, dann fasste er sich doch ein Herz und flüsterte knapp: „Er ist verschwunden! Der Teufel wird ihn zu sich geholt haben." Der Herzog sprang auf und rannte zum Fenster, entriegelte die Holzbretter und schaute in den Hof. Viele Burgbewohner standen da um die leere Karre herum und bekreuzigten sich. Thilo war weg! Erleichtert lehnte sich der Burgherr an die kühlende Steinwand und sagte sich: „Meine Männer haben ihn fortgebracht." Nun drehte er sich wieder zu den Beiden um, denn in dem Augenblick traten auch die Ritter ein: „Beruhigt euch! Ich gab ihnen dort gestern

Abend den Befehl dazu!" Ein Ritter trat zu ihm und kniete sich vor ihm nieder: „Herr, Ihr gabt zwar den Befehl, das ist richtig, aber als wir ihn eben ausführen wollten, da war er schon fort. Die Tore sind verschlossen, wir haben die ganze Veste durchsucht. Er ist tatsächlich verschwunden, verzeiht!" Jetzt überkam den Landesherrn ein eiskalter Schauer, eine Übelkeit. War da tatsächlich der Teufel mit im Spiel? Wurde er nun heimgesucht von den schwefelstinkenden Helfern der Hölle? Ungläubig starrte er seine Ritter an: „Was faselt ihr denn da? Verschwunden! Wie soll das gehen? Er war in einem, nun sagen wir einmal, etwas schlechtem Zustand. Konnte er in dieser Verfassung davonfliegen?" Sein lautes Lachen klang künstlich und hysterisch. Da er die ernsten Gesichter seiner Männer sah, die überhaupt nicht zum Spaßen aufgelegt waren, ergänzte er: „Lasst mich alleine! Alle!" Die Anwesenden verbeugten sich und gingen rückwärts zur Tür. Kurz bevor sie das Zimmer verlassen konnten, hatte sich der Adelige plötzlich anders besonnen. „Nein, halt!" Er kam nun ängstlich auf sie zu. Seine dünnen Finger zitterten, als er den am nächsten Stehenden am Kittel festhielt. „Ihr müsst euren Herrn jetzt bewachen!" fast flehentlich faltete er die Hände. „Zwei Ritter zu meinem Schutz! Nein, drei!" Dann schielte er ängstlich auf den leeren Gang vor seiner Kammer und kam in den Saal zurück. „Ihr holt mir den Gassenhauer mit seinem Biden! Sein wuchtiger Zweihänder wird mich zusätzlich zu schützen wissen. Ihr habt mir Treue geschworen bis in den Tod! Nun haltet euch daran, ihr alle seid mir das schuldig"

-.-.-.-.-.-.-.-

Ein leises Wimmern entfuhr dem geschundenen Junker, unter starken Schmerzen versuchte er sich aufzurichten. Sofort legte sich sanft eine zierliche Hand auf seine entblößte Brust. „Seid leise, Herr! Man sucht Euch!" Er wollte die Augen öffnen, doch es gelang ihm nicht. Wo war er? Die helle Stimme schien von einer Jungfer zu stammen, oder von einem Kleinkind. Dann antwortete ein Mann, fremdartig klingend: „Hier edle Jungfer, habt Ihr einen Sud aus Kräutern. Er muss ihn zu sich nehmen, denn der wird seinem Körper die nötige Ruhe geben." Der Dunkelhäutige hielt der adeligen Maid einen Tonkrug hin. Das Elixier hatte er am Feuer soeben zusammengemischt. Die Zutaten lagen noch auf dem Holzbrett. Zaghaft schaute ihn das junge Weib an: „Wird er wieder . . . " sie wage es nicht, laut im Beisein des schwer Verwundeten, diese entscheidende Frage zu stellen. Der Araber nickte und ergänzte: „Der Trunk wird seinen Körper lähmen. Er hat jetzt keine Schmerzen mehr und im traumlosen Schlaf werden seine Wunden wieder verheilen. Es ist das Getränk der griechischen Zauberin Circe, vertraut mir! Es bringt ihm Linderung. Viel wichtiger ist es, seine Anwesenheit hier bei Euch, zu verheimlichen. Redet mit keinem darüber, auch nicht mit Eurer Mutter, der Baronesse! Meiner Lippen könnt Ihr gewiss sein, sie sind und bleiben verschlossen!" Achmed war schon seit Jahren als Bader in der Veste, wurde jedoch mehr als Sklave gehalten und haderte schon lange damit, dass er gegen seinen Willen von Kreuzrittern aus dem Morgenland entführt worden war. So, wie es dieser adelige Herr jetzt wohl auch mit dem Grafensohn vorgehabt hatte. Den Herzog konnte er nicht leiden, trotzdem war für sein leibliches Wohlergehen verantwortlich. Er befand sich in einer Zwickmühle. Sollte dem Burgherrn ein Leid geschehen, so waren die persönlichen Ritter angewiesen, dem schwarzen Bader, dessen Schuld es in diesem Fall wäre, auch das Leben zu nehmen. Alleine durfte er die Veste nie verlassen. Auch jetzt

159

war er nur dazu da, der Tochter einer Edelfrau zu helfen, die angeblich eine ansteckende Krankheit hatte. Nur er durfte, mit dicken Kräutertüchern vorm Gesicht die Räumlichkeiten der Maid betreten. So hatte die junge Dirn geschickt mit dem, ihr vertrauten, arabischen Heiler den Grafensohn aus dem tobenden Unwetter in ihre Kemenate geholt. In Sicherheit war er hier natürlich noch lange nicht. Die junge Maid hatte den Plan des Herzogs durchschaut, der gewillt war, für das Leben des Sohnes ein Lösegeld von dem benachbarten Grafen zu erhalten. Sein übereifriger Kerkermeister war jedoch diesmal zu weit gegangen und hatte den Junker übel zugerichtet. In diesem Zustand konnte er den Junker natürlich nicht mehr zu seiner Sippe zurück gehen lassen. Deshalb lag der Folterknecht dafür mit durchgeschnittener Kehle im Burggraben. Der Herzog wusste offiziell natürlich von alledem nichts. Für solche „Arbeiten" hatte er Hadrian, seinen ersten Ritter und Vertrauten. Kein Außenstehender durfte von seinen geldgierigen, düsteren Plänen erfahren. Der Junker war zum Freiwild geworden und musste für immer verschwinden. Das Unrecht des Herzogs durfte nicht aufgedeckt werden. Weil die Jungfer den stattlichen Grafensohn von früher kannte und des Öfteren in der sonntäglichen Kapelle drei Reihen vor ihm gesessen hatte, war ihr schon ein wenig kribbelig im Bauch und es schien so manchem, sie sei von der Minne zu ihm erfasst und deshalb einfach entschlossen, den gutaussehenden Junker zu retten. Eine vertraute Zofe hatte mitbekommen, dass er bei der Tortur so schwer verletzt worden war, dass man ihn in die Schlucht werfen wollte, um diesen wichtigen Zeugen für immer zum Schweigen zu bringen. Nur das plötzliche Unwetter hatte den geschundenen Körper an jenem Tag vor diesem Schicksal bewahren können. Nun lag er behütet im Bett der Jungfer, in den oberen Räumen der Kemenate auf der Burg des grausamen Herzogs. Ein traurig anzusehendes Bündel Fleisch, das so gar nicht mehr an den stattlichen Grafensohn erinnerte, den die Maid einst gekannt hatte. Ein lebensgefährliches Unterfangen, von dem niemand auf der Veste wissen durfte. Zudem erlaubte es sein malader Zustand nicht, dass er nächtens alleine war und womöglich im Heilschlaf herumstöhnte. Das war jetzt schon mehrmals geschehen. Elisabeth, genannt Beth konnte ihm immer schnell genug beistehen und ihn daran hindern, die Wachen auf der Brüstungsmauer hellhörig werden zu lassen.

Es würde noch mehrere Tagen, wenn nicht sogar Wochen dauern, bis er von dem Araber den Sud nicht mehr bekommen würde. Täglich kam der dunkelhäutige Heiler, untersuchte im Beisein der Maid die Wunden des Junkers, trug Salben auf und dosierte die Kräutermischungen aus Schafgarbe und Mohn so, dass der Junker durch das allabendlich eingeflößte Getränk in seinem tiefen, schmerzfreien Schlafzustand verblieb. Dieser Rauschzustand wurde nicht umsonst von einem Tabib, einem arabischen Mediziner „der kleine Bruder des Todes" genannt.

-.-.-.-.-.-.-.-.-

Die Nächte gehörten schon lange nicht mehr zu den Ruhestunden des Herzogs. Immer wieder stellte er sich die gleichen Fragen, auf die er keine vernünftige Antwort fand. Wie konnte ein solch zerschundener Körper einfach so verschwinden? Sich in nichts auflösen? Es gab nur eine Lösung: Es waren Geister am Werk, oder der Satan selbst. Sein erster Ritter mit dem Biden, dem langen, zweihändig zu führenden Schwert, ihm auf Treue bis in den Tod verschworen, lag jede Nacht gerüstet vor seiner Tür. Feuerkörbe umgaben sein Bett und trotzdem saß er bei jedem, noch so kleinen

Geräusch aufrecht. Wie lange würden seine Nerven das noch durchhalten? Seine Dienerschaft machte sich redlich um ihn Sorgen. Wegen kleinster Vergehen schrie er herum und hatte Schaum vor dem Mund. Die alten Ritter merkten schnell, dass sich eine Katastrophe anzubahnen schien. Einerseits musste man dem Herrscher Einhalt gebieten, andererseits war man durch den Ritterschwur der Schwertleite fest an den Herrn gebunden. Gab es einen Ausweg? Schon wurde der älteste Ritter als enger Vertrauter des Herzogs wieder zu ihm gerufen. Bevor er seine Verbeugung und Begrüßung beendet hatte herrschte ihn schon der Burgherr an: „Unternehmt endlich etwas gegen den Seneschall! Dieser Küchenpopanz trachtet nach meiner Seele." schrie er aufgebracht: „Die Därme kneifen, obwohl ich mich an Speis und Trunk des Tölpels ergötzen wollte! Irgendwas daran war verdarbt. Lasst ihn in meinem Namen ins Angstloch werfen und sucht mir einen untergebenen, vertrauten Truchsess. Bin ich denn nur von Verrätern umgeben?" Der keltische, ehemalige Hufschmied Gobha, den alle nur den alten Gow nannten, verbeugte sich: „Natürlich nicht, Herr! Vielleicht seid Ihr lediglich ein wenig unpässlich. Ihr wolltet den Araber nicht in Eurer Nähe wissen? Warum?" Jetzt ereiferte sich der Herzog, der unmöglich ernst krank sein konnte: „Unsere Mönche haben mir seit jeher mehr geholfen. Ich traue dem dunkelhäutigen Quacksalber nicht über den Weg. Außerdem ist er nie da, wenn man ihn braucht. Haltet ihn im Auge!" Der Alte nickte. „Ich denke daran, Herr. Obwohl er, mit Verlaub, nicht als Quacksalber bezeichnet werden kann, denn er bedient sich des Quecksilbers nicht. Der Mönch, den Ihr als Bader hattet rufen lassen, hat Euch zur Ader gelassen und mir bezeugt, dass Euer Lebenssaft die richtige Farbe zeigt. Ihr seid nicht krank oder vergiftet worden. Bezichtigt nicht den Koch, der die gesamte Ritterschaft versorgt hat. Keiner von ihnen zeigt ähnliche Beschwerden, Herr." Der Alte war auf der Veste der einzige, der so mit dem Herzog reden durfte, denn schon seinem Vater hatte er treu gedient und dem kleinen Herzog manches Mal den Hosenboden versohlt. Er hatte keine Angst vor ihm. Trotzdem begehrte der Adelige auf: „Treibt nicht den Popanz mit mir! Geht noch einmal zu Achmed, der ist der Schrift mächtig. Er soll in die alten Pergamente schauen, wo die Alchemisten ihr Wissen niedergeschrieben haben. Soll er mit dem Mönch besprechen, wie mein Befinden ist. Ich ließ nach ihm rufen, aber er scheint nur noch für die Dirn in der Kemenate da zu sein! Geht und klärt ab, wie krank das junge Weib ist, dass er fast täglich aufsucht und dann berichtet mir."

„Wie ruft man das adelige Weib, das den fremden Bader schon seit Tagen für sich beansprucht, obwohl der für den Herzog zuständig ist?" Die Zofen, die in den unteren Räumen der Kemenate arbeiteten, wurden unruhig. Keine von ihnen hatte die junge Dirn zu Gesicht bekommen. Sie konnten nur das widergeben, was man allgemein von dem Araber wusste. „Es ist Beth, Herr. Die Tochter der Freifrau Elisabeth. Sie trägt den gleichen Namen wie ihre Mutter aber wir nennen sie nur kurz Beth." Genau zu diesem Zeitpunkt kam Achmed die breite Holzstiege herab. „Ah, gut dass ich dich treffe. Ich muss mit dir reden." Gobha, den sie Gow nannten, hielt den Bader am Ärmel seines bodenlangen Gewandes fest und zog ihn in eine leere Kammer. „Der Herzog wünscht zu wissen, warum du seine Gesundheit so unwichtig zu halten scheinst, dass dir die Maid wichtiger ist. Du hast dich ab sofort täglich bei dem Herzog zu melden. Er kann schon seit einigen Nächten den für ihn so erquickenden, wichtigen Schlaf nicht mehr finden. Du hast doch sicherlich ein

Elixier, das ihm Erholung und Vergessen schenken kann? Außerdem will er von dir wissen, was die Dirn drückt? Ist sie Dank deiner Hilfe bald genesen?" Er hatte darauf gewartet, dass bald eine solche Frage gestellt wurde und für den Fall auch die richtige Antwort für sich zurecht gelegt. Der Araber nahm sein Tuch vom Gesicht und schaute den alten Ritter traurig an: „Ich werde dem Herzog noch heute von dem Infekt des jungen Weibes berichten, denn es scheint mir, dass ich die Ansteckung und Verbreitung der Krankheit zu verhindern weiß." Er tat geheimnisvoll, indem er ganz nahe an das Ohr des Alten trat und leise flüsterte: „Zuerst hatte ich den Verdacht, dass es sich um den schwarzen Tod handelt, denn die Beulen und Rötungen, die das Weib an ganzen Körper hatte, sahen danach aus. Jetzt hat sie schon zehn Tage überlebt und geht ihr immer besser. Ich musste sicher sein, dass ich mich nicht angesteckt hatte, denn schon ein leichter Wind, ein Hauch, hätte meine Atmung angreifen können, so es diese heimtückische Krankheit gewesen wäre!" Er verbeugte sich und ging an dem verblüfften Ritter vorbei. An der Tür blieb er stehen: „Hütet Euch aber, die oberen Räume ohne Schutz zu betreten. Wie ich schon erwähnte, ich bin mir noch nicht ganz sicher!" Diese letzten Worte verfehlten ihre Wirkung nicht. Die Zofen liefen eilig in den unteren Räumen umher und auch der Ritter war bemüht, so schnell wie ihn seine alten, morschen Knochen zu tragen vermochten, wieder zurück in den Palas zu kommen. Die Kemenate wurde nun von allen gemieden. Nur die Weiber, die weiterhin in den unteren Räumen ihre Arbeiten verrichteten, verbrachten nun widerwillig und ängstlich ihre Tage dort unten. Nachts schliefen sie über den Stallungen, denn sie hatten trotzdem immer noch Angst vor den schwarzen Winden, die bei Dunkelheit durch alle Ritzen und Fugen zogen und damit womöglich die Infektion doch noch verbreiten würden. Von den Großeltern waren ihnen die scheußlichsten Sachen über diese unerforschte Plage erzählt worden. Nur der heilkundige Araber, der gegen diese „Krankheit" gewappnet schien, durfte weiterhin täglich die oberen Räume des Frauenhauses aufsuchen und die Dirn behandeln. Sofort nach der Aufforderung durch den vertrauten, alten Ritter, begab er sich zum Herzog und überbrachte ihm die gleichen Worte, die er zuvor auch dem Alten gesagt hatte. Jetzt ängstigte sich auch der Adelige noch mehr und hielt sich sofort ein Kräutertuch unter die Nase. Er deutete dem Medicus an, ein wenig mehr Abstand zu ihm zu wahren: „Es ist gut, Achmed. Genug der Krankheiten!" Er tauchte sein Tuch in die Schale, die mit Essenzen und Kräutern gefüllt war und wedelte damit so, als wollte er eine mögliche Ansteckung vermeiden. „Ich benötige deine Dienste im Augenblick nicht. Sagt meinem Diener Bescheid, wenn es der Jungfer besser geht! Und nun geh!" Der Araber verbeugte sich, er konnte sein Lächeln geschickt hinter dem langen, dünnen Schal verbergen, den er meistens sowohl um den Kopf, als auch um das halbe Gesicht trug. Sein Plan war vorerst aufgegangen. Niemand würde es wagen, nun noch die oberen Räume der Kemenate zu betreten. Der Sohn des Landgrafen würde mit seiner Hilfe bald wieder zu Kräften kommen. Dann müsste man allerdings einen weiteren Plan haben, ihn ungesehen hier heil heraus zu bekommen. Aber noch war daran nicht zu denken, denn die Knochenbrüche und Prellungen würden ihm noch zwei bis drei Monde ans Bett fesseln. Die Zunge heilte unterdessen gut ab, denn wenn er kurz bei Bewusstsein war, wurde seine Mundhöhle mit wohltuenden Kräutern ausgewaschen, die ihm Linderung und ein Abschwellen der Schleimhäute bescherten.

Auf der Veste des Landgrafen

Der befestigte Herrensitz des Grafen war bei Weitem nicht so pompös und groß wie die Burg des Herzogs. Zwei Langhäuser standen sich gegenüber. Ein weiterer, kleiner Anbau füllte die eine, offene Seite. Die Außenwände waren gleichzeitig in der Mauer integriert, die das gesamte Anwesen umgab. Es gab nur ein Tor, neben dem ein befestigter Wachturm stand. Der gesamte Wehrgang betrug nicht mehr als hundertfünfzig Schritte. Im kleinen Rittersaal knisterte das Kaminfeuer. Stumm saß der Graf in seinem Sessel und starrte in die Flammen. Sein einziger Sohn . . .spurlos mit seinem Knappen verschwunden! Nun schon seit drei Monden. Nicht die geringste Spur hatten seine Männer bisher von ihm finden können. Sein letzter Ritt galt dem Herzog, dem er wegen der viel zu hoch angesetzten Lehn-Steuer das Schreiben seines Vaters hatte überbringen wollen. Die Suche nach ihm verlief auch auf der Veste des Landesherrn im Sande, denn man hatte seinen Männern versichert, dass die beiden Gesandten das Pergament im Namen des Landgrafen zwar hatten verlesen lassen, dann aber wieder weitergeritten waren. Wohin wussten die Soldaten des Herzogs nicht. Nur hatte den alten Grafen eine traurige Resignation erfasst. Zwanzig Ritter, die er um sich geschart hatte, saßen an der Tafel. Drei breite, lange Holzbohlen, die auf den Lehnen von alten Stühlen auflagen, dienten als Tisch für das gemeinsame Abendessen. Die Weiber aßen getrennt von den Männern in der großen Küche der Kemenate. „Herr, es nutzt keinem etwas, wenn Ihr Euch den Speisen verweigert. Wir werden Euren Sohn schon finden!" Die gutgemeinten, aufmunternden Worte zeigten keinerlei Regung bei dem Hausherrn. Je zwei Pagen brachten auf einer Trage die Speisen und der Truchsess persönlich ließ es sich nicht nehmen, das gewürzte Bier zu bringen. Er war am längsten hier am Hofe angestellt und schon in den Diensten des alten Grafen, dem Vater von Gawain gewesen. Da er von der Edelfrau aufgefordert worden war, ihren Ehemann, den Grafen, als langjähriger Weggefährten aus seiner depressiven Phase zu holen, ging er forsch und unbekümmert mit zwei Humpen Bier zu dem Burgherrn ans Feuer. Dabei zog er mit einer Hand den schweren Holzsessel knarrend über die Dielenbretter hinter sich her. Geschickt stellte er wortlos die beiden Getränke mit der Linken ab und schob den Sessel neben den Grafen. Er setzte sich und nahm in jede Hand einen gefüllten Humpen.

Einen hielt er dem Weggefährten direkt vors Gesicht, während er mit der rechten Hand sein Getränk zum Mund führte. „Gawain! Ich trinke auf das Leben deines Sohnes!" Er schaute den Grafen nur kurz an und leerte das Getränk in einem Zug. Dabei verschluckte er so viel Luft, dass seinem Mund ein röhrendes Geräusch entfuhr. „Ah! Das hat gut getan!" Er lehnte sich zurück und sah, wie sein alter Freund, in die Glut. Da er bemerkte, dass sich das Feuer seinem Ende zuneigte, drehte er sich halb zu den speisenden Ritter um und rief: „Ritter Bodo, ruft uns den Pagen. Er soll Holzscheite nachlegen. Den Grafen fröstelt es!" Dann drehte er sich zurück und sah in das Gesicht des Freundes, der ihn endlich anschaute: „Mich fröstelt etwas ganz anderes, Hamish!" „Ich weiß, Gawain! Aus diesem Grund habe ich die weiße Hexe befragt. Sie ist sich sicher, dass Thilo unter den Lebenden weilt!" Jetzt nahm auch der angesprochene sein Getränk und tat es seinem Küchenmeister gleich. „Du warst also alleine bei der Einsiedlerin! Du weißt, dass der Pfaff sie suchen lässt? Er duldet solche Behauptungen nicht und sagt, dass es Teufelswerk ist." Der alte Kelte nickte: „Ja ich weiß, aber wahr ist, dass sie die Geburt von Thilo vorausgesagt hat. Zwei Jahre vorher, du erinnerst dich doch?

Und wie war das mit dem Dolch, den du verloren hattest? Wer hat ihn gefunden?" Der Graf wurde unruhig: „Sei leise, Hamish, sonst landen wir gemeinsam mit ihr auf dem Scheiterhaufen!" Dann fügte er neugierig hinzu: „Was hat sie genau zu dir gesagt?" Er wollte gerade erzählen, was ihm die weißhaarige Alte an Neuigkeiten offenbaren konnte, als der Page mit dem Korb kam und weiteres Holz in die Glut stapelte. Beide Männer hielten ihm ihre Zinnbecher hin und der Jüngling rannte zurück, um sie neu zu füllen. Als er wieder den Saal verlassen hatte und sie sicher waren, dass die Ritter in ihre Gespräche vertieft waren, fuhr Hamish fort: „Sie sagte mir, dass sie im Traum zwei Pferde von dir im Stall des Herzogs gesehen hat. Auf meine Frage, ob der Landesherr mit dem Verschwinden zu tun hätte, nickte sie. Gleichzeitig warnte sie mich aber, etwas Unbedachtes zu unternehmen, da sonst das Leben deines Sohnes in Gefahr wäre. Jetzt sei er an einem sehr sicheren Ort und bei Freunden. Ich glaube ihr!" fügte er noch hinzu und leerte den Becher ein zweites Mal. Auch jetzt entfuhr ihm die heruntergeschluckte Luft. Genüsslich lehnte sich der Küchenmeister zurück. „Hab Geduld. Es wird sich alles aufklären!" Das Gesicht des Grafen nahm endlich wieder eine andere Farbe an. Das aschfahle verschwand und der Hauch einer Hoffnung gab dem alten Mann neuen Mut.

Erstes Erwachen

Nach einem halben Jahr erwachte Thilo aus seinem heilsamen Schlaf, jedoch genau zu einem Zeitpunkt, als es stockdunkel war und er sich alleine in der breiten Bettstall wähnte. Sein gesamter Körper schmerzte, als hätte man ihn auf dem Rad zerschlagen. Der Mund war trocken und es dürstete ihn, als habe er in der Mittagsglut ein ganzes Feld umgegraben. Die flackernden Ölschalen gaben ein schwaches Licht ab und er konnte sich nicht daran erinnern, wie er hierhergekommen war. Er stützte sich schmerzverzerrt auf seine Ellenbogen und schaute in das Dämmerlicht. Er erinnerte sich an das Gewölbe, wo man ihn größter Pein ausgesetzt hatte. Doch da schien er jetzt nicht zu sein! Als er sich setzen wollte, kam die Wand auf ihn zu, um sich gleich wieder von ihm zu entfernen. Das Gefühl kannte er. Als er bei einem Turnier in voller Rüstung vom Pferd gefallen war, hatte er auch solche Wahnvorstellungen. Er hatte Tiere gesehen, die an der Decke entlang glitten und Feuer speiend auf ihn herab sahen. Er wollte vorsichtig fragen, ob er alleine im Raum sei, bekam aber keinen verständlichen Ton heraus. Sein Mund brannte noch mehr und er hatte nur ein Krächzen gehört, einer Krähe gleich. Vorsichtig löste sich aus dem Dunkel ein heller Körper, der auf ihn zu schwebt. Dumpfe Töne drangen an sein Ohr, dessen Bedeutung er nicht verstand. Er war zu schwach, als das er die Situation hätte einschätzen können. Achmed, der Medicus hatte seit ein paar Wochen beschlossen, die Dosis der betäubenden Kräutermixtur immer mehr zu verringern. Das muss wohl auch der Grund dafür gewesen sein, dass die Schmerzen ihn so brutal wieder zurückgeholt hatten. Er rutschte wieder zurück in eine bequemere, liegende Position und schloss die Augen. Vielleicht würde so eine Linderung eintreten. Aber er hatte sich getäuscht. Sein Kopf pochte und es hämmerte gegen seine Schläfen, sodass er unbewusst aufstöhnte. Eine helfende Hand hob seinen Kopf etwas an und ein Becher wurde an seine Lippen geführt. Gierig öffnete er den Mund und labte sich an der kühlen, etwas bitter schmeckenden Flüssigkeit, die augenblicklich in alle Fasern seines Körpers drang und ihm auch sogleich eine ungeahnte, wohltuende Linderung brachte. Er fühlte sich wie betäubt, wie auf Wolken gebettet. Ein geflüstertes Stimmengewirr drang an sein Ohr. Man war ihm hier wohlgesonnen und er war nicht alleine. Kraftlos lehnte er sich wieder zurück und das Tuch des Vergessens hatte ein Einsehen und Mitleid mit ihm, er entschwand wieder in die, ihm so vertraut gewordene Welt des traumlosen Schlafes. Als der dunkelhäutige Freund etwas später die Räumlichkeiten betrat, berichtete Beth aufgeregt von dem Aufwachen des Junkers. „Hat er etwas zu Euch sagen können? Hat er Erinnerungen an das Geschehene?" Die Maid neigte traurig ihr Gesicht: „Er schien immer noch unter starken Schmerzen zu leiden. Als ich auf ihn zuging hatte es den Anschein, als würden meine Worte sein Ohr nicht erreichen. Ich gab ihm, wie Ihr das gesagt hattet, wieder seine Medizin. Danach lösten sich seine verspannten Gesichtszüge und er fiel zurück in diesen Schlaf." Der Araber nickte: „Er wird bald stark sein müssen, denn die Drogen, die er bis jetzt genießen durfte, müssen ein Ende haben. Sein Körper muss sich ab jetzt selber helfen, denn es kann ein gieriges Verlangen, eine Sucht danach entstehen, der er nicht mehr alleine wird widerstehen können. Bei seinem nächsten Erwachen sollte ich besser anwesend sein. Er braucht Abwechslung und Beschäftigung. Er muss abgelenkt werden, von allem, was ihn an das Durchlebte jetzt erinnert. Später einmal, wenn er ganz gesund geworden ist, werde ich mich seiner bösen Gedanken annehmen und seine Seele zu heilen versuchen." Nachdem er den Schlafenden untersucht und seine vernarbten Wunden begutachtet hatte, nickte er der Jungfer zu: „Es sieht gut aus und er ist ein kräftiger Mann. Er wird die erlittenen Torturen überstehen. Sollen wir sein Haupthaar kürzen? Er sieht aus, wie ein Weib!" Die adelige Maid lächelte und strich ihm durch das dichte, volle Haar: „Lasst ihn das selber entscheiden, wenn er mit wachem Geist wieder ganz unter uns weilt." Der Araber nickte und zog sich bis zum nächsten Abend wieder in seine Gemächer zurück.

Da sich in den letzten Monden keine verdächtigen Sachen mehr ereignet hatten, ihn auch seine Därme nicht mehr zwickten und ihm, dank des allabendlichen Trunkes, den der schwarze Bader hatte für ihn zubereiten lassen, auch ruhigere Nächte beschert wurden, wagte sich der Herzog vorsichtig wieder aus seinen Gemächern. Freilich begleitete ihn nach wie vor Hadrian mit dem wuchtigen Biden, das dieser quer über seinem Rücken gebunden immer mit sich trug. Das Zweihandschwert überragte dabei seinen Kopf um gute zwei Ellen, obwohl die stumpfe Spitze fast über den Boden kratzte. Wäre Hadrian selbst nicht einer der größten Ritter gewesen, man hätte meinen können, dass der Biden alleine durch den Raum schwebte. Der arabische Medicus lächelte dazu unter seinem vorgebundenen Gesichtstuch und stellte sich vor, wieviel Platz der Beschützer wohl bräuchte, um seine wuchtige Waffe über dem Kopf schwingend einsetzen zu können. Wenn er hatte solche Ritter kämpfen gesehen, so durften wohl in einem Umkreis von zwei Mannslängen keiner das wichtige Schwungholen behindern. Diese Waffe eignete sich nicht im Geringsten dazu, dem Herzog echte Hilfe leisten zu können. Wohl denn, dem Herzog gab es Sicherheit, und das war die Hauptsache.

Gerade wollte Achmed in seine Kräuterkammer verschwinden, als die beiden seinen Weg kreuzten: „Wolltest du mir nicht berichten, wie es dem jungen Weib geht? Ist sie noch unter uns?" Der Angesprochene kam in den Gang zurück und schloss die Tür. Mit einer ausladenden Bewegung verbeugte er sich und entfernte ein Stück seines Tuches, um frei sprechen zu können: „Ihr hattet gesagt, Herr, wenn es der Jungfer besser geht, erinnere ich mich. Soweit sind wir jedoch noch nicht." Er verbeugte sich erneut und wollte in die Kammer, als ihn eine feste Hand daran hinderte. Hadrian hielt ihn und er drehte sich langsam wieder um. Ein sicheres Lächeln umspielte das Gesicht des Herzogs. „Ich werde dir einen Gefallen tun! Ich begleite dich zu deinem Krankenbesuch!" er machte eine Pause und ergäntzte dann barsch: „Jetzt! Sofort! Ich will die Maid von Angesicht sehen und schauen, ob sie wirklich so schlimm darniederliegt. Du gehst vor!" Achmed musste sich der Anordnung beugen und überlegte auf dem Weg fieberhaft, wie er die Jungfer warnen könnte. Schon waren sie im Hof und gingen quer herüber, sofort auf die Kemenate zu. Die Weiber schauten verwirrt, trauten sich aber nicht etwas dazu zu sagen. Sie verbeugten sich höflich, um danach so schnell wie möglich in

178

die Küche oder die Stallungen zu verschwinden. Als Achmed die Tür geöffnet hatte, rief er laut: „Mägde, der Herr wünscht der kranken Jungfer einen Besuch abzustatten. Bringt einen Sessel hinauf und warmes Wasser, es eilt!" Dabei klatsche er in seine Hände und drehte sich zu den Beiden um. Er musste Zeit gewinnen. „Was soll das? Ich will mich nicht lange setzen! Es langt, wenn ich einen Blick von der Tür aus auf sie werfen kann, also geh voran!" Der Bader hob sein bodenlanges Gewand etwas an, um beim Heraufgehen nicht auf den Saum zu treten und ging absichtlich etwas langsamer die breiten Stufen empor. Vor der Tür blieb er stehen und nahm ein kleines Glasfläschchen aus dem Lederbeutel an seinem Gürtel. „Beträufelt damit Euer Gesicht und die Hände, Herr. Es mag sein, dass sich noch üble Wind im Raum," harsch drückte ihn der Burgherr zur Seite: „Jetzt ist es genug der Worte! Geh weg von der Tür." Die Pforte wurde aufgerissen und die Männer standen in dem dunklen Raum, der nur von ein paar Ölschalen notdürftig erhellt wurde. „Man sieht ja nichts! Öffnet die Bretter vor den Fenstern!" Achmed stellte sich ihm in den Weg: „Das dulde ich nicht! Ihr seid, mit Verlaub, im Zimmer der Tochter einer Hofdame. Sie verträgt weder Licht, noch ein

179

solches Lärmen!" Er nahm einen Kienspan aus dem Korb neben der Feuerstelle und entfachte ein helles Licht in einer der Ölschalen. „Kommt näher, ich werde Euch leuchten!" Vorsichtig ging der Herzog hinter dem Bader auf das Bett zu, während sich Hadrian wieder zur Tür zurück flüchtete. Ein toller Beschützer, dachte Achmed, als sie endlich an der Liegestatt angekommen waren. Friedlich schlief die junge Maid unter einem dicken Schafsfell. „Na? Zufrieden? Ihre Gesichtsfarbe hat schon eine bessere Farbe angenommen." Der Araber schlug das Fell ein wenig zurück und hob einen Arm der Dirn: „Hier, Herr! Seht Ihr diese dunklen Flecken?" Der verwirrte Herzog, dem man etwas anderes über die Maid erzählt hatte, wandte sich ab und presste sein Tuch vors Gesicht: „Gut, gut! Du hast mich überzeugt!" sagte er und verschwand mit seinem Beschützer schnell wieder in den Hof. Achmed schloss die Tür und ging zur Liege zurück: „Wie habt Ihr das geschafft? Wo ist Thilo?" Die Maid schlug nun lächelnd die riesige Decke zurück. Sie lag eng neben dem schlafenden Jüngling, den sie etwas tiefer gezogen hatte und sprang behände aus dem Bett. Sie schaute den Araber an: „Gut, dass Ihr so laut unseren Herzog angekündigt habt. Ich hatte Zeit genug, um alles so darzustellen.

Aber wieso hat er sich erdreistet, die Kemenate aufzusuchen? Habt Ihr eine Erklärung?" Achmed strich gedankenverloren mit der Hand durch seinen Bart: „Vielleicht hat ein Weib von unten etwas mitbekommen und uns verraten. Wir müssen vorsichtig sein!" Die Maid schaute ihn an: „Wie lange werden wir ihn hier noch pflegen und verbergen können?" Achmed erwiderte: „Wir sind diesen Weg gemeinsam bis hierher gegangen und werden ihn weiter gehen. Der Herzog tobt vor Wut, denn er hat hier mit etwas anderem gerechnet. Er wird den oder diejenige bestrafen, die ihm diese Auskunft gegeben hat. Warten wir es ab!" Damit ging er zurück zur Tür: „Habt Ihr sonst noch einen Wunsch? Wenn nicht, dann bis heute Abend, Ihr kommt doch alleine mit ihm klar? Das Elixier steht in der Truhe, für den Notfall. Ich werde zusätzlich besser noch einmal frisch getrocknete Kräuter ansetzen!" Er verbeugte sich, als die Dirn nickte: „Geht ruhig. Er ist ein geduldiger Patient. Dank Eurer Medizin schläft er fast nur und seine Sinne sind die eines Kindes, wenn er einmal für kurze Augenblicke wach ist. Mir scheint, er muss einiges neu erlernen, wenn er irgendwann einmal wieder für sich alleine sorgen will. Da der Araber um die Wirkung seiner Drogen wusste, nickte er wortlos und ging zurück in seine Kammer. Eine falsche Dosierung konnte ihn auf Ewigkeit in den dann nicht mehr endenden Schlaf versetzen. Zur gleichen Zeit, als der Araber die Räumlichkeiten verließ, hatte der Herzog seine geschwätzige Dienstmagd zu sich rufen lassen. Als diese ängstlich den Saal betrat und das grimmige Gesicht des Burgherrn sah, war ihr bewusst, dass die Beobachtungen, die sie in den letzten Wochen gemacht hatte, bei ihm keinen Glauben gefunden hatten. „Du niederträchtiges Weib! Nichts davon entspricht der Wahrheit! Nur Zwietracht wolltest du versuchen zu säen, zwischen meinem Medicus und mir" er machte eine kurze Pause und holte dann tief Luft: „Hadrian!" Der Ritter stand sofort neben ihm: „Herr?" Das Weib zitterte, als der Burgherr mit dem Finger auf sie zeigte. „Schneidet ihr die Zunge heraus! Die braucht sie nicht mehr, denn sie verbreitet damit nur Lügen!" Die Frau schrie verzweifelt auf und wollte zur Tür, wurde aber von zwei Knappen daran gehindert. Als Hadrian seinen Dolch zog, ertönte die gewaltige Stimme des Burgherrn: „Doch nicht hier, du Tölpel, schleppt sie in die Gewölbe. Ich will hier keinen Lebenssaft von ihr sehen! Macht sie danach zur Mätresse der Wachen. Das ist mein Geschenk an die tapferen Männer, die täglich auf unsere Veste achtgeben. Sie soll ab sofort nicht mehr in der Küche arbeiten und froh sein, dass ich ihr Leben schone. Nun nehmt mir endlich dieses schändliche Weib aus den Augen!"

„Ihr braucht nicht zu erschrecken! Es ist ein Freund, Herr!" Thilo saß im Bett und starrte auf den vermummten Medicus, der ihm wie ein Geist erschien. Das weiße, bodenlange Gewand und der Turban, dessen Ende er um sein Gesicht gelegt hatte, wirkten auf ihn befremdlich. Beth saß auf seinem Bett und reichte ihm gerade einen Schluck Wasser. Als sie die fragenden Augen des Arabers sah, schüttelte sie unmerklich den Kopf und flüsterte: „Nur frischen Wasser!" Der Dunkelhäutige nickte und entblößte sein Gesicht. Die weißen Zähne strahlten den Junker an: „Sadik, hat Euch die tapfere Beth schon etwas erzählen können?" Thilo schaute sie von der Seite an: „Er spricht zwar unsere Sprache, aber ich bin nicht Sadik!" Achmed legte die rechte Hand auf seine Brust: „Sadik bedeutet in Eurer Sprache Freund, ich kann aber auch weiter Herr Graf zu Euch sagen." Die Maid nahm Thilos Hand: „Er spricht nicht nur unsere Sprache, er ist der herzogliche Tabib, ein Medicus hier auf der Veste und hat Euer Leben gerettet!" „Mir Eurer Hilfe!" ergänzte der Araber und lächelte den Grafensohn freundlich an. „Ihr habt noch Schmerzen, Thilo. Könnt Ihr sie gut ertragen?" Der Junker schaute wieder zur Maid: „Er kennt sogar auch meinen Namen!" Jetzt setzte sich auch der Heiler auf die frei, andere Seite des Bettes und erklärte dem verwirrten Jüngling, was sich die letzten Monde hier auf der Veste ereignet hatte. Mit krauser Stirn und vors Gesicht gehaltenen Händen hörte der junge, adelige Ritter aufmerksam zu. Als ihn der Araber fragte, ob sein Wissensdurst gestillt sei, antwortete der nur knapp: „So ich denn wieder dank eigener Kraft stehen kann, werde ich diesem Tyrannen zeigen, dass man nicht ungestraft so barbarisch walten und mit seinesgleichen umgehen kann." Demonstrativ verschränkte er seine Arme vor der Brust. „Ich habe viele Fragen an dich." Er schaute grimmig den Dunkelhäutigen an. „Wieso hast du eine so dunkle Haut? Kommst du vom Rand der Erdscheibe?" Der Araber schaute den Junker verdutzt an, antwortete aber nicht. Schon sprudelte die nächste Frage heraus: „Du bist sein Heiler. Warum hilfst du mir und versteckst mich? Du hast mich vor dem sicheren Tod bewahrt? Warum? Du stehst nicht in meiner Schuld." Der erfahrene Mann lächelte: „Wenn Ihr Euch weiter so erregt und die Zunge gebraucht, so wird sie wieder anschwellen, denn daran fehlt Euch ein Stück, das der Folterknecht Euch abgeschnitten hat. Auch das ist ein Grund, Euch zu helfen, denn ist es nicht Schuld genug, einem so niederträchtigen Herrscher dienen zu müssen? Ich bin sein Gefangener, nicht sein Sadik, Efendi." Thilo musste seine Wort und die neuen Erkenntnisse zuerst einmal verkraften und darüber schlafen. Mürrisch ließ er es geschehen, dass der Medicus noch einmal seinen gesamten Körper ausführlich untersuchte. Obwohl Beth die ganze Zeit hinter einem Vorhang blieb, schämte sich der Junker seiner Nacktheit. „Die letzten Wochen habt Ihr das alles wehrlos über Euch ergehen lassen. Ich kenne Euren Körper mittlerweile besser als Ihr, Herr." Dann verbeugte er sich und ging zur Tür: „Ich werde morgen früher kommen, wir haben viel zu bereden!"

Am Morgen war der Araber schon wieder so früh zurück, das der Junker noch schlief und die Maid müde hinter ihrem Vorhang hervorkam. Dort stand eine bequeme Liege, auf der sie die letzten Nächte verbracht hatte. Als sie den jungen Mann vorsichtig geweckt hatten, verzehrten sie gemeinsam die von ihm mitgebrachten Eier, Brot und Schinken zum Frühstück. Thilo lud wieder seinen Hass ab, den er gegen den Herzog in sich trug. Daraufhin hielt der Araber plötzlich inne und schaute den Junker an: „Euer bösen Gedanken werden noch Euer Verderben sein. Ihr seid zu ungeduldig und werdet wieder schnell in den

Gewölben des Herzogs verschwinden, wenn Ihr nicht erst einmal Ruhe gebt. Also hört meinen Rat: „Ihr müsst schlau und strategisch vorgehen, wie bei der Vorbereitung einer Schlacht. Ihr müsst immer einen Schritt voraus denken. Kennt Ihr das persische Spiel der Könige?" Der Junker wusste nicht, was der Fremde da von ihm wollte. Also wiederholte er seine Frage: „Ihr kennt doch sicher Brettspiele zur Kurzweil, oder?" Thilo nickte, wusste aber nicht, was der Araber meinte und was das mit Strategie zu tun hatte. „Schatrandsch! Schon einmal gehört?" Die jungen Leute schüttelten beide mit den Köpfen. „Ein rechteckiges Holzbrett mit acht Reihen in der Länge und acht Felder in der Breite, abwechselnd dunkel und hell eingefärbt oder mit Bildern verziert. Mit sechzehn Figuren für jeden, der beiden Spieler, die sich gegenüber sitzen. Nie gesehen, ein solches Spiel?" Beth stand desinteressiert auf: „Das gibt es hier nicht, was soll das denn bringen? Soll Thilo ein Spiel für die Weiber erlernen, damit man ihn auslacht?" Der Araber stand auf und ging zu Beth: „Das ist kein Spiel für Weiber! Das ist ein Kriegsspiel! Die Figuren bestehen aus einem König, dem Oberbefehlshaber zu seinem Schutz, Reitern, Kampfelefanten, zwei Boten und den Bauern, das sind die acht einfache

Soldaten die nur vorwärts ziehen können. Ich werde Euch diese Strategie lehren und auch Ihr werdet dann sehen, dass man seine Sinne damit schärfen kann und dem Gegner einen oder zwei Schritte voraus denken lernt. Vielleicht gibt es im Kloster ein solches Spiel. Die Mönche würden natürlich abstreiten, dass es ein Kriegsspiel ist. Wann habt Ihr Eure nächste Beichte?" Die Jungfer schaute beschämt auf den Boden. „Ich verweigere mich schon seit zwei Jahren, dem Pfaff meine intimen Secretos zu beschreiben. Dabei begann er immer schwer zu atmen und schien mir lüstern zu werden." Der Araber wandte sich ab, ein Grinsen huschte über sein Gesicht, dank der offenen Ehrlichkeit des jungen Weibes. Er musste eine andere Lösung finden, um dieses strategische Spiel zu bekommen. Er wusste auch schon, wie er das zustande bringen würde. Die Jungfer, die sein Bett teilte, würde ihm helfen können.

Stolz kam der Araber eine Woche später mit einem verschnürten, flachen Paket und einem halbgefüllten Linnen Säckchen in die oberen Räume der Kemenate. Er schob einen kleinen Tisch zum Fenster und stellte zwei Stühle sich gegenüberstehend daran. Dann packte er seine Sachen aus und richtete das „Schlachtfeld" in der Grundstellung ein, indem er einer jeder Figur ihren Ausgangspunkt zuwies und deren unterschiedliche Zugmöglichkeiten erklärte. Es waren zwei exakt gleiche Armeen. Die einen waren als hellem Holz, von den anderen hob der Medicus eine Figur hoch und zeigte auf sich: „Das sind Araber. Sie haben meine Hautfarbe!" Das war seine Art von Humor, den Thilo natürlich auch so verstand, denn er hatte den geistreichen Mann tief in sein Herz geschlossen. Seine Gedanken waren so weit gegangen, dass er ernsthaft beabsichtigte, die Jungfer, den Medicus und sein Weib mitzunehmen, sollte sich die Möglichkeit ergeben, endlich diese Veste wieder zu verlassen und die Eltern wiederzusehen. Er strengte sich an und war ein gelehriger Schüler. Auch die anfänglich skeptische Beth bekam immer mehr Spaß an diesem alten Spiel und bald stand der Araber nur helfend daneben, wenn die jungen Leute sich gegenseitig die Figuren wegnahmen. Mit den nun täglichen Exerzitien wurden sie immer besser. Thilo hörte auf die Ratschläge seines neuen Freundes aus dem Morgenland und versuchte sein Bestes. Dann zeigte ihm Achmed bei einer Spielsituation mit einem Reiter einen Angriff, der auf den König ging und durch ausweichen pariert werden konnte. Doch danach konnte er den ungeschützten Oberbefehlshaber, die wichtigste Person neben dem König, schlagen. Diesen Doppelangriff hatte Thilo übersehen: „Nicht überhastet reagieren und keine nutzlosen Attacken, es sei denn, sie dienen der Ablenkung auf einen unverhofften Angriff. Wie dieser hier. Überlege jede Möglichkeit, die sich bietet und warte mit Geduld und Ruhe auf jede, noch so kleine Chance, die dem Gegner das Genick brechen kann. Sie waren sich aber auch darüber einig, dass sie ihr weiteres Leben nicht in dieser Kammer auf Dauer verbringen konnten. Die Maid würde sich bald wieder, von ihrer „Krankheit" genesen, in dem edlen Kreis der Hofdamen zeigen müssen und die oberen Gemächer würden dann auch den anderen Weibern wieder zugängig gemacht werden. Der Junker war von den erlittenen Misshandlungen gut genesen, sodass ihm ein normales Leben vergönnt sein würde. Nur seine Muskelkraft war geschwunden. Auch daran hatte der Araber gedacht und ihm auferlegt, täglich mehrmals zwei volle Eimer Wasser mit ausgestreckten Händen so oft wie möglich von der einen Ecke der Kammer in die andere zu bringen. Außerdem musste er sich im Liegestütz üben, dabei ein Tuch mit dem Mund erreichen und sich hochdrücken.

Diese, täglichen kraftanstrengenden Übungen verfehlte ihre Wirkung nicht und bald nahm er spielerisch Beth auf den Arm und trug sie durch die Kammer. Dabei schlang sie eines Tages unvermittelt ihre schlanken Arme um seinen Hals und drückte ihm einen herzhaften Kuss mitten auf die Stirn. Die Minne hatte endlich Einzug gehalten und wurde von dem Junker eifrig erwidert. Beth blühte auf und auch der Jüngling strotzte bald darauf endlich wieder vor Gesundheit. Er konnte sogar wieder seine Worte deutlicher formen und kein Außenstehender würde bei seinem Reden glauben, dass er einen Teil seiner Zunge eingebüßt hatte. Er war ausgeglichener und ruhiger als früher, überlegte seine Worte länger und auch die geistige Schulung über fremde Länder und Gebräuche, die ihm der Araber beigebracht hatte, machten ihn zum wahren Edelmann, der dem unüberlegten Handeln des Herzogs durchaus trotzen könnte.

Er war bereit für den Kampf.

Ein großes Fest stand an. Auf der Burg des Herzogs sollte die Geburt eines weiteren, adeligen Sprösslings gefeiert werden. Die Herzogin war mit einem vierten Kind gesegnet worden. Nachdem zwei ihrer Knaben das Säuglingsalter nicht lebend erreicht hatten und die Tochter als Erbe nicht in Frage kam, hatte der Herzog nun endlich wieder einen gesunden Knaben in seinen Armen. Er war trunken vor Glück und hatte die frohe Kunde im ganzen Land verbreiten lassen. Gaukler schickten sich an, den Burgbewohnern die Tage der Vorbereitungen, sowie die abendlichen Bankette mit Minnegesang und tollkühnen Sprüngen auf dem Seil und am Boden mit Kurzweil zu erfreuen. Als Lohn dafür bekamen sie Unterkunft in den Stallungen, sowie Speis und Trank. Sie konnten manchmal mit abgetragenen Kleidern der Adeligen rechnen, auch wenn sie diese nur im Verborgenen anziehen durften. Die bunten, feinen Stoffe waren ihnen als niederes Volk nicht zugedacht, ja sogar bei Strafe verboten. Diese vielen fremden Menschen, die nun zusätzlich innerhalb der Burg waren, verführten geradewegs dazu, jetzt endlich den Fluchtplan in die Tat umzusetzen. Das war genau der richtige Zeitpunkt, um einen Weg zu finden, den wieder hergestellten Jüngling unbemerkt aus der Veste zu schleusen. Thilo hatte dem arabischen Bader gesagt, dass er nur mit Beth und ihm zusammen die Veste verlassen würde. Das Verschwinden des einzigen Medicus wäre schwieriger zu erklären, als das einer Edeldame, bei der man durchaus folgern könnte, dass sie mit einem Gaukler die Früchte der Minne zu kosten bereit gewesen wäre und mit ihm zusammen die Burg verlassen hätte. Man brauchte nur ein Gerücht in diese Richtung zu verbreiten und Beth müsste sich ein paar Mal mit den Gauklern offen unterhalten. Achmed fühlte, dass der Grafensohn ihn aufrichtig als Freund mochte und so würde er eine neue „Bladi", eine Heimat bei seiner Sippe finden können. Er suchte nach einer logischen Erklärung für sein bevorstehendes Verschwinden, denn die bohrenden Fragen des Burgherrn würden ansonsten nicht aufhören. Hatte der doch schon einmal von der Magd einen verräterischen Hinweis in ähnlicher Form erhalten. Der Araber hatte unter dem fahrenden Volk auch zwei Männer gesehen, die aus seiner fernen Heimat zu sein schienen. Es ergab sich am Mittag eine Gelegenheit, einen der Männer auf Arabisch anzusprechen. Sofort zuckte der zusammen, warf den Kopf herum und antwortete dem Medicus. Er hatte richtig vermutet, denn auch diese Männer waren guten Glaubens den Rittern gefolgt, hatten ihre Bladi (Heimat), der Schlachten überdrüssig, verlassen und waren aus dem Heiligen Land gen Westen gezogen. Schlimme Dinge waren dort geschehen, für die sich die Ritter mit dem päpstlichen Auftrag hätten schämen müssen. Das war keine ritterliche Leistung gewesen! Das war ein Abschlachten von unschuldigen Frauen und Kindern! Die beiden Araber, die diese Ritter zurück in ihre westliche Heimat begleitet hatten, glaubten an die Worte der Männer, nie wieder eine Waffe gegen Unschuldige führen zu wollen. Im Heiligen Römischen Reich angekommen, wollten sie von derartigen Sprüchen nichts mehr wissen. Sie hatten Angst, als Versager zu gelten und rühmten sich mit nicht vollbrachtem Edelmut und belogen ihre Burgherren, die sie dorthin geschickt hatten. Die Fremden wurden als Feinde angesehen und verfolgt. So versteckten sie sich bei Beutelschneidern und Gauklern. Dort erlernten sie das Feuerspucken und den Salto auf dem Hochseil, um mit solchen Kunststücken überleben zu können. Bei einer Karaffe des gewürzten Weines für die christlichen Freunde und ein paar Tassen Tee für die Araber, reifte der Plan, dass sie zusammen mit einem ihrer

194

bunt geschmückten Wagen aus der Veste geschmuggelt werden könnten. Am Tag der Taufe sollte es sein. Wenn alle Burgbewohner schliefen, nachdem sie den Fässern des berauschenden Honigweines zugesprochen hatten, so würde es ein leichtes sein, dass Achmed mit seiner Zaouja, seinem angetrauten Weib, mit der Jungfer Beth und dem Junker mit dem Wagen der arabischen Gaukler von hier verschwinden könnten.

„Herr, ich fürchte der Schmied muss das Schloss der oberen Räume der Kemenate aufbrechen, denn wir haben weder Euren Medicus, noch die Tochter der Baronesse seit dem Fest gesehen. Vielleicht ist die Krankheit doch nicht geheilt worden und sie liegen verseucht darnieder!" Der Herzog sprang von seinem Sessel: „Was redest du da, Weib! Hast du Hinweise für deine Reden?" Die beiden ängstlichen Mägde zerknäulten nervös ihre Schürzen und schauten den Herrscher an: „Seit Tagen ist aus den oberen Räumen nichts mehr zu hören. Keine Schritte, nichts. Und nach dem Heiler haben wir im Hof vergebens gefragt. Es hat auch ihn keiner mehr seit dem Fest gesehen." Der Herzog klatschte in die Hände und sofort eilte ein Page herbei: „Hole er mir den Medicus herbei!" Er nickte den

Weibern zu. „Geht eurer Arbeit nach, ich werde mich darum kümmern!" Die Mägde verbeugten sich und gingen rückwärts zur Tür. Sie hatten sich mit dieser wichtigen Kunde bei dem Herzog einzuschmeicheln versucht. Sie wollten keinesfalls, wie Kilian der Wirt, in Ungnade fallen und um ihr, wenn auch jämmerliches Leben bangen müssen. Sie fühlten sich verpflichtet, alles dem Burgherrn mitzuteilen, was sie gesehen oder bemerkt hatten. Heute würde man solche Leute als Waschweiber und neugieriges Pack bezeichnen, doch wenn der Pfaff ein solches Verhalten jeden Sonntag von der Kanzel predigte, so war es eine Selbstverständlichkeit, dem Herzog in allen Belangen zu Diensten zu sein. Gut eine Stunde später kam der beauftragte Page mit Hadrian zurück in den Saal. Der alte Ritter erhob das Wort, nachdem ihm der Herzog dies gestattet hatte: „Herr, wir hatten zunächst angenommen, dass der Araber wohl sein Gewand hatte im Brunnen waschen wollen. Jetzt jedoch müssen wir sicher davon ausgehen, dass er kopfüber hineingefallen und jämmerlich versauft ist." Der Herzog stutzte: „Wie kommst du darauf?" Hadrian kam einen Schritt näher und fuhr mit seiner Erzählung fort: „Nun, Herr. Seine Kleidung war voller Blut und lag vor Tagen auf dem Mauerrand des Brunnens. Vielleicht hatte er Streit? Er war, soweit man mir zugetragen hat, der berauschenden Getränke nicht zugetan. Es mag sein, dass er vom gewürzten Wein gekostet hat und da er diesen erquickenden Zustand nicht kannte und deshalb auch nicht gewohnt war, ist er gestürzt oder so. Das nehmen zumindest die Ritter an. Die Maid sahen wir mit den Gauklern einträchtig feiern. Sie hat sich mit dem niederen, fahrenden Volk vergnügt. Nun ist sie nicht mehr in den oberen Räumen der Kemenate. Alle Zimmer sind leer." Der Herzog nickte: „Sucht meine Veste ab. Solltest du Recht behalten, so bring mir aus dem Kloster einen Mönch an den Hof, der sich mit der Heilkunst auskennt. Er wird mir als neuer Bader dienen. Geh jetzt und berichte mir danach, was du herausbekommen hast." Als er alleine war, schaute er in den Hof und sah seinen ersten Ritter, der Anweisungen erteilte und die anderen Männer auf die Suche schickte. „Er hatte manch heilendes Elixier, für wahr, aber wenn er zu seinem Gott abberufen wurde, so soll es sein, " sagte er leise und wandte sich wieder seiner Arbeit zu. Sein Schreiber studierte die Pergamente, die ein Bote am Morgen gebracht hatte und erklärte ihm, worum es dabei ging, denn auch er konnte weder lesen noch schreiben.

„Ist es noch weit, Herr? Es dunkelt bereits und wir sollten nicht länger so schutzlos durch die Wälder fahren." Die Gaukler hatten sich vor den Toren der Veste getrennt. Manche wollten in die Stadt, da dort großer Markt abgehalten wurde und manche Münze zu machen war, wieder andere zog es nach Bamberg, zum großen Gestech. Der Landesfürst hatte alle Ritter von fern und nah eingeladen, um sich in Buhurt und Tjost zu messen. Auch da schien so mancher Groschen locker im Beutel zu sein. Nur der Wagen mit den Geflüchteten holperte in die angegebene Richtung, um den vermissten Sohn wieder zurück an seinen Hof zu bringen. „Seid Ihr noch verwirrt oder ist das der rechte Weg zu Eurer väterlichen Veste?" Thilo wurde ungehalten, denn man sollte nicht an ihm zweifeln. „Noch zweihundert Schritt, ungefähr. Dann lichtet sich der Hain und die Burg liegt im Tal vor uns, ihr werdet sehen. In einer Stunde sind wir hinter unseren schützenden Mauern". Thilo saß mit Achmed und dem arabischen Gaukler, der sie mitgenommen hatte, auf dem Kutschbock, als sich weiter hinten auf dem dunklen Waldweg zwei Schatten bewegten, die schnell an die Böschung sprangen, um sich zu verstecken. Die scharfen Augen des Medicus hatten sie jedoch noch erspähen können. „Da, hast du gesehen?" flüsterte er seinem Landsmann auf Arabisch zu. „Was machen wir?" Der Gaukler gab Achmed die Zügel und kroch unter das Verdeck auf die Ladefläche. „Fahr langsam auf sie zu. Ich werde das regeln!" Während sich der Wagen auf die beiden Wegelagerer zubewegte, sprang der Gaukler unbemerkt hinten vom Wagen und schlug sich in die Büsche. „Wohin des Weges, edle Herren? Der Wagen scheint uns ein wenig schwer zu sein. Erleichtert ihn mit einem Wege Zoll!" Die beiden hielten zwei lange Spieße gegen die Pferde und bedrohten damit natürlich auch die Flüchtenden. „Macht den Weg frei, wir sind arme Leute wie ihr!" Ein lautes Lachen wurde ihnen beschert. „Dann überlasst uns euer Gefährt. Wir haben keinen Gaul und keinen Wagen, also geht ihr nun zu Fuß weiter und wir schenken euch großzügig euer Leben!" Achmed schaute Thilo an und flüsterte: „Wenn sie unserer Weiber habhaft werden, so ist es um sie geschehen. Wo steckt der Gaukler?" „Wird's bald?" rief einer der Halunken und bekräftigte seine Worte mit einem Stoß gegen die Rippen des Pferdes, das erschrocken aufwieherte. Es folgte ein dumpfes Zischen ein kurzer Schlag. Der Spieß fiel auf den Weg und der Mann hielt sich erschrocken am Hals. Er drehte sich und fiel wortlos in den Staub. Ein kurzes Stück Holz ragte aus seinem Nacken. Eine kleine Fontaine spritze den roten Lebenssaft über sein dreckiges Hemd. Der zweite Mann hatte die Situation noch nicht richtig erkannt, als auch ihn der Bolzen einer Armbrust in die Brust traf. Sein geöffneter Mund hatte wohl etwas sagen wollen, denn jetzt kam nur ein gurgelndes Geräusch über seine Lippen. Beide Männer waren beim Schöpfer. Als Achmed herunterspringen wollte stand der Gaukler mit erneut gespannter Armbrust neben ihm. „Lasst sie liegen. Wir müssen schnell aus dem Wald!" Er sprang wieder auf die Ladefläche und während der Wagen die freie Grasfläche erreichte, sicherte der Bewaffnete den Weg, aus dem sie soeben gekommen waren. „Da hinter! Seht ihr die Mauern und den Turm? Wir sind gleich da!"

„Halt! Gebt euch zu erkennen! Wer seid ihr?" Sie hatten den Wagen bis vor das große Tor gelenkt und die Wachen gerufen. „Ich bin es, Thilo. Macht das Tor auf!" Nichts rührte sich und der Grafensohn wiederholte laut seine Forderung. „Wenn ihr nicht wollt, dass wir jetzt noch hier gemeuchelt werden, so öffnet, verdammt noch mal diese Holzbohlen! Ruft meinen Vater, Graf Gawain hier zum Tor. Er erwartet mich!" Die Antwort war ernüchternd: „Ich bin Gawain. Aber deine Stimme habe ich noch nie vernommen, Schwindler. Gib dich zu erkennen!" Thilo ließ sich zwei Fackel geben, entzündete sie und ging, in jeder Hand ein helles Licht, langsam auf das Tor zu. Als er zwanzig Schritte entfernt war, öffneten sich knarrend die beiden schweren Flügel des wuchtigen Tores. „Endlich zuhause!" rief er und eilte mit dem brennenden Licht in den kleinen Vorhof, gefolgt von dem Wagen, der schnell hinter die Mauern wollte. Das Tor wurde sofort hinter ihnen wieder verschlossen und Gawain, nur mit einer ledernen Hose und weitem Kittel bekleidet, ging langsam auf seinen Sohn zu, denn dessen Gesicht war etwas entstellt. Tränen der Freude schossen ihm in die Augen. „Bei den Göttern! Bist du es wirklich? Du lebst!" Die Männer fielen sich in die Arme und nun weinten sie und küssten sich. Jetzt kam auch seine Mutter aus der Kemenate, denn die Kunde hatte sich unter den paar Leuten natürlich schnell herumgesprochen und bald waren alle Feuerkörbe im Hof entzündet und die Nacht wurde zum Tag. Da ihnen der Sommer ein laues Klima bescherte, wurde eine große Tafel mit Brettern im Hof aufgestellt. Thilo musste immer wieder erzählen, wie fürsorglich ihn die Maid und der dunkelhäutige Bader umsorgt hatten. Von dem Umstand, warum er so lange so schwer verletzt in der Veste gelegen hatte, erzählte er leise und hinter vorgehaltener Hand nur seinem Vater. Er zeigte ihm auch seinen Mund und die verstümmelte Zunge. Jetzt verstand der auch, warum ihm die Stimme seines Sohnes so fremd vorgekommen war. Als der Vater die Schmach nicht mehr ertragen konnte und aufbrausen wollte, hielt ihn sein wiedergewonnener Sohn am Arm fest. „Nicht hier und jetzt, Vater. Jetzt feiern wir." Später im Haus, als sie mit dem Medicus und dem Gaukler, der ihr neu gewonnenen Freund war, brachte Thilo das Gespräch wieder auf die Untaten des Herzogs: „Auch ich hätte so ungeduldig reagiert wie Ihr, Vater. Aber das ist grundfalsch, denn Achmed lehrte mich das persische Brettspiel Schatrandsch. Ihr müsst es auch erlernen. Es schärft den Geist und warnt vor unüberlegtem Handeln. Der Herzog wird seiner Strafe nicht entgehen, aber Geduld ist eine Tugend, die er nicht kennt und die wir uns zum Verbündeten auserkoren haben." Der Vater schaute seinen Sohn an: „Du bist wahrlich in den vergangenen Monden zum Manne gereift. Ich bin stolz auf dich und vertraue dir." Die Männer setzten sich an die offene Feuerstelle und Gawain ließ einen Krug des besten Weines holen. Zu seiner Überraschung schüttelte Thilo den Kopf und hielt seine flache Hand über seinen Becher, als der Mundschenk das berauschende Getränk eingießen wollte. „Nicht für mich, Vater. Auch meine Freunde trinken nichts, was die Sinne betäubt. Ich kann besser denken, wenn mein Geist bei mir bleibt und nicht in der Krug bleibt!" Der Graf schaute seinen Sohn an: „Du hast dich nicht nur von ansehen sehr verändert. Ich fürchte, ich muss dich auf meine alten Tage neu kennenlernen."

-.-.-.-.-.-.-.-.-

Beth fühlte sich auf dem kleinen Hof sehr wohl. Hier war alles gemütlicher und familiärer als auf der Veste. Hier brauchte sie nicht ihren Mund zu verschließen um Angst zu haben, dass ihr bald ein Strick aus dem gesprochenen Wort gedreht wurde. Die wenigen Gefährten, die hier mit dem Landgrafen unter einem Dach wohnten, waren entweder eng mit ihm verwandt, verschwägert, oder es waren Weggefährten, die manche Schlacht mit ihm zusammen überstanden hatten. Es herrschte eine lockere Atmosphäre, die bald auch die Araber in ihren Bann zogen. Das Kismet meinte es gut mit ihnen. Nun hatten sie einen guten Medicus an ihrer Seite, den sie sonst hätten schwerlich bezahlen können, denn manch ein Scharlatan hatte an den Markttagen mit Quecksilber an den Armen mehr Übel angerichtet, als das ursprüngliche Leiden, das zu bekämpfen es galt. Thilo übte sich derweil im Umgang mit dem neuen Schwert, dass ihm nach Angaben des Baders von dem Schmied angefertigt worden war. Es hatte sehr lange gedauert, bis die handliche Waffe fertig geschmiedet war. Zuerst hatte der erfahrene Handwerker sehr zurückhaltend darauf reagiert, als der Araber das fast fertige Eisen wieder zersägen ließ und den Gänsen unter das Futter gemischt hatte. Als er auch noch anwies, den Kot des Federviehs erneut zu schmelzen, dachte er an einen Schabernack, den der Fremde mit ihm treiben wollte. Kopfschüttelnd folgte der Schmied zwar weiterhin den Anweisungen des Arabers, aber es war eine kraftraubende Arbeit, das geschmiedete Eisen immer wieder zu falten und erneut zu formen. Wenn es gelblich glühend aus der Esse gezogen wurde, legte der Araber eine bestimmte Art von Erde, gemischt mit Asche auf das heiße, flache Eisen, bevor es immer wieder gefaltet und auf dem Amboss so lange bearbeitet wurde, bis sich die Farbe des Eisens in ein dunkles Rot verändert hatte. Als der Dunkelhäutige endlich zufrieden schien ließ er die noch rotglühende Waffe in einem schmalen Rohr, mit Öl gefüllt, abkühlen. Es zischte und dampfte, wie in einer Hexenküche. Diese ganzen Vorgänge waren dem erfahrenen Waffenschmied völlig unverständlich und neu. „Dieses Verfahren kommt aus Damaskus. Nun ist dein Schwert an Schärfe nicht mehr zu übertreffen." Das Endprodukt verblüffte ihn dermaßen, dass er sich sofort ans Werk machte und unaufhörlich weitere Schwerter nach der gleichen Machart anfertigte. Achmed stand mit seiner Erfahrung dabei und gab hier und da weitere Anweisungen. Die Schärfe und Leichtigkeit der so hergestellten Waffe war überwältigend und tatsächlich mit keiner herkömmlichen Schneide zu vergleichen. Nach diesem Verfahren konnten nun Kurzschwerter, Messer, Dolche, Einhänder und sogar übermannshohe Bidenhänder, die schwer zu führenden Zweihänder geschmiedet werden. Versuche ergaben, dass ein solches Schwert ein ledernes Wams, auf einen Bock gespannt, mit Leichtigkeit samt dem darunterliegenden Holz wie Butter zu durchtrennen vermochte. Der Araber wurde am Hof nun noch mehr geachtet, da er nicht nur in der Heilkunst ein sehr großes Wissen in vielen anderen Bereichen zu haben schien. Hätte man nicht allgemein die Entstehung des ersten Schwertes mit verfolgen können, man hätte ihn für einen

Zauberer, Hexenmeister oder Alchemisten halten können, denn er hatte den Bewohnern auch ein Pulver gezeigt, dass mit lautem Zischen und einer hohen, grellen Flamme verpuffte. „Wenn ich dieses Gemisch richtig verpacke, so kann ich damit auch eine Steinflasche oder ein Eisenrohr zerspringen lassen." Die Leute wandten sich ungläubig ab. Nun spinnt er wirklich. Nur Thilo wurde nachdenklich und nach ein paar Tagen drängte es den Junker, endlich an einem Plan zu arbeiten, der seine stillen Rachegelüste würden befriedigen können, denn er hatte lange genug gewartet. Bei dem allabendlichen Schatrandsch mit seinem Lehrmeister grübelte Thilo an einem Gegenzug, als ihn dieser mit einer weiteren Neuerung seiner Kunst überraschte. Irritiert schaute der Jüngling auf: „Was ist? War der Zug falsch?" Achmed musste lachen: „Du bist wahrlich sehr in den Kampf vertieft, aber ich dachte an deinen Plan. Weißt du, dass man einen Menschen kaum wiedererkennen kann, wenn sein Haupthaar eine andere Farbe angenommen hat?" Der Grafensohn schaute den Araber verblüfft an. „Willst du goldenes Haar haben, wie es die Nordmänner tragen?"

Achmed nahm langsam und genüsslich seinen schwarzen Kampfelefanten, den er verträumt immer „rukh" nannte und beendete das Spiel, indem er den König ohne weitere Gegenwehr eingeengt und so angegriffen hatte, dass kein weiterer Schritt mehr für ihn möglich war. „Shah!" Thilo, der immer noch über das helle Haupthaar nachdachte schaute den Araber an. Der hatte natürlich gemerkt, was mit seinem Gegenüber geschehen war. Er hatte sich überrumpeln lassen. „Nicht ablenken lassen, Thilo! Das ist auch eine wichtige Strategie!" Der Grafensohn schaute ihn an, ohne weiter an das Schatrandsch zu denken: „Wie willst du das anstellen, das mit dem Färben meine ich? Ist das dauerhaft? Wenn es regnet, so wird die natürliche Pracht wieder da sein!" Achmed lächelte: „Natürlich nicht, denn ich würde ein Pulver verwenden, dass erst mit der Zeit langsam wieder herauswachsen würde." Er sah in sein Gesicht und ergänzte: „Es gibt Pflanzen, die eine alkalische Wirkung auf Hanf und Wolle haben. Stoffe können gefärbt werden, richtig? Also warum kann man dann nicht die Haare eines Menschen nehmen? Wolle ist dasselbe!" Thilo stand auf: „Ich verstehe! Ich soll gegenüber dem Herzog unerkannt bleiben und als Nordmann zu ihm gehen? Dazu meinen Kopf über Nacht in einen Trog aus Pflanzen und Urin tauchen und abwarten, bis die Sonne mein Haar bleicht?"

Achmed stand auf, denn er hatte sich bei der Vorstellung, die ihm sein jugendlicher Freund jetzt geboten hatte gründlich verschluckt und hustete los, wie ein Köhler, der zu nah an sein Feuer gegangen war. Als er endlich wieder frei atmen konnte, schüttelte er seinen Kopf: „Thilo, es gibt andere Methoden, als die des Blaumachens! Ich werde dir die harmlose Prozedur an einer abgeschnittenen Locke meines Weibes morgen in meinem Gewölbe zeigen. Da habe ich alle Zutaten, die von Nöten sind. Ich kann dich beruhigen, Urin gehört nicht dazu. Damit arbeiten die Färber, die in großen Mengen die blauen Stoffe für die Leibeigenen herstellen. Hast du dich nie gefragt, wie der Adel zu seinen bunten Kleidern kommt? Seidenstoffe, aus dem Spinnfaden der kleinen Raupen gewonnen, können mit zerstampften Läusen wunderbar rot eingefärbt werden, mit einem Pflanzensud wird ein herrliches Grün erzeugt!“ Thilo schaute ihn an und verstand gar nichts von dem, was der Araber da zu ihm sagte. Der zeigte auf das Holzbrett: „Mund zu, Thilo! Ich werde dir morgen zeigen, wovon ich heute gesprochen habe. Noch eine weitere Schlacht?“

Beth hatte vor ihrem Verschwinden von der Veste des Herzogs ihrer Mutter nichts von dem Vorhaben gesagt. Nun stellte sich das im Nachhinein als richtig dar, denn die Baronesse hatte ein sehr vertrautes Verhältnis zu dem Burgherrn. Bei einem Gespräch mit ihr hatte er nach der genesenen Tochter gefragt und eine abwertende Antwort erhalten. „Wenn sie meint, sich mit dem niederen Volk abgeben zu müssen, so hat sie nichts von der erfüllten Wonne einer adeligen Minne verstanden, was meint Ihr?" Der Herzog sah sie an: „Sie ist auch mein Kind, vergesst das nicht, jedoch, da muss ich Euch beipflichten, sie war einmal meine Tochter. Auch wenn sie das niemals erfahren wird. Nun, da sie fort ist, seid Ihr auch wieder eine Jungfer, nicht wahr? Obwohl." er machte eine Pause und Elli, wie er sie nannte, wurde ungeduldig: „Was meint Ihr damit?" wollte sie wissen. „Nun", antwortete der Burgherr, „es sind jüngere, frischere Leiber um mich herum, als Ihr! Das müsst Ihr doch einsehen! Es langt, dass ich Euch zur Baronesse gemacht habe. Sucht Euch einen Ritter aus, meinetwegen auch einen Edelmann, " er schaute zur Seite und lächelte: „der auf, wie soll ich das formulieren, der auf Erfahrung steht und keinen Wert auf strammes . . ." weiter kam er nicht, denn das Weib duldete keine weitere Demütigung des Mannes, den sie inständig geliebt hatte. Sie schlug ihm kräftig ihre Hand ins Gesicht: „Genug der Worte. Ihr seid ein Scheusal! Warum bin ich auf Eure Worte und treulosen Schwüre einst hereingefallen? Warum nur?" Sie wandte sich ab und ging weinend in ihr Zimmer. Bald darauf klopfte es an der Tür. Sie wischte schluchzend ihre Tränen ab und ging, um die Pforte zu öffnen. Sie hatte gehofft, dass es der reuige Herzog wäre, doch da standen zwei Soldaten, die ihr einen schrecklichen Befehl offenbarten. „Elisabeth, Tochter des Rudger. Ihr seid des Titels einer Baronesse enthoben, da Ihr Euch erdreistet habt, unseren Herzog zu demütigen." Sie holte tief Luft und wollte widersprechen, doch der Mann fiel ihr frech und respektlos ins Wort: „Es gibt Zeugen dafür, leugnet nicht!" Sie griffen das verwirrte Weib und nahmen sie mit. „Wo bringt ihr mich hin?" Die Männer schwiegen und als sie sich strampelnd zu wehren versuchte, lächelte der Soldat sie an: „Die Wachen haben eine Abwechslung und Entspannung verdient. Wenn sie mit Euch fertig sind, so werdet Ihr den Rest Eures Lebens im Angstloch verbringen, es sei denn . . . . . " Elisabeth schaute ihn an: „Was denn, sag es!" Der Mann ergänzte: „Es sei denn, einer von denen will

Euch zum Weib!" Sie lachten und schleppten die Unglückliche in das Gemach der Wachsoldaten, die schon auf ihr Geschenk warteten. „Dieses unmögliche Borstenvieh", dachte sie noch: „man wird es nicht wagen!" Ihre Hoffnung verflog schnell, als die Soldaten den Raum verlassen hatten und die Männer gnadenlos über sie her fielen.

-.-.-.-.-.-.-.-.-

„Wer ist eigentlich dein Vater, lebt er noch?" wollte Thilo wissen und Beth konnte ihm nur das antworten, was ihr die Mutter erzählt hatte: „Ein stattlicher Ritter war er, der im Tjost unglücklich gestürzt war und zwei Wochen später an seinen Verletzungen erlag. Ich war damals gerade erst geboren und habe ihn deshalb nie persönlich kennengelernt!" Thilo hatte die Frage unüberlegt und naiv gestellt und war ob der offenen Antwort bestürzt: „Verzeih mir!" sagte er: „ich konnte das nicht wissen." Beth legte ihre Hand auf seinen Arm: „Ist schon gut, ich habe einen Erzieher in dem alten Gow gehabt. Er war dem Herzog zwar trotz dessen Launen treu ergeben, aber für mich ein gutmütiger Ersatzvater. Ich habe mich auch mit meiner Mutter in den letzten Monden schon nicht mehr so richtig verstehen können. Was meinst du denn, warum ich alleine in der Kemenate gewohnt habe und nicht ein Zimmer bei ihr, im Palas bewohnte?" Thilo nickte und wollte das misslungene Gespräch schnell beenden: „Meinst du, man kann die Farbe seines Hauptes verändern?" Er dachte genau zu wissen, dass eine solch absurde Frage ein Weibsbild würde nie begreifen können, doch er sollte sich getäuscht haben. Beth geriet, ohne weiter darüber nachzudenken, sofort ins Schwärmen. Da sie mit einer eher lehmfarbigen Haarpracht gesegnet war, schaute sie ihn kurz an, ging zur Wand und nahm die dicke Kordel, die dort neben dem Teppich hing. Sie legte das Ende geschickt um ihre Stirn. „Wie sehe ich aus? Steht mir die schwarze Tracht auch?" Thilo verdrehte die Augen: „Weiber!" murmelte er, denn er hatte versucht, die Äußerung des Arabers anbringen zu können. Er stand auf und sagte nur: „Ich bin mit Achmed verabredet." Während er sich zur Tür wandte, hatte er wohl unbedacht einen Keim gesetzt, denn Beth probierte nun mehrere, farbige Tücher aus, die sie geschickt um den Kopf wickelte. Sie hatte die Äußerung des Junkers wohl nicht so ganz richtig verstanden: „Ja, ja. Geh nur. Ich versuche, mir gerade etwas vorzustellen." Thilo schüttelte den Kopf und ging in das angrenzende Nebengebäude, wo der arabische Medicus schon auf ihn wartete und stolz eine fingerdicke Haarsträhne in der Hand hielt. „Von Alma, der Magd!" sagte er. „Meine Eilidh wollte einen Krug nach mir werfen, als ich sie darum bat." Er lächelte und sie gingen mit der abgeschnittenen Trophäe in den besagten Raum, der an allen Wänden mit Regalen ausgestattet war. Die vielen gefüllten Gläser hinterließen einen mystischen, seltsamen Eindruck bei ihm. Er befand sich direkt in der Hexenküche des Medicus, wie die Hofbewohner das Gemach des Heilers nannten. „Ich habe eine Tinktur vorbereitet, die auf die organischen Stoffe bleichend wirken müsste!" Der Araber schaute erwartungsvoll seinen jugendlichen Freund an, der anscheinend nichts von dem verstanden hatte. Goldhelles Haar wollte er machen, an mehr hatte er dabei nicht gedacht. Wieder versuchte Achmed dem Grafensohn sein Vorhaben zu erklären: „Du siehst die Wiese vor den Mauern?" Er war mit ihm an das kleine Fenster gegangen und hatte die Holzbretter aufgeklappt. Greller Sonnenschein blendete ihn, aber er kannte die Wiesen und den Bachlauf auch so. Er nickte und hielt sich den Arm schützend vor die Augen. „Was hat die Wiese denn mit Haaren zu tun, die du zu färben versuchst?" Achmed versuchte es noch einmal: „Wie nennen die Weiber das Grün?" Thilo überlegte nicht lange: „Bleiche!" Der Araber nickte: „Richtig! Und genau das ist es, was die Sonne mit den im Bach gewaschenen Sachen macht." Er hob den Steintiegel an: „Dieser angemachte Sud wird ähnliches bei den Haaren bewirken, du wirst sehen!" Er nahm eine dünne Kordel, teilte die Haarsträhnen und wickelte eine von ihnen stramm am oberen Ende zusammen. Die verschnürten Haare ließ er seitlich aus dem Tiegel hängen, während er mit einem Holzlöffel die Strähnen in die helle, schäumende Flüssigkeit tauchte. Ein strenger, ätzender Geruch stieg auf und zwang den Araber dazu, schnell wieder das Fenster zu öffnen. „Thilo hielt sich ein Tuch unter die Nase: „Wie lange wird es dauern, bis sich die Farbe ändert?" Achmed hob die Schultern: „Ich weiß es nicht! Das ist mein erster Versuch." Er nahm die umwickelte Stelle und hob vorsichtig die Strähne aus dem Tiegel. Was für eine Blamage. Unterhalb der Verschnürung hatte sich eine Kruste gebildet, die so aussah, als hätte man die Haare verbrannt. Die Flüssigkeit brodelte noch, der Versuch war gescheitert. „Ich weiß, was du sagen willst, aber das war doch nur ein

Hinweis dafür, dass ich die Tinktur zu stark angesetzt habe!" Er ging zum Regal und fing an, neue Kräuter zusammen zu mischen. „Wenn deine Magd mit kahlem Kopf herumläuft, so musst du aber die richtige Zusammensetzung gefunden haben!" sagte Thilo und wandte sich zur Tür: „Gib mir Kunde, wenn du dein Ziel erreicht hast!" damit verließ er den Araber, er konnte sich ein verschmitztes Lächeln nicht verkneifen. „Keiner scheint vollkommen zu sein! Keiner!" dachte er und ging zurück zum Palas.

„Dieser Gawain von Grabenstein, mein Landgraf, trauert er noch um seinen vermissten Sohn?" Der Herzog empfing seinen Ritter zurück, der sich als reisender Kaufmann ein paar Tage auf dem Hof des Grafen aufgehalten hatte. Der Mann schaute seinen Herrn an: „Ich habe einen Jüngling angetroffen, der Thilo gerufen wird und Achmed, Euren Medicus. Außerdem habe ich auch Beth dort gesehen, die Tochter der Baronesse. Alle erfreuen sich bester Gesundheit." Der Herzog bekam schmale Augen und ging dicht auf seinen Ritter zu: „Du kennst Thilo und Achmed von Ansehen? Waren sie es wahrhaftig?" Der Mann nickte heftig und ergänzte schnell: „Sie leben dort in

Eintracht, als hätte es nie etwas anderes gegeben. Was befehlt Ihr, Herr?" Die Trauer und Demütigung eines kinderlosen Grafen hatte er erwartet, nicht aber eine solche Kunde, die ihn der Lächerlichkeit preisgeben würde, so seine Leute davon erfahren sollten. Wie hatte dieser Bastard es geschafft, so schwer verletzt wieder zurück zum väterlichen Hof zu gelangen? Warum war die, von einer heimtückischen Seuche genesene Tochter der Baronesse mit ihm und dem Araber zusammen? Jetzt dämmerte es ihm: Die Jungfer war damals nicht krank! Die arme Magd, die er unschuldig für ihre Beobachtungen hatte bestrafen lassen, musste wohl auf der richtigen Fährte gewesen sein. Das war ein abgesprochenes Spiel dieser drei Menschen gewesen. Das schrie förmlich nach Vergeltung! Er hatte den wahren Grund und die Folter des Grafensohnes dabei vergessen und sann auf Rache. Die Drei mussten sterben! „Ruf mir Hadrian und die anderen Ritter. Ich habe einen Plan." Als die Männer im Saal waren, wurde Hadrian, der Bidenhänder mit einem Auftrag versehen: „Gobha hat es verdient, endlich als neuer Landgraf für mich tätig zu werden. Gawain Angus von Grabenstein und seine Sippe erkläre ich hiermit für vogelfrei. Reitet einen Angriff und tötet sie, allesamt. Lasst mir aber den Hof unversehrt, denn den wird Gow sofort übernehmen!" Hadrian stand unschlüssig vor seinem Herrn und widerholte dessen Worte, um sich zu vergewissern, dass er das alles richtig verstanden hatte: „Ich soll den Landgrafen und seine Familie töten?" Der Herzog schaute ihn an: „Hast du ein Spinnennetz im Ohr oder setzt dir das Alter zu? Es gibt hier im Augenblick keinen Landgrafen mehr. Die Vogelfreien, Gawain, sein Weib Ada, Thilo sein Sohn, Achmed der untreue Bader und Beth, dieses liederliche Weib sollen ihre gerechte Strafe bekommen, ja!" Als Gobha den Namen seines Mündels hörte, durchzuckte es ihn und er sah seinem Herrn ins Gesicht. Herzog Walther erkannte sein Zögern: „Was ist, alter Freund? Hast du Einwände?" Gow, der es gewohnt war immer die Wahrheit zu sagen, erhob seine Stimme: „Du willst, dass man dein eigen Fleisch und Blut abschlachtet? Du willst deine Tochter töten?" Darauf war der Burgherr nicht gefasst gewesen: „Was redest du da, alter Mann? Wirres Zeug vernebelt deinen Geist! Geh in deine Gemächer, ich will darauf nicht antworten!" Dann drehte er sich zu seinen Rittern herum und besprach alles weitere, während Gow, zu tiefst von seinem Herrn enttäuscht den Saal verließ! Unbemerkt von allen ritt er noch in derselben Nacht aus der Veste. Er konnte nicht zulassen, dass noch mehr Unheil über das Land gebracht wurde.

-.-.-.-.-.-.-.-.-.-

„Ein Reiter, Herr! Er sagt, sein Name sei Gobha. Gow genannt und der Vertraute von Walther vom Adler See. Er muss Euch dringend sprechen!" Kurz darauf saßen die Ritter, Thilo und der arabische Medicus getrennt von den Edeldamen, die sich um das offene Feuer gesetzt hatten, im kleinen Rittersaal und hörten die unfassbare Kunde des fremden, alten Mannes.

„Ich glaube ihm!" rief eine helle Stimme aus der anderen Ecke des Saales. Beth war aufgestanden. Es war dem Webervolk normalerweise bei Strafe nicht gestattet, unaufgefordert das Wort zu erheben. Thilo legte den Arm auf die Schulter seines Vaters und beruhigte ihn: „Sie kennt ihn besser, als jeder von uns hier! Lass sie reden!" Sie kam auf die Männer zu und umarmte den Alten: „Was ist geschehen, Gow?" Der Mann atmete schwer. Es war nicht einfach für ihn, gegen seinen Landesherrn auszusagen: „Das Maß ist voll!" flüsterte er und fügte hinzu: „Ich habe

218

Schuld auf mich geladen, indem ich seine Boshaftigkeiten nicht habe wahrhaben wollen. Auch Untätigkeit kann zur Sünde werden. Wir haben keine Zeit zu verlieren. Sie werden den Hof stürmen, daran zweifle ich nicht. Können wir die Bewohner irgendwo unterbringen?" Gawain fuhr sich mit den Fingern verträumt durch den Bart und schaute zur Tür und rief den Knappen und Pagen zu: „Während wir eine Lösung suchen, habt ihr schnell eure Sachen zu packen. Nehmt nur das Nötigste mit und spannt mir Ochsen und Pferde vor die Wagen. Wir warten den Morgen nicht ab, wir verlassen den Hof noch in der Nacht!" Dann wandte er sich an Gow: „Es wird besser sein, wenn Ihr uns begleitet. Ich will nicht, dass Euch der Zorn des Herzogs trifft!" Gobha nickte nur. Er war zu müde geworden, in den letzten Stunden. Während sich die Männer weiter berieten, wurden die Bewohner aufgefordert, die Abreise vorzubereiten. Achtzig Seelen galt es, auf die Wagen, Pferde, Esel und offenen Karren zu verteilen. Gawain Angus, der von den seinen liebevoll kurz Gus genannt wurde, lächelte verschmitzt. „Mein Bruder Garibald hat einen freien Bauernhof in den Bergen. Wenn wir mit dem Treck gut durchkommen, so werden wir am Mittag des morgigen Tages bei ihm sein. Wir dürfen keine

Zeit verlieren!" Als er sich anschickte, im nun leeren Rittersaal das offene Feuer zu löschen, hielt Thilo seinen Arm: „Wir müssen alles so lassen, dass es bis zum letzten Augenblick so aussieht, als würde der Hof weiter bewohnt! Auch ich habe einen Plan, vertraue mir!" Der Landgraf sah seinen Sohn an: „Was willst du machen?" Thilo schaute ihn an: „Achmed ist mir behilflich. Ihr werdet vorausreiten und nicht auf uns warten. Wir kommen nach. Lass uns deine schnellsten Pferde da und wir werden die Reiter hier gebührend empfangen." Die Sorgenfalten auf des Vaters Stirn waren berechtigt, doch Thilo sah eine Möglichkeit, endlich dem verhassten Herzog die Stirn zu bieten: „Mach dir keine Sorgen, ich weiß was zu tun ist!" Sie gingen in den Hof, um alles für die Abreise vorzubereiten. Beth musste gezwungen und überredet werden, mit den anderen sicher den Hof zu verlassen. Zwei Stunden später war der Tross bereit. Das Tor wurde geöffnet und die Fackelträger gingen seitlich auf dem Weg voran. „Wir sehen uns morgen beim Oheim Garibald!" rief ihnen Thilo zu und machte sich mit Achmed daran, das Tor wieder zu verschließen. „Hast du alles vorbereitet?" fragte Thilo und Achmed bejahte: „Du wartest auf dem Turm, ich habe noch ein paar Vorbereitungen zu treffen. Sind

220

die Pferde an der hinteren Mauer angebunden?" „Ja, das sind sie!" rief ihnen eine Stimme zu und zwei Gaukler traten in den Hof: „Zu viert sind wir stärker. Außerdem können wir Feuer spucken und mit Messern werfen. Wir werden ihnen gemeinsam einheizen." Thilo ging auf die beiden zu und gab ihnen die Hand. „Wir nehmen dankend an, aber wie wollt ihr danach von hier verschwinden?" Sie schwiegen, doch Achmed antwortete an ihrer Stelle: „Sie haben etliche Überraschungen in ihrem Wagen. Wir haben das so besprochen." Die beiden Gaukler, Imad und Braiham wandten sich an Thilo: „Endlich können wir uns dafür bedanken, dass ihr uns aufgenommen habt und wir bei euch leben dürfen, ohne verachtet zu werden." Dann schauten sie sich noch einmal um: „Stimmt es, dass dieser Hof nicht dein eigen war?" Thilo erklärte, dass ein Lehen aus überlassenem Land und Häusern bestand und mit den Bewohnern das Eigentum des Landesherrn blieb. Die Flucht von ihnen war gleichzeitig der Verrat an dem Herzog, denn er verfügte über Leben und Tod. Die einzige Ausnahme war die Grafenfamilie, die der Herzog in den Stand des Landgrafen gesetzt hatte. Somit hatte er mit der Gefangennahme und Folter des Grafensohnes gegen sich selber und seine

Regeln verstoßen. Mit dem Beschluss, sie als vogelfrei zu erklären, waren sie jedoch nun auch wieder Leibeigene. Imad grinste: „Das heißt, wenn der Hof abbrennt, so vernichten wir nicht dein Eigentum?" Thilo nickte: „So ist es!" Achmed mischte sich ein: „Aber ich weiß etwas Besseres als Feuer! Wir werden dem Herzog das Fürchten lehren!"

Es wurde Mittag, bis sich die kleine Reiterschar des Herzogs auf den Weg machte. „Zwanzig Männer werden dafür genügen! Rudger, du führst sie an!" hatte er bestimmt und den willigen Raufbolden bei Erfolg einen üppigen Lohn versprochen. Die Männer waren bald nicht mehr zu sehen und auch die Staubwolke verflog bald. Sie galoppierten am späten Nachmittag bereits siegesgewiss durch den kleinen Wald, der zwischen der Veste und dem befestigten Hof des Landgrafen lag. Dann stand sie am Waldrand und schauten auf den kleinen befestigten Hof herunter. Das zweiflügelige Tor war verschlossen und feine Rauchschwaden kräuselten sich in den Himmel. „Sie ahnen nicht, dass sie gleich auf der Schlachtbank sind!" Rudger drehte sich zu seinen Begleitern um. „Zwei Männer begleiten mich. Mehr Reiter würden nur Unruhe stiften. Wir reiten ganz ruhig herunter und bitten um Einlass. Da sie von unserem Kommen nichts wissen, werden sie uns hereinlassen. Danach geben wir euch ein Zeichen und ihr könnt nachkommen!" Er zeigte auf die beiden Ritter, die ihn begleiten sollten. „Lasst eure Waffen stecken, bis wir im Hof sind. Sie werden so überrascht sein, dass sie keine Gegenwehr leisten." Dann gab er seinem Pferd die Sporen und die drei Reiter trabten langsam in die Niederung. Sie überquerten den Bach und standen bald vor dem Tor. Die wartenden Männer hörten ein Stimmengewirr und sahen erstaunt, dass der einfache Plan aufzugehen schien, denn das Tor öffnete sich und die Reiter waren im Hof. Dann schloss sich die Pforte wieder und die Männer warteten auf das verabredete Zeichen zum Angriff. Die umgebende Mauer war so hoch, dass sich ein Reiter auf seinen Sattel stellen musste, um mit ausgestreckten Händen an den Rand fassen zu können. Nach einer halben Stunde stiegen die Männer aus ihren Sätteln. „Wie lange brauchen die denn? Ich muss mir die Beine vertreten." Nichts war zu sehen. Der Rauch stieg weiter in den Himmel und der Hof lag friedlich im Tal. Nichts deutete darauf hin, dass da unten eine Rauferei stattfand. „Wir werden durch das Tor reiten müssen, die Einfriedung ist zu hoch, um sie einfach zu überwinden!" Ein anderer fragte in die Runde:

„Gibt es einen weiteren Zugang von der Rückseite?" Die Ritter wurden ungeduldig, doch sie mahnten sich gegenseitig zur Ruhe: „Rudger weiß, was er tut. Wir müssen Geduld haben." Nach einer weiteren Stunde fassten sie einen Entschluss: „Vier Reiter von uns schauen nach, wo die anderen bleiben. Wir können nicht ungeschützt hier oben länger warten." Sie stiegen auf die Pferde und ritten ins Tal. Noch bevor sie den Bach erreicht hatten schwangen von alleine die Flügel des Tores weit auf. Ohne zu zögern ritten sie in den leeren Hof. Die Tore, an dicken Seilen festgebunden, schlossen sich wieder und Thilo sprang von der Brüstung. „Was wollt ihr?" Die Männer schauten sich vergebens nach ihren vermissten Männern um, antworteten jedoch nicht auf die Frage des Grafensohns. „Was wollt ihr?" Thilo wiederholte etwas lauter, was die Männer immer noch nicht zu beantworten gedachten, als mit einem zischenden Geräusch einer von ihnen getroffen aus dem Sattel rutschte. „Wir haben noch genügend Bolzen, um euch alle in den Staub zu werfen. Warum seid ihr hier? Habt ihr eure Zungen verschluckt?"

Irritiert schauten die verängstigten Männer in den leeren Hof.

Thilo hob die Hand.

Dsssum. . . . . ein weiterer Ritter verlor den Halt und gesellte sich zu dem Liegenden. Er krümmte sich vor Schmerzen und versuchte, den kurzen Holzstab aus seiner Schulter zu ziehen. Noch bevor der Dritte einen Warnschrei von sich geben konnte, wurde er auf dem Pferd sitzend von Braiham angesprungen und in den Staub geworfen. Wie eine Schildkröte wollte er noch einmal seinen Kopf heben, da schnitt ihm auch schon der Araber den Hals durch. „Schnell", flüsterte Thilo, in den Stall mit ihnen! Die anderen werden nicht lange auf sich warten lassen!" Sie zogen die tödlich Verletzten an den Füssen in den Stall und banden auch deren Pferde dort an. Imad spannte seine drei Armbrüste und sprang zurück auf die Brüstung. Braiham nahm sein scharfes Schwert und versteckte sich hinter dem Tor. Sie hatten alles abgesprochen und bisher war ihre Taktik auch hervorragend aufgegangen. Sie wussten nicht, wie viele Männer noch da draußen warteten, aber mehr als fünf durften nicht gleichzeitig in den Hof kommen. Thilo ging ins Haus und legte extra nasses Holz in die offene Feuerstelle, damit die Männer den abziehenden Rauch auch gut erkennen konnten. Sie würden irritiert darüber sein, dass noch Feuer brannte und das normale Leben innerhalb des Hofes seinen Gang nahm. Das war mit Sicherheit nicht der Plan, den die herzoglichen Schergen zuvor ausgedacht hatten. Die vier Freunde brauchten nicht lange zu warten, dann hörten sie laute Stimmen vor dem Tor. Thilo hatte sich eine Kettenhaube über den Kopf gezogen und sein Haupt schmückte zusätzlich ein eiserner Helm der Wache. So würde man ihn nicht erkennen können, zumal sich die Sonne langsam dem entfernt liegenden Waldstück näherte. „Macht das Tor auf! Wir sind Ritter des Herzogs. Auf der Durchreise wollen wir hier Quartier machen, denn es reitet sich nicht gut in der Finsternis der Nacht!" Der Grafensohn behielt die Nerven und erwiderte: „Das kann ein jeder sagen. Es sind schon sieben Ritter hier eingetroffen und stärken sich in Schänke. Sie haben nichts davon gesagt, dass noch mehr von euch unterwegs sind!" Ein Murmeln zeigte dem Junker, dass sie uneins darüber waren, wie sie durch das Tor brechen könnten. Noch bevor sie etwas erwiderten, schlug ihnen Thilo vor: „Vier von euch sollen durchs Tor reiten. Wir prüfen, ob ihr Recht gesprochen habt, dann können die anderen eintreten. Wie viele seid ihr denn?" „Wir sind dreizehn Ritter und es werden nun sechs von uns hereingelassen, ansonsten wird der Herzog davon Kenntnis erhalten, wie ihr seinen Rittern in der Dämmerung des Tages Gastfreundschaft gewährt!" Thilo gab seinen Männern ein Zeichen und öffnete mit dem angebundenen Strick einen Flügel des Tores. Als hätte er es geahnt, stürmten alle Ritter zu dem engen Einlass und zogen ihre Schwerter. Sie wollten Fehde haben! Die bekamen sie auch! Braiham schlug und stach auf die Leiber der ersten, eindringenden Pferde ein, sodass die anderen nur mit Mühe über die verletzten Tiere steigen konnten. Thilo rannte zu dem Armbrustschützen und lud die abgeschossenen Waffen so schnell, dass Imad nur die gefährliche Bogenwaffe wechseln musste.

Man hörte ein surrendes: „Dddsssm. . . " dann noch eins . . . . . .

Ein Bolzen folgte dem nächsten und die aufgestellten Fackeln neben dem Tor leuchteten sein Ziel hervorragend aus. Da die Ritter keinen Bewohner sahen und verwirrt in dem leeren Hof nach Schutz suchten, entging dem treffsicheren Schützen nicht ein einziger Mann. Seine Fähigkeit als Gaukler, mit der Armbrust fünf prallgefüllte Schweinsblasen hintereinander zu durchbohren, machte sich nun hier im Ernstfall gut bezahlt. Die vier Männer, die erfolgreich den Angriff abgewehrt hatten, standen nun mit Fackeln im Hof und betrachteten ihr Werk aus der Nähe. Imad hatte seine Armbrust immer noch im Anschlag, denn er wusste nicht, ob seine Bolzen tatsächlich die Kettenhemden und Brünnen aller Männer durchdrungen hatten. Nach einer halben Stunde war es Gewissheit, es hatte keiner der zwanzig der feindlich gesonnenen Ritter geschafft, sein Leben zu behalten. „Die unverletzten Pferde, Waffen und sonstige Gerätschaften, die wir brauchen können, behalten wir. Alles, was uns verraten könnte, wird im See versengt. Machen wir uns ans Werk." Bald lagen die Sturmhauben, Dolche, Kettenhemden, Schwerter und Lederbeutel getrennt voneinander auf kleinen Haufen vor ihnen. Die Pferde standen angeleint in den Boxen im Stall und fünf Reittiere, die so schwere Verletzungen hatten, dass sie nicht überleben würden, waren schon mit den Toten an die hintere Pforte gebracht worden. „Wir müssen die Pferde mit Steinen beschweren, damit sie auf den Grund gezogen werden. Die Ritter, mit den Rüstungen, Helmen und unbrauchbaren Kettenanzügen werden schwer genug sein." Zehn Mal mussten die Männer mit dem großen Kahn, der zum Fischen an dem Steg angeleint lag, herausfahren und weit entfernt, an der tiefsten Stelle, warfen sie vorsichtig ihre Ladung über Bord. Sie mussten dabei das wackelige Boot ausbalancieren, um damit nicht umzuschlagen. Endlos schien der aufsteigende Strom von kleinen Bläschen zu sein, aber bald beruhigte sich die Oberfläche des Sees. Nun lag er wieder friedlich im Abendlicht des sich darin spiegelnden Mondes. Die Männer arbeiteten die ganze Nacht, den Hof vom Blut und den Kampfspuren zu reinigen.

„Sind sie endlich zurück?" Der Herzog hatte zum 3. Mal Hadrian zu sich rufen lassen. „Herr, ich hätte Euch sofort benachrichtigt. Sie sind noch nicht auf die Veste zurückgekehrt! Vielleicht bedienen sie sich noch der Weiber, die der Landgraf auf seinem Hof hatte." Ungläubig schüttelte der Landesherr sein Haupt. „Ich warte noch einen Tag, dann stellt Ihr mir eine Reiterschar zusammen. Ich will mich selber davon überzeugen, dass der Hof geräumt und von diesem ländlichen Pack gesäubert wurde." Hadrian verbeugte sich und ging rückwärts zur Tür. Herzog Walther wandte sich an die beiden vertrauten Ritter, die im Schutz des Teppichs auf eigene Befehle warteten: „Nichtsnutzige Raufbolde! Sie werden sich an den Gütern zu bereichern versuchen. An den Gütern, die mein eigen sind! Geht zum Tor! Wenn sie zurückkommen, so durchsucht sie auf der Stelle. Findet ihr

Beweise dafür, so lasst mich das sofort wissen! Ihr könnt nun auch gehen!" Die Ritter stiegen über die breite Holztreppe des Palas hinunter in den Hof: „Zuerst schickt er unsere Freunde zu dem Landgrafen, den er für vogelfrei erklärt hat und dann rügt er sie schon, bevor sie zurück sind!" Der Angesprochene hielt den Begleiter fest: „Ich glaube nicht, dass unser Herzog einen solchen Bann aussprechen darf!" „Was meinst du damit?" „Na er erklärt einfach einen unliebsam gewordenen Landgrafen, den er selber dazu bestimmt hat, für vogelfrei? Das darf nur ein König! Er maßt sich einiges an und der Unmut darüber in unserer Ritterschaft wächst von Tag zu Tag. Wie lange wird das noch gut gehen?" „Nicht mehr lange, denn selbst Gow, sein bester Freund hat ihn verlassen!"

Haltet ein!" Der Araber hinderte Thilo daran, den leeren Hof mit all seinen Gütern den Flammen preiszugeben. „Ich sagte doch, dass ich einen besseren Plan habe!" Die Männer schauten ihren Weggefährten erstaunt an: „Der Herzog wird daraus einen weiterer Stützpunkt machen und uns bedrängen. Wir können nicht auf ewig bei dem Oheim in den Bergen bleiben! Vernichten wir aber diese Befestigung, so wird es Jahre brauchen, bis hier eine neue Veste entstanden ist." Achmed zog unter seinem langen Gewand ein dickes Pergamentbündel hervor, das in Leder eingefasst war. „Als ich auf einer Pilgerreise durch Nordafrika unterwegs war, kam ich zu dem berühmten Magazin von Al Iskandariyah. Hier wurden tausende von Papyrusrollen und Pergamenten zur Einsicht für jeden Interessierten aufbewahrt. Ich wollte ägyptische und griechische Heilkunst studieren. Ich habe mir Abschriften von interessanten, alten Aufzeichnungen gemacht und dabei fielen mir auch Beschreibungen von selbstständigen Geräten auf. Mit Hilfe von verschiedenen Klappen, Schnüre und Drähte, die geschickt miteinander verbunden waren, Ja sogar mit Hilfe von Sandsilos und Steinblöcken konnten Fallen hergestellt werden. Eingebaut in Bauwerken,

Grabmählern und sonstigen, schützenswerten Gebäuden wurden diese dann beim Betreten von Unwissenden achtlos ausgelöst und . . . . .̋ Er war so in seinem Eifer vertieft, dass er die Ratlosigkeit seines jungen Freundes nicht mitbekam. Lediglich die beiden arabischen Gaukler nickten heftig mit den Köpfen. „Achmed, erkläre uns diese Mysterien, denn auf den Marktplätzen können wir damit viele Silberstücke machen!" Der Araber schüttete den Kopf: „Es geht nicht um Münzen! Wir schaffen damit einen Spuk. Man wird sich gruseln und den Hof meiden. Nur dann können wir ihn als Schlupfwinkel nutzen und es dem adeligen Schurken heimzahlen, versteh doch. Man wird annehmen, der Hof sei verhext!" Er nahm den Junker am Arm und zog ihn ins Haupthaus. Auch die beiden dunkelhäutigen Freunde waren mitgeeilt und so standen sie jetzt alle vor dem breiten Tisch. „Öffne die Tür weit. Ich will viel Licht haben und das Tor nicht aus den Augen lassen, denn der Herzog wird nach seinen Männern suchen lassen!" Er hatte einen leeren Bogen mit glatter Oberfläche ausgebreitet und auf einen zweiten Tisch gelegt. Hastig blätterte er in seinem Buch und malte dann am Nebentisch Striche und Zahlen darauf. Thilo musterte das eigenartige Pergament: „Ist das Papyrus?"

fragte er den Araber, der so in seine Arbeiten vertieft war, dass er die Frage nicht gehört hatte. An seiner Statt antwortete Braiham: „Papier! Das ist Papier." „Was soll das sein? Ich habe davon noch nie etwas gehört!" Der Araber zog ihn zur Seite, denn Achmed schaute die beiden schon vorwurfsvoll an: „Wie könntest du denn? Bist du der Schrift mächtig?" Thilo schaute vor sich auf den Boden: „Wenn ich einen Schreiber benötige, so wende ich mich an einen Mönch." Braiham ließ nicht locker: „Ich verrate dich nicht! Kannst du lesen?" Thilo schüttelte den Kopf. „Also, bist du auch nicht auf Papier angewiesen. Papyrus ist zu grob für diese feinen Striche. Die behandelte Tierhaut, die du als Pergament kennst, ist zu aufwendig. So wird aus einem Sud von zerstampften Pflanzen und einem Holzrahmen mit einem Sieb aus dem breiigen Wasser Papier hergestellt. Das gibt es schon etliche Jahre." Sie gingen zurück zum Tisch und Achmed nahm Holzbretter und bat seine Freunde, an den von ihm gekennzeichneten Stellen, Löcher zu bohren oder breite Kerben hinein zuschnitzen. Etliche Seile wurden auf bestimmte Längen geschnitten und ausgelegt. Fein gewebte Leinensäcke wurden mit Sand gefüllt, schwere Steine mit Kordel fest an die Enden von langen Brettern und Stangen angebracht. Thilo hatte gelernt, keine unnötigen Fragen zu stellen, denn der Araber schien genau zu wissen, was er da tat. Imad und Braiham waren auch der fremdartigen Schrift mächtig, sodass sich Thilo nicht mit den Zeichnungen befassen konnte, denn man hatte ihm nie die aufgezeichneten Kreisen und Punkte erklärt, die man langläufig das geschriebene Wort nannte. Als er zum Landgrafen ernannt worden war, hatte man ihm einen Schriftkundigen mit an den Hof gegeben, der die Pergamente lesen und für den Grafen neue Schriften verfassen konnte. Es war eine bevorzugte Gabe des Adels, den Federkiel zu beherrschen. Bei Gelegenheit würde Thilo seinen arabischen Freund bitten, ihn in diese Kunst einzuweihen, damit er später auf keinen Schreiber angewiesen war. Denn keiner wusste, ob das gesprochene Wort auch wirklich die gleiche Bedeutung in den aufgemalten Zeichen und Strichen auf dem Pergament fand. Manche Verwirrung und Intrige war dadurch entstanden, dass sich die Schriftkundigen einen eigenen Vorteil erschlichen, denn mit dem einfachen Zeichen des Herrschers unter das verfasste Schreiben und seinem Ringabdruck im Siegellack des verschlossenen Briefes, war dadurch das entstandene

Pergament rechtskräftig und gab die Meinung des Herrschers wieder. Der Schreiber konnte sich solange unbemerkt bereichern, bis es durch Zufall aufgefallen war. Aber wer würde den Mut aufbringen und es wagen, ein Schreiben des Herzogs anzuzweifeln?

Bald hatte Achmed allerlei Bretter, gefüllte Säcke, Seile und Steine beisammen und wies seine Freunde an, ihm beim Einbau des vorbereiteten Materials behilflich zu sein. Unter seiner Aufsicht wurden Türe und Fenster gesichert, Treppen bearbeitet uns Seile gespannt. Die Wirkungsweise der vorbereiteten Sachen hatte Achmed zwar erklärt, aber ob sie sich wirklich so verhalten würden, bezweifelte Thilo ins geheim. Diese Meinung tat er natürlich nicht kund und bewunderte das Geschick des Arabers, der seiner Sache sehr sicher zu sein schien. Das vordere Haupttor war geschickt von innen mit angeschnittenen Seilen gesichert, die beim gewaltsamen Aufbrechen sofort reißen mussten. Dadurch würde, so hatte ihm Achmed versichert, eine selbstständige Reaktion ausgelöst werden, auch und gerade dann, wenn keiner von ihnen mehr auf dem Hof anwesend war. Thilo nickte bewundernd, er konnte trotzdem nicht so recht glauben, was Achmed ihm da erklärt hatte, doch er wurde noch am nächsten Morgen eines besseren belehrt.

Der nächste Morgen war angebrochen und der Herzog hatte vergebens auf die Rückkehr seiner Ritter gehofft. Immer noch dachte er daran, dass sie sich plündernd über den befestigten Hof hergemacht hatten und nun dort ihren Sieg feierten, oder sich sogar mit den erbeuteten Vitalien abgesetzt hatten. Hadrian hatte einen Tross von weiteren zwanzig Rittern zusammengestellt. Sie warteten im Hof darauf, dass der Herzog herunterkam, denn er wollte sie anführen. Nach einer halben Stunde befahl Hadrian, dass die Männer noch einmal absitzen sollten, denn die Sonne schien mittlerweile unbarmherzig in den Innenhof und er wollte nicht, dass einige Ritter schwitzend vom Ross fielen, bevor sie die Veste verlassen hatten. Endlich kam der Herrscher die breite Treppe des Palas herunter. Seine Knappen hatten ihm in die glänzende Rüstung geholfen, die mit edlen Gravuren auf dem Brustharnisch mehr der Zierde, denn einer eventuellen Fehde dienten. Das dafür hergestellte Eisenblech war reichlich verziert, glänzend poliert und spiegelte das Sonnenlicht, war aber zu dünn, um einem ausgeteilten Schwerthieb wirklich standhalten zu können. Er war sich anscheinend seiner Sache sehr sicher. . . . . .zu sicher! Hadrian hatte seine Männer zwar auch in leichtere Rüstungen kleiden lassen, aber die Kettenharnische hielten allemal wesentlich mehr aus, als solch ein Prunkpanzer. Stolz bestieg er seinen Schimmel, dem er extra sein großes Wappentuch hatte umlegen lassen. Es hing seitlich so tief vom Pferd, dass es beim schnellen Galopp sicherlich sehr hinderlich sein würde. Für eine Fehde hatte sich der Burgherr wahrlich nicht gewappnet. Alle Vorbereitungen waren getroffen. Die vier Männer hatten alle Pferde hintereinander gereiht und miteinander durch feste Stricke verbunden. Danach bepackten sie die Tiere mit den erbeuteten Waffen, Gerätschaften und Proviant außerhalb der rückwärtigen Mauer. Das kleine, schmale Tor an der hinteren Mauer war so tief, dass sie die Pferde hatten einzeln am Zügel hinausführen müssen, denn es war nur eine behelfsmäßige Notpforte, die nur wenige kannten, denn sie lag versteckt hinter Sträuchern und Büschen. Der vordere Eingang war mit den angebrachten Apparaturen des Arabers hoffentlich gut genug gesichert. „Wir werden in zwei Abteilungen in die Berge reiten. Imad und Braiham reiten mit den Packpferden vor. Den Weg habe ich euch gestern erklärt. Wartet auf dem Hügel im Schutz des Wäldchens auf uns. Wir haben noch etwas zu erledigen und werden dann mit unseren schnellen Pferden nachkommen." Sie hatten das gestern Abend schon soweit besprochen, deshalb gab es auch keine Diskussion darüber. Die Araber nickten und der Tross, angeführt von Braiham setzte sich mit den fünfzehn Packpferden in Bewegung, während Imad hinter ihnen her ritt. Thilo war durch den Hof nach vorne gelaufen und wartete, bis sich die Staubwolke oben auf dem Hügel verzogen hatte. Es war ein gemächlicher Ritt, der gut eine Stunde gedauert hatte. Nun prüften sie noch einmal die gespannten Seile und waren gerade dabei, ihre Pferde durch das hintere Tor zu führen, als es einen gewaltigen Schlag gab. Ein Flügel des vorderen Tores flog krachend auf und gab den Blick frei auf einen Baumstamm, den die anstürmenden Ritter dagegen gerammt hatten. Mit ihren gezogenen, über den Köpfen kreisenden Schwertern ritten die Männer nacheinander in den leeren Hof. Thilo stand wie angewurzelt Achmed wartete auf ihn: „Was war das für ein Krach? Ist von unserem Werk etwas von alleine zusammengefallen?" Thilo führte vorsichtig sein Pferd durch das schmale Tor: „Leise, sie sind da!" sagte er und verschloss die Pforte, als die zurückgebundenen Äste innen wieder die Sicht auf den Ausgang versperrten. „Was nun? Wir können unmöglich jetzt von dannen reiten!" Achmed musste dem Junker beipflichten. „Binde die Gäule an. Wir schauen nach, ob wir dem Pack behilflich sein können!" Schon standen sie auf ihren Sätteln und schwangen sich auf die obere Brüstung. Sie sahen gerade noch das Durcheinander, das im Hof entstanden war. Zwei mit Pfeilen und Spitzen versehene Baumstämme waren durch den ausgelösten Mechanismus an dicken Tauen in Brusthöhe über die Meute hinweggefegt. Schreiend stoben sie auseinander und wurden schon wieder von dem zurückschwingenden Stamm erwischt. Eine wuchtige Bresche war entstanden und Pferde und Reiter lagen wild durcheinander im Staub. „Alle Achtung, Das habe ich nicht erwartet!" sagte Thilo und Achmed grinste ihn an: „Wenn ich ehrlich sein soll . . . ich auch nicht! Es war das erste Mal, dass ich mich mit solchen Geräten befasst habe, aber ich glaube, ich finde Gefallen daran! Es erspart uns einiges!" Der Herzog, den sie an der hell glänzenden Rüstung erkannten, war zwar ohne seinen Schimmel, aber er hatte den ersten Angriff schadlos überlebt. „Hierher, Männer! Sammelt euch!" „Wie viele sind es noch?" fragte Thilo, dem im Augenblick die Sicht in den Innenhof versperrt war. „Sechs Ritter stehen noch, fünf weitere wälzen sich im Staub. Sie scheinen ernsthaft verletzt zu sein. Mindestens drei rühren sich nicht mehr!" Thilo schaute den Araber an: „Hätte dein Plan geklappt und mein Haupt wäre gebleicht, so könnte ich in den Hof springen und vortäuschen, ein Nordmann zu sein." Achmed hob seine Armbrust: „Wir werden die Meute etwas reduzieren, dann helfe ich dir, Genugtuung zu erfahren!" Er hob die gefährliche Waffe und schoss. Dddsssmm . . . dann senkte er sie und kurbelte, um die Sehne erneut zu spannen. Er legte einen Bolzen in die Führungsschiene. Dddsssmm . . . der zweite Ritter drehte sich und lag tödlich getroffen im Hof. „Auseinander, Männer. Das ist ein Hinterhalt!" Die Männer suchten Zuflucht in den Häusern und rissen unbedacht die Türen auf. Ein Schreien und verzweifelte Rufe drangen an ihre Ohren. „Es klappt, Thilo, hörst du?" Steine polterten auf die Ritter herab, Lanzen wurden durch ausgelöste Fallen in die Männer geschleudert. Chaos war ausgebrochen. Bald standen nur noch zwei Männer aufrecht im Hof. Hadrian mit seinem Biden und Walther, der intrigante Herzog, der seinen Helm schon verzweifelt fortgeschmissen hatte. Mehrere Beulen verunstalteten die verdreckte Rüstung des Adeligen, der mit hochrotem Kopf in ein

Höllenreich eingetaucht war. Das war für die Beiden das Zeichen zum Angriff. Sie sprangen gemeinsam von der Brüstung und gingen mit ihren scharfen Klingen auf die verängstigten Ritter zu. Thilo rief herüber:" Oh, wie schade! Er hat sicher nur dumme Gedanken im Kopf und weiß nicht mehr, wie sie dort hineingekommen sind!" Er machte eine Pause und ließ sein leichtes Schwert einmal in der Hand kreisen: „Denkt Ihr vielleicht, nur weil Ihr meinem Vater den Hof überlassen habt, dürft Ihr Eure Untertanen nach Gutdünken und Laune einfach abschlachten? Ich bin zwar ein verarmter Adeliger ohne Land und Ruhm, wie mir scheint, aber ich bin nicht Euer Leibeigener und Achmed, den Ihr aus seiner Heimat gezwungen habt, schon gar nicht! Steht endlich zu Euren Freveltaten und ich gebe Euch mein Wort, das ich Euch hier und jetzt einen ehrlichen Ritterkampf anbiete, den Ihr zwar nicht verdient habt . . . . Walther vom Adler See!" Die Augen des Herzogs wurden zu schmalen Schlitzen. „Thilo?" brachte er mühevoll heraus und der Junker antwortete: „Gut gesehen, alter Mann! Eure Augen scheinen noch etwas zu taugen. Was ist also, stellt Euch dem Kampf!" Der angesprochene Adelige flüsterte seinem ersten Ritter etwas zu und nickte: „Gut denn! Aber mein abtrünniger

Medicus soll sich ohne Waffen in die Obhut von Hadrian begeben, damit er mir nicht noch einmal in den Rücken fallen kann!" Thilo sah zu seinem Entsetzen, dass Achmed schon sein Schwert in den Staub geworfen hatte und mit erhobenen Händen auf Hadrian zuging. Der Herzog war fünf Schritte zurückgewichen und löste dabei seine Armschienen, samt Ellenbogenklappen und Panzerhandschuhen. Er ließ sie achtlos fallen, um sich besser und schneller bewegen zu können. „Schatrandsch, Thilo! Denk an die Finte des Reiters!" Walther verstand die Worte des Arabers nicht und war nun bereit zum Kampf, denn Achmed stand eng neben seinem Ritter, der ein gequältes Lächeln zeigte, aber bei Bedrängnis mit fürchterlichen Hieben seines Biden den beiden ein jähes Ende setzen würde. Der Herzog konnte nicht ahnen, dass Hadrian sein Zweihandschwert nicht mehr hatte ziehen können und nun seinerseits mit einem kleinen, aber umso schärferen Dolch den Leib des ersten Ritters kitzelte. Thilo hatte die blitzschnell ausgeführte Drehung des Arabers gesehen und war nun sicher, dass er in seinem wesentlich leichteren Wams den Zweikampf ungestört aufnehmen konnte. Er war halb so alt wie der Herzog, der seine Kräfte in Buhurt und Tjost schon seit Jahren nicht mehr hatte messen können. „Schatrandsch!" rief Achmed erneut und erinnerte den Junker daran, nicht allzu ungestüm und unbedacht in den Kampf zu gehen. Wieder drehte Thilo sein leichtes Schwert in der rechten Hand und verlegte das Gewicht der Waffe so, dass es sich bequem anfühlte. Walther stampfte mit den schweren Beinschienen auf ihn zu. Sie waren so fest an seiner Wade verschnürt, dass es ihm unmöglich war, schnelle Drehbewegungen auszuführen. Thilo hatte das bemerkt und machte einen Ausfallschritt, um einen Scheinangriff auf die rechte Schulter des Herzogs anzudeuten. Der Adelige grinste verschmitzt und drehte sich zur Seite. Er hatte nicht damit gerechnet, dass der Grafensohn mit einer geschickten Bewegung wuchtig auf den linken Oberschenkel des Adeligen schlug. Das dünne Blech gab nach, wie Butter und mit einem Ruck zog Thilo die Waffe wieder an sich. Bevor er die Wirkung seines Streichs abwartete, wich er zwei Schritte zurück und betrachtete die Klinge seiner gehärteten Waffe. Völlig schadlos zeigte sie keinen Kratzer, obwohl die Rüstung einen langen Riss zeigte. Der Herzog wollte einen Schritt zurückweichen, aber sein getroffenes Bein versagte ihm den Dienst. Er knickte ein und fiel seitlich in den Staub. „Töte sie, Hadrian, beide!" rief er und sah verwundert, wie sein treuer Ritter einfach stehenblieb, ohne sich zu rühren. „Was ist, alter Mann? Ohne deine Ritter bist du ein Nichts, du Wurm! Das ist für meine malade Zunge, mit der ich immer noch nicht richtig essen kann°!" sagte Thilo und hieb einen weiteren wuchtigen Streich in das andere Bein seines Widersachers. Zu seiner großen Verwunderung war der Hieb wohl zu stark gewesen, denn sein Schwert steckte fest. Er musste zwei Mal kräftig daran ziehen, um es wieder frei zu bekommen. Der Boden unter der aufgeplatzte Stelle färbte sich dunkel und der Adelige schrie vor Schmerzen auf: „Bist du von Sinnen? Du hast einen Adeligen verletzt! Du bist des Todes! Hadrian, so mach dem Spiel ein Ende und bestraf diesen Unhold!" Der Angesprochene hatte tatsächlich versucht, sein Biden zu ziehen. Er hatte dem Araber seinen Ellenbogen ins Gesicht geschlagen und damit einen kurzen Augenblick die Oberhand gehabt. Achmed duckte den zweiten Schlag ab und sprang dann mit dem Dolch voraus in die Seite des aufgerichteten Ritters. Tief drang die Klinge unter die Achselhöhle seines rechten Arms durch eine winzige Lücke im Harnisch. Hadrian stöhnte auf und musste das schwere, wuchtige Biden aus seinen kraftlos

245

gewordenen Händen gleiten lassen. Das übermannsgroße Schwert fiel klirrend auf die Kante des Steins, der seitlich zum Schutz am Haus eingegraben war. Mit einem letzten hellen Klang zerfiel die Klinge in zwei Teile. Die Gefahr des Bidenhänder war gebrochen. Als Hadrian schwer blutend vornüber in den Staub fiel, flehte der Herzog wie ein Kind: „Erbarmen! Hab Erbarmen. Ich gebe deinem Vater das Lehn zurück. Ich ernenne Dich zu meinem persönlichen Beschützer, aber hab Erbarmen!" Thilo wollte keinen wehrlosen Mann, der zudem hilflos am Boden lag, töten. Das widersprach jeglicher Ritterehre. Er reichte ihm die Hand und half ihm, aufzustehen. Achmed hatte das Flackern in den Augen des Adeligen richtig eingeschätzt und konnte gerade noch verhindern, dass er seinen todbringenden Dolch in den Leib des Junkers vergraben konnte. Durch den wuchtigen Schlag des Arabers wurde die Richtung der Waffe abgelenkt und traf den eigenen Oberarm des Adeligen. „Ah! Du Schuft!" rief der Junker entsetzt. „Du wirst es nie lernen! Ist das dein ehrlicher Kampf?" Er konnte seine Wut nicht mehr beherrschen und stieß sein Schwert in den Hals des Adeligen. Dessen Kehlkopf wurde mit einem dumpfen Knacken durchtrennt und kein Röcheln kam mehr aus seinem Mund. Er war auf der Stelle tot. Thilo stand noch einen ganzen Augenblick da, seinen Kopf und die Arme auf den Knauf seines Schwertes gesenkt. Dann erhob er sich erschöpft vom Kampf: „Danke, Achmed. Danke! Was ist mit Hadrian?" Der Araber bückte sich zu dem Ritter und hob dessen Arm, um zu sehen wieviel Leben noch in ihm steckte. Als er ihn losließ, fiel der schwere Arm kraftlos in den Staub. Nun legte er seine Hand flach auf den Hals des Ritters. Es war keinen Puls mehr zu spüren. „Er hat seinen Herrn auf dem letzten Weg begleitet." Er schaute sich im Hof um. Überall lagen die getöteten Ritter. Ihre Pferde standen neben ihnen, als würden sie darauf warten, dass sie wieder aufsteigen könnten. „Wohin mit den Leichen?" Thilo schaute ihn an: „Der See ist tief genug! Hol mir die arabischen Freunde zurück. Es liegt noch ein Stück Arbeit vor uns, bevor wir endgültig in die Berge reiten können." „Du hast Recht, wir werden noch einen Tag bleiben müssen. Wie weit, sagtest du, ist es bis zum Hof deines Oheims? Thilo neigte den Kopf von der einen zur anderen Seite, so, als wollte er in Gedanken die Strecke abmessen. Es waren etliche Lenze ins Land gegangen, seitdem er das letzte Mal bei ihm in den Bergen gewesen war. Als die Bewohner der Dörfer und Städte diese heimtückischen, schwarzen Beulen bekamen, sogar auch die Landbevölkerung von dieser Plage nicht verschont blieb und kein Medicus ein Mittel fand, Linderung zu schaffen, hatte sein Vater entschieden dass die gesamte Sippe zu dem Oheim in die Berge flüchtete. Dort waren sie von allen Handelswegen abgeschnitten und seltsamerweise blieben sie alle hier oben von der Krankheit verschont, die so vielen Menschen das Leben kostete. In manchen Städten sind an den Türen und Fensterläden von einigen Häusern die aufgemalten, weißen Kreuze zu sehen, die einen jeden daran erinnerte, diese Örtlichkeit weiträumig zu meiden. So schnell, wie sich die tödliche Krankheit, Meereswogen gleich das ganze Land überzogen hatte, war es unmöglich, in den dicht besiedelten Orten zu überleben. Nun schien diese seltsame Plage überwunden, die mit einer Flut von schwärmenden Ratten begleitet worden war. Thilo atmete tief durch, denn er erinnerte sich jetzt auch an einige Freunde seiner Jugend, die dem schwarzen Tod erlegen waren. „Hallo," rief ihm Achmed zu: „Träumst du? Ich hatte gefragt, wie weit ist es bis zu dem Oheim?" Thilo erinnerte sich und antwortete: „Wenn einer alleine stramm reitet, so ist er in zwei Tagen da, aber mit so

vielen Packtieren wird es vier Tage dauern." Achmed nickte: „Wir werden noch mehr Proviant mitnehmen müssen!"
Dann ritt er los.

„Hast du das auch gehört?" Imad war so schnell im Schatten der Bäume aufgesprungen, dass die Pferde wieherten und an ihren Zügeln rissen. „Ruhe! Brav!" Braiham beruhigte die Vierbeiner. „Was soll das? Ich bin doch nicht taub. Du hast doch die Reiter gesehen. Sie werden in die aufgebauten Fallen gelaufen sein, beruhige dich! Achmed weiß, was zu tun ist! Wir warten, wie verabredet. Und nun leg dich und sei leise!" Imad ging zu seinem Pferd und nahm die lederne Röhre, die er bei einem Alchemisten auf dem Markt gegen den Trick des Feuerspuckens eingetauscht hatte. Vorn und hinten schauten eingefasste Kristallkugeln aus dem leichten Gerät, das ungefähr einen Fuß lang war. Er hob es wie eine Armbrust hoch und schaute in das kleinere Glas, während er das armdicke andere Ende in die Richtung des Hofes hielt. „Ich wusste es! Schau, Braiham! Ein Kampf hat stattgefunden! Sieh hindurch." Der angesprochene Araber bewegte sich nicht. Er lag immer noch im Schatten der Bäume und wiederholte monoton: „Wir warten! Leg dich wieder hin!" Imad hatte keine Ruhe. Noch einmal schaute er durch den vergrößernden Kristall: „Ein Reiter, schau! Es ist Achmed, er winkt uns zu!" Die Pferde mussten wieder zurückgeführt werden, denn es stand ihnen eine lange Nacht bevor. Es dauerte bis in die frühen Morgenstunden, um den befestigten Hof wieder so herzurichten, dass man keinen Rückschluss auf das Massaker finden konnte. Die Fallen wurden erneuert, dann fielen die Männer im Haupthaus erschöpft in den Schlaf. Am übernächsten Tag starteten sie einen erneuten Versuch, um in die Berge zu ziehen. Diesmal wurden sie nicht daran gehindert. „Wenn das so weitergeht, werden wir eine Herde von Packtieren hinter uns herziehen. Die Waffen und Harnische reichen aus, um eine Armee auszustatten." Achmed hörte nicht hin, was die Kameraden erzählten. Er hatte die Zügel losgelassen und sein treues Tier trottete langsam hinter den anderen her, während er vor seiner Brust hantierte, etwas an den Fingern abzählte und dann einen Stift aus seinem Lederbeutel nahm, den er am Gürtel trug. Auf dem Papier, das er in der Hand hielt, notierte er Buchstaben, bevor er erneut etwas abzählte. Thilo zügelte sein Pferd und wartete, bis er mit dem Araber auf gleicher Höhe ritt: „Achmed?" Der Angesprochene war tief versunken. Der Junker musste ihn drei Mal ansprechen, bevor er verwirrt den Kopf hob: „Ja? Was ist? Sind wir angekommen?" Thilo beugte sich zu ihm herüber, ohne das Gleichgewicht im Sattel zu verlieren: „Achmed, was machst du?" Jetzt schaute ihn der arabische Freund lächelnd an: „Eine selbständige Waffe!" er hielt Thilo das Pergament hin und ergänzte: „Wenn man ein Katapult spannt und mit mehreren Pfeilen lädt, so . . . . ." Der Grafensohn schaute seinen arabischen Freund an: „Achmed, du vergisst, dass ich der Zeichen, die du auf das Blatt gebracht hast, nicht mächtig bin! Ich kann nicht lesen." Der Araber griff die losen Zügel und stoppte seinen Ritt. „Wie, du kannst nicht lesen? Auch nicht deinen Namen aufmalen?" Thilo wandte sich ab und galoppierte beleidigt wieder an die Spitze. „Wusstest du das?" er spürte, dass Thilo beschämt war und fragte Imad. Der hob seine Schultern. Braiham kam näher und flüsterte ihm zu: „Ich hab es gewusst. Er hat es mir vor ein paar Tagen gesagt, aber da er sich zu schämen schien, habe ich dir nichts davon erzählt. Dann muss er das von uns lernen!" Achmed nickte und ritt nach vorn. „Thilo, ich wusste das nicht. Meine Aufgabe wird es sein, dir die Zeichen zu erklären, damit du verstehst, dass das keine Zauberei ist." Thilo hatte seine Stirn in Falten gelegt und starrte auf den Weg. „Ich verspreche dir, mit Hilfe der Bücher mein Wissen zu teilen. Es wird von großem Vorteil sein, wenn du lesen kannst." Er bückte sich, um in das Gesicht seines jugendlichen Freundes zu schauen. Thilo hatte einen freundlicheren Ausdruck bekommen und so fuhr er fort: „Ein paar arabische Schriftzeichen wären auch nicht schlecht, in der nächsten Pause fangen wir mit dem Studium an." Jetzt hob Thilo den Kopf: „Aber wenn ich das nicht verstehe? Wenn ich es nicht schaffe, die Zeichen auf das Pergament zu malen?" Achmed hielt sein Pferd an: „Keine Widerrede! Es ist entschieden!" Dann galoppierte er ans Ende des kleinen Trosses.

Das spurlose Verschwinden des Herzogs, samt seiner Ritterschaft blieb nicht ohne Folgen. Bald kam die Kunde auch an den Hof des Königs, der seine Sommerresidenz in Bamberg hatte und daraufhin verärgert seine Herolde aussandte, um Näheres in Erfahrung zu bringen. Es gab dringende Fragen zu klären, ob eventuell der schwarze Tod wieder Einzug im Süden seines Landes gehalten hatte, oder wilde Hexen ihr diabolisches Spiel abhielten. Wie sonst hätte es sein können, dass einer seiner adeligen Landesverwalter plötzlich nicht mehr unter uns weilten? Aus diesem Grund waren auch zwei Priester und drei Mönche mitgekommen, die auf dem beschwerlichen Weg in dem geschlossenen Kastenwagen sitzen durften. Nach zwei Reisetagen waren sie am Ziel und wurden freundlich in der Veste empfangen. Nichts deutete darauf hin, dass es hier keinen Burgherrn gab. Zum Entsetzen der königlichen Abordnung wurde das Verschwinden des Landesherrn von den Menschen als nicht unangenehm empfunden. Ihre mitgereisten Diener, die in der Schänke ihre Abende verbrachten, berichteten den Herolden am darauf folgenden Tag sogar über frei geäußerte Freude, die viele Leibeigene unverhohlen gepriesen hatten. „Wir können ohne Angst unseren Arbeiten nachgehen. Die Herzogin Eleonore führt die hiesigen Geschäfte mit Wohlwollen und gütiger Hand." Dann flüsterte ein Diener dem Priester zu: „Man sagt, dass er mehrmals Unschuldige gefangen nahm und foltern ließ. Er hatte es auf ein Lösegeld abgesehen. Ihr könnt herumfragen, denn es gibt mehrere Burgen im Land, deren Söhne oder Töchter er ebenfalls in sein Verlies schleppen ließ. Es müssen viele Silberlinge geflossen sein, denn die meisten haben gezahlt. Dabei kam ihm jedoch vor mehreren Monden ein Jüngling abhanden, der zu stark gefoltert, dem Tod geweiht war. Verzeiht, Hochwürden, aber der Herr war ein Grobian, der sich an vielen Seelen vergangen hat." Dann wandte sich der Diener ab und ergänzte im Weggehen: „Ich habe nichts gesagt! Von mir habt Ihr das nicht!" Sprachlos über so viel Dreistigkeit, die dem König nie zu Ohren gekommen war, setzten sich die Gesandten im Rittersaal zusammen. Auch der andere Priester, sowie die Mönche und Ritter hatten ähnliche Äußerungen vernommen. Ein Herold hatte die Herzogin zu dem Treffen bestellt, um diese Anschuldigungen aus ihrer Sicht zu hören. Die Männer berieten sich noch und überlegten, was in einem solchen Fall zu unternehmen wäre, da sie ohne eine Order des

254

beauftragten Königs keine endgültige Entscheidung treffen konnten. Da wurde ein Flügel der Tür geöffnet und zwei Diener machten sich daran, auch den zweiten zu entriegeln. Danach wurde von vier Männern auf einer Trage eine schwere Eichentruhe zu der Abordnung getragen. Dann kam die Burgherrin zu ihnen. Sie trug ihr edelstes Gewand. Ein Page stellt ihr einen weiteren Sessel zu der Runde der königlichen Gesandten und während die Männer, der höfischen Sitte wegen, aufstanden, setzte sich die Edeldame hin. Die Männer taten es ihr gleich. „Nun, meine Herren? Ihr habt nach mir verlangt? Da bin ich!" Ein Priester schaute zuerst sie, dann die schwere Holztruhe an. „Was habt Ihr da mitgebracht?" Eleonore nahm ein Tuch und tupfte ihre Tränen aus den Augen. „Ich habe in den Gemächern meines Mannes nachsehen lassen und bin genauso tief betroffen wie Ihr, glaubt mir!" Sie hob ihre Hand. Schnell eilte ein Diener herbei und augenblicklich wurde der Deckel geöffnet und zurückgeklappt. Mehrere Beutel, teils aus Leder, manche aus Samt, lagen dicht an dicht in der Truhe. „Warum hat er das getan? Ich wusste davon nichts! Ich hätte es aber auch nicht verhindern können, dass er mit solcher Härte gegen unsere Schutzbefohlenen vorgegangen ist." Ein weiterer Weinkrampf schüttelte sie und die Männer sahen, dass diese Geste nicht vorgetäuscht sein konnte, denn auch über ihre Art, mit den Menschen umzugehen, waren freundlichste Worte an ihr Ohr gedrungen. Sie schien das genaue Gegenteil ihres Mannes zu sein, der einen, wie sagt man; rauen Charakter hatte. Ein Mönch stand auf und entnahm einen Beutel, entschnürte ihn und ließ zur Bestätigung den Inhalt in die Truhe rieseln. Die Silberlinge fanden klimpernd ihren neuen Platz zwischen den anderen Säckchen. „Ich habe soeben erfahren, dass er auch mich in schändlichster Weise hintergangen hat. Nicht genug damit, dass er sich Hofdamen hielt und meine Bettstall nächtens verschmähte, so hat er mit einer Dame eine Tochter. Ich hatte mich schon gewundert, warum er sie zur Baronesse ernannte." Sie holte tief Luft: „Weiß man schon seinen Verbleib? Wurde er an Euren Hof bestellt? Wo befindet er sich?" Die Männer schauten sich gegenseitig an. Diese Frage galt es, zu klären, denn der Herzog war und blieb mit seiner Ritterschaft spurlos verschwunden. „Eleonore." Nach einer kurzen Beratung stand ein Priester auf. Man hatte ihn dazu auserkoren, der Herzogin das weitere Vorgehen zu erläutern: „Ihr behaltet diese

Truhe in Eurer Obhut, bis der König darüber einen Entscheid trifft. Wir werden im Land nach Eurem Gatten suchen lassen, aber seid Euch gewiss, dass er sich am Hof zu Bamberg vor unserem Reichsherrn zu erklären hat. Wir werden Euch Morgen wieder verlassen und dem König Bericht erstatten." Eleonore verbeugte sich und verließ den Saal. Als die Männer wieder unter sich waren, murmelten sie sich leise zu: „Da kann man wieder sehen, wie töricht es sein kann, wenn man einem Weib solch ein Amt gibt. Sie scheint nicht zu wissen, wo der Pöbel hingehört. Mit wohlwollender Hand! Pahh! Wir hätten die Truhe samt Inhalt beschlagnahmen und unter uns aufteilen sollen! Es ist ein gewaltiger Schatz! Wieso habt Ihr den in ihrer Obhut belassen? Das war töricht von Euch!" Hubertus, der Priester schaute ernst in die Runde und flüsterte: „Eine Truhe? Was für eine Truhe?" Die Männer schauten sich an. Dann erklärte er: „Habt ihr nicht gesehen, dass unsere Männer den Schatz aus dem Saal brachten? Er befindet sich jetzt schon in unserem Wagen im Stall. Bewacht von drei Rittern, die den Inhalt nicht kennen. Wir werden es unter uns aufteilen. Der König hat kein Interesse daran, einen dahergelaufenen Grafen suchen zu lassen. Wir werden aber das

257

Gerücht verbreiten, dass sich der König um sein Wohlergehen sorgt, das kommt beim Pöbel gut an. Wir müssen untereinander einig sein, was wir dem König berichten, denn er muss nicht alles wissen. Wir werden Untaten erfinden, die den Herzog gezwungen haben, so gegen die Untertanen vorzugehen. Die Herzogin muss schnellstens aus der Verantwortung genommen werden. Ein neuer, harter Verwalter muss ernannt werden." Die Männer waren einverstanden, denn ihre Augen gierten schon nach den Silberlingen, die ihnen der fromme Priester in Aussicht gestellt hatte.

„Wir sind schnell vorangekommen Noch eine Rast und vor Einbruch der Dunkelheit müssten wir den Hof in den Bergen erreicht haben!" Thilo hatte sich im Sattel umgedreht und die Kunde an seine Begleiter gerufen. In der Ebene, tief unter ihnen schlängelte sich der Gebirgsbach durch die Felsen, der mit seiner hellblauen Farbe die eisige Temperatur ahnen ließ. Sie waren nun von den Pferden abgestiegen und führten die Tiere am Zaumzeug beruhigend über den steinigen Weg. Hinter einer Biegung erreichten sie ein großes Plateau, wo sie eine letzte Rast nahmen. Die Sonne stand hoch am Himmel, es musste die Mitte des Tages sein. Unter den spärlich anzutreffenden Bäumen drängten sich die Pferde zusammen und wurden mit Heuballen und im Bach gefüllten Wassereimern versorgt. Erst dann setzten sich die vier Männer zusammen und entfachten ein offenes Feuer, um sich ein stärkendes Mahl zu bereiten. Keiner sprach ein Wort, denn die Aufgaben waren klar verteilt und es war nicht das erste Mal, dass sie eine Pause gemacht hatten. Nachdem sie ihre Tonkrüge wieder aufgefüllt hatten, wurde wieder alles auf den Rücken der Pferde verteilt. Da sie insgesamt dreißig Tiere mit auf den Weg genommen hatten, war die Last jedes einzelnen Tieres bei Weitem nicht so groß. Achmed schaute den Junker erwartungsvoll an und der stieg als erster auf und hob seinen Arm. Der Tross setzte sich wieder in Bewegung. Sie mussten quer über die felsige Fläche, dem kleinen Rinnsal folgend durch das Tannenwäldchen. Nach einem verhältnismäßig einfachen Ritt sahen sie bald auf einer schräg am Hang liegenden Wiese die große Hofanlage, die aus mehreren Häusern, Stallungen und Schuppen bestand. Umgeben war das gesamte Areal von hoch aufgetürmten Steinen, die einen unüberwindlichen Wall bildeten. Aus einigen Häusern kamen Rauchsäulen, die kaum verweht, wie helle Baumstämme in den Himmel fuhren. „Thilo, reite vor, damit wir deine Sippe nicht erschrecken!" Der Angesprochene nickte, denn er hatte den gleichen Gedanken gehabt. „Ho!" er gab seinem Pferd die Sporen und galoppierte über den weichen Grasboden auf die befestigte Anlage zu. Lehm und Grasbüschel flogen hoch, die sich aus den Hufen lösten. Schon ertönte ein Signal, das aus einem Horn zu kommen schien und das weit geöffnete Tor empfing den Junker. Seine Eltern, der Oheim und viele Hofbewohner schauten über die weite Fläche und hielten dabei schützend die flache Hand gegen die Stirn, um dem grellen

Licht der untergehenden Sonne zu trotzen. „Das sind meine Freunde. Wir bringen euch Pferde mit!" Sein Vater stand neben ihm und wartete, bis er vom Pferd gesprungen, ihn umarmen konnte. „Seit einer Woche halten wir nach euch Ausschau! Was ist passiert? Und was sind das für Pferde? Du hast doch etwa nicht . . . . . " „Lass den Jungen! Er ist groß genug und weiß was zu tun ist!" Seine Mutter kam mit ausgebreiteten Armen auf ihn zu. „Wir haben uns große Sorgen gemacht, dass ihr es vielleicht nicht mehr schaffen könntet. Aber nun seid ihr ja da". Zu den Arabern rief sie: „Überlasst die Tiere den Knechten. Kommt rein, wir haben viel zu besprechen."

Nach zwei Tagen hatten sich die Neuankömmlinge auf dem Berghof gut eingelebt. „Vater," sagte eines Morgens Thilo zu dem abgesetzten Landgrafen, „müssen wir denn überhaupt zurück in die Niederungen? Wir könnten doch hier beim Oheim Garibald bleiben, seinen Hof befestigen und ausbauen, was meinst du? Soll ich ihn um seinen Rat fragen?" Gawain hatte insgeheim auch schon daran gedacht, denn das Verhältnis zu der Sippe des Herzogs war gestört und hoffentlich würde nie herauskommen, dass sein Sohn den Herrscher und seine Ritterschar gemeuchelt hatte. Zu Recht, wie er fand, aber der Adel würde das natürlich ganz anders auslegen, denn er war durch den Eid als eingesetzter Lehn-Ritter und Landgraf seinem Herrn verpflichtet, egal was für ein Ekel er auch gewesen war. Während sie sich noch über das Für und Wider unterhielten, kehrten mehrere Knechte und Mägde mit dem Ochsenwagen zurück vom monatlichen Markt, der in der großen Stadt abgehalten wurde. Aufgeregt kam anschließend Garibald zu ihnen in die Stube: „Kommt in die Küche! Mein Knecht hat interessante Neuigkeiten für euch mitgebracht!" Sie standen verwundert auf und folgten dem Verwandten in die große Küche, wo gerade das Mittagessen zubereitet wurde.

Zwei Mägde hatten sich zu dem Mann gesellt, der eine Mitteilung zu machen hatte: „Man sucht nach euch. Im Namen des Königs. Die Herzogin hat eine Erklärung abgegeben und der König weiß, dass ihr der Gefangenschaft und Folter des Herzogs entfliehen konntet. Ihr sollt zum Kloster „St. Petrus" in Eichstätt kommen. Von dort werden die heiligen Mönche euch zum König geleiten. Man will euch rehabilitieren!" Gawain schaute seinen Sohn an: „Was machen wir nun?" Thilo drehte sich um: „Wir fragen Achmed um Rat. Er kennt die Herzogin, die Gepflogenheiten bei Hof und die Veste besser als wir. Vielleicht ist das eine Falle und man will uns nur zurücklocken. Holt den arabischen Medicus hierher, er ist weise und wird wissen, was zu tun ist!" Achmed war schnell zugegen und nachdem sie ihm die neue Kunde mitgeteilt hatten, war sein Entschluss schnell gefasst. „Imad und Braiham sind als Gaukler auf so mancher Veste gewesen. Sie werden nicht auffallen, wenn sie sich für ein paar Tage wieder dort trollen. Sie werden erfahren, was wirklich dahinter steckt. Ich werde mit ihnen reden und sie in den Plan einweihen." Er verließ die Küche, nachdem ihm Thilo zugestimmt hatte. „Wahrlich ein besonnener, genialer Plan!" sagte Garibald. „So wird dein

Sohn erst ins Kloster reisen, wenn die Gerüchte der Wahrheit entsprechen!" Sein Bruder Gawain nickte. Ein mulmiges Gefühl blieb. Er wusste nicht warum, aber irgendetwas war daran faul. Sehr faul sogar. Wieso sollte sich der König darum scheren, wenn ein Herzog, den er selbst ins Amt bestellt hatte, seinem anvertrauten Lehn Gewalt antat, denn das war sein uneingeschränktes Recht. Er konnte genauso auf die grobe Willkür zurückgreifen, die ihm das Recht der ersten Nacht zusprach: „Jus primae noctis!" Es zwang die heiratswilligen Weiber für die Hochzeitsnacht in das Bett des Herzogs, damit die Braut „geschwächt" wurde. Gawain hatte es allzu oft erleben müssen. Jeder Pfaff predigte am Tag des Herrn von der Kanzel und erklärte dem Pöbel, wo sein angestammter Platz zu sein hatte. Die Leibeigenen waren dazu bestimmt, dem Adel zu dienen. Die Ländereien erbrachten das Korn und Gemüse, die Wälder Hirschbraten und Fasanenschenkel und der Pöbel hatte den Adel zu versorgen. So war das schon seit langer Zeit geregelt. Wie konnte es da sein, dass sich ein Gewöhnlicher erdreistet, das Wort zu erheben? Der alte Mann kannte die Gepflogenheiten und wunderte sich doch sehr, dass eine so seltsam anzumutende Suche nach seinem Sohn gemacht wurde.

Trotzdem wollte er mit seinen Bedenken abwarten, was die Araber herausfanden. Vielleicht sah er ja nur Gespenster. Die Gaukler langweilten sich auf dem Berghof und waren froh darüber, dass man ihnen einen so wichtigen Auftrag erteilte und ihnen damit auch viel Vertrauen entgegen brachte. „Wir werden zuerst an den gesicherten Grafenhof reisen, denn dort steht noch unser Wagen. Der bewahrt unsere Tricks und wichtigen Sachen, die wir bei unseren magischen Spielen dafür so dringend benötigen." Achmed schaute besorgt. „Wir nehmen den hinteren Eingang. Mit dem Seil unter dem rechten Stein können wir vorher die hintere Falle auslösen, ich weiß! Wenn wir mit unserem Wagen weiterfahren, werden wir die Falle wieder aufbauen. Du hast uns gezeigt, wie wir das machen müssen. Sorge dich nicht, denn wir wissen was wir tun!" Sie stiegen nach einem ausgiebigen Frühstück auf ihre Pferde und ritten davon.

Eleonore hatte nichts davon mitbekommen, dass ihr entdeckter Schatz nicht mehr bei ihr in der Veste war, als die königliche Abordnung morgens aufbrach, um dem höchsten Würdenträger Bericht zu erstatten. Erst als sie schon lange außer Sichtweite waren und sie noch einmal die Räume ihres vermissten Gatten aufsuchte, ließ sie nach den Pagen rufen, um von ihnen zu erfahren, wohin sie an diesem Abend die Truhe gebracht hatten. Sie war doch sehr verwundert darüber, dass der königliche Tross entgegen der Aussage ihr gegenüber, mit der gesamten Münzenlast aufgebrochen waren. Die zwei Herolde und beiden Mönche hofften unterdes darauf, dass die Priester nach einem langen, beschwerlichen Ritt in der ersten Herberge mit der Aufteilung der Beute beginnen würden, als sie die Truhe abladen und auf ihre Stube bringen ließen. Nach dem Abendessen, das sie in der Schankstube eingenommen hatten, floss noch reichlich viel vergorener Rebensaft, gewürztes Bier und Honigwein. Die beiden Priester hatten sich mit dem Genuss der berauschenden Getränke, von allen anderen unbemerkt, zurückgehalten. Nun taten sie so, als würde ihnen der Weingeist den Kopf verwirrt haben und wankten gekonnt die Stiege herauf, um in das Schlafgemach zu gelangen. Sie waren gerade in der Stube, als es auch schon an der Tür klopfte. Die ungeduldigen Herolde und Mönche standen lallend im Flur. Schnell wurden sie hereingelassen und zu einem letzten Schlummertrunk gebeten, bevor man die Beute gerecht aufteilen wollte. Während ein Priester mit den gierigen Männern zur Truhe ging, bereitete der andere vier Becher des guten Weines vor. Das Pulver in seinem Siegelring verteilte er gleichmäßig in die bereitstehenden Becher, drehte sich dann um und reichte sie an die wartenden Herolde und Mönche. „Auf unseren unerwarteten Reichtum. Aber denkt daran! Wir müssen schwören, dass die Verschwiegenheit darüber von uns allen mit ins Grab genommen wird!" dabei lächelte er hämisch seinem Bruder zu, der wohlwollend nickte. Als die Männer nichts ahnend ihre Getränke in einem Zug geleert hatten, überkam sie sehr schnell eine große Müdigkeit, die sie allen Reichtum der Welt für heute Nacht vergessen ließ. Sie wollten sogleich in ihre Stuben, denn sie befanden sich urplötzlich auf einem Rad, das sich immer schneller drehte. Als die beiden Priester alleine waren, gaben sie sich die Hände: „Morgen in der Früh muss der Wirt arretiert und mitgenommen werden, denn er hatte schadhafte Getränke und totbringende, verdarbte Speisen an die armen Männer ausgeteilt! Eine Schande für dies Land, wenn die Wirtsleut ihre Gäste vergiften!" Sie begaben sich auf ihre Liegen und bevor sie einschliefen, sagte einer nur noch kurz: „So ist das Leben. Einer gibt es, ein anderer nimmt es! Gute Nacht, Bruder Hubertus!" „Gute Nacht, Bruder Gabriel!"

Eine Woche später turnten die beiden arabischen Gaukler auf dem Hochseil, das sie am Fensterkreuz in den oberen Räumen der Kemenate befestigt und quer über den Hof bis zu der Mauerbrüstung gespannt hatten. Sie waren wieder in der Veste des Herzogs. Zwei Küchenweiber hatten sie wiedererkannt und dreist zu ihnen hochgerufen. Sie mussten wohl damals auf sie einen nachhaltigen Eindruck gemacht haben. Dort oben, über den Köpfen der Schaulustigen, balancierten sie nun und warfen sich dabei gegenseitig Holzkeulen zu. Bald ging keiner mehr seiner Arbeit nach. Sie hatten schnell so viele Zuschauer, dass auch die Herzogin stutzig wurde, denn es drangen Rufe und lautes Lachen an ihr Ohr. „Ihr da!" rief sie aus dem Fenster des Palas den Fremden zu. „Heute Abend könnt ihr uns im Rittersaal mit euren Späßen erfreuen. Es ist genug jetzt, sonst bleibt die ganze Arbeit noch liegen." Sie klatschte in die Hände und die Burgbewohner mussten sich wieder missmutig in die Küche, Stallungen und Scheunen verteilen, um ihre Tätigkeiten wieder aufzunehmen. Die beiden Gaukler verbeugten sich tief und waren danach schnell vom Seil gesprungen. Sie eilten zu der Schänke, wo soeben die Tür und die Bretterverschläge der Fenster geöffnet wurden. Der Wirt bot das täglich zubereitete Essen dar, denn die Sonne hatte mittlerweile ihren höchsten Punkt am Firmament erreicht. Sie blieben einen Augenblick im Türrahmen stehen, denn trotz der geöffneten, kleinen Fenster war es noch zu düster in der Spelunke und aus dem grellen Sonnenlicht kommend, konnten sie zunächst nichts erkennen. Erst als sich ihre Augen an das halbdunkle Licht gewöhnt hatten, suchten sie sich in der hintersten Ecke eine freie Bank, von der aus sie die Leute bestens im Blick hatten. Sogleich gesellten sich die zwei Mägde mit einem Krug gewürztem Bier zu ihnen. Die jungen Weiber stellten vier Humpen dazu und setzten sich unaufgefordert neben sie. Die amourösen Stunden, die sie vor Wochen mit den Gauklern verbracht hatten, wollten sie anscheinend heute fortsetzen. Sie merkten dabei nicht, dass die Araber überhaupt keinen Schluck des berauschenden Getränkes zu sich nahmen, denn sie hatten sich eine zweite Kanne mit einem erfrischenden, aufgebrühten Kräutertrank geben lassen. Die Wirkung des Bieres löste bei den Weibern schnell die Zungen und ungefragt ereiferten sie sich, und erzählten sogleich, dass die Männer des Königs hier gewesen waren und eine schwere Truhe beschlagnahmt hatten, die unehrenhaft im Besitz des Herzogs gewesen war. Sie erfuhren von den geschwätzigen Weibern auch, dass die Geistlichen zwar vorgegeben hatten, den Grafensohn für seine hier erlittenen Qualen entschädigen zu wollen, aber ein Knappe hatte danach im Stall heimlich die wahren Pläne der beiden Bischöfe belauscht. Einer hieß Hubertus, der andere wurde Gabriel genannt. Sie waren beide aus dem Kloster in Eichstätt. Die Araber hatten genug gehört und wollten dem königlichen Treck nacheilen. Ein Weib hielt sie fest und wollte zur Bestätigung ihrer Worte den Knappen suchen, der die Unterhaltung der Männer gehört hatte. Die Magd stolperte aus der Schänke, während die andere Dirn wortlos auf der Bank umgefallen und fest eingeschlafen war. Bald darauf kam die Magd tatsächlich in Begleitung zurück und sie konnten sich mit dem jungen Mann unterhalten, allerdings erst nachdem sie ein paar Silberlingen auf den Tisch gelegt hatten.

Jetzt war er dazu bereit, sein Wissen an die Araber weiterzugeben. „Sie wollten zurück in ihr Kloster in Eichstätt. Der Name war „St. Petrus" ich erinnere mich genau, denn sie sprachen davon, nun endlich die erforderlichen Baumaßnahmen durchführen zu können, dank der großzügigen Spende der Herzogin. Das verstehen wir nicht, denn es war an dem Abend keine Rede davon, dass die Truhe mitgenommen werden sollte. Der König sollte entscheiden, was mit den Münzen zu geschehen hatte." Der Knappe, der an dem fraglichen, letzten Abend dabei gewesen war, klang sehr glaubwürdig. „Glaubst du auch, dass die Priester dem weltlichen Mammon . . . . ." weiter brauchte Imad nicht zu sprechen, denn Braiham legte den Zeigefinger auf seine Lippen. „Ja! Genau das glaube ich auch. Wir nehmen den Abend hier noch mit und dann fahren wir direkt ins Kloster nach Eichstätt. Ich war noch nie in einer Mönchsunterkunft, um meine Künste zu zeigen!" Imad schaute ihn an. „Die werden uns dort nicht einlassen!" Braiham nickte: „Stimmt. Offiziell nicht!" er trank seinen Tee aus, bedankten sich bei dem Jüngling, bezahlten und gingen nach draußen zu ihrem Kastenwagen. Sie mussten ihren Auftritt am Abend noch sorgsam vorbereiten, denn sie wollten keinen Verdacht erregen, aus einem anderen Grund hier wieder aufgetaucht zu sein.

Unterdessen war der Rest der königlichen Abordnung zurück in Bamberg. Der König war von der Kunde, dass die mitgereisten Mönche und seine Herolde von dem Wirt einer Herberge vergiftet worden waren, außer sich: „Bringt ihn mir hierher! Er wird seiner gerechten Strafe nicht entgehen. Gut dass die Priester sofort an Ort und Stelle zwei Ritter zu seiner Arrestierung befohlen, und ihn mit hierhergebracht haben." Als die Ritter zurück in den Hof gegangen waren, warteten die beiden Priester ungeduldig mit dem König darauf, dass man den armen Mann vor den Thron schleppen würde. Endlich hörten sie auf dem Gang ein Lärmen und als kurz danach die Tür wieder geöffnet wurde und die Ritter den gefesselten Mann niederknien ließen, sah der gar fürchterlich zugerichtet aus. Der König rief sogleich: „Warum habt Ihr den heiligen Männern und meinen Dienern das angetan?" Doch der Geschändete machte keinerlei Anstalten, darauf zu antworten. An seiner Statt erklärte einer der Priester, der ein wenig näher an den Thron getreten war. „Ihre Majestät," er machte eine ausladende Verbeugung. „Er setzte sich der Arrestierung mit Gewalt zur Wehr. Wir haben keinen anderen Weg gesehen, um sein Schreien zum Schweigen zu bringen!" Der König wartete: „Und? Soll heißen?" Der Priester verbeugte sich nochmals, bevor er antwortete. „Nachdem wir ihn überwältigt hatten, mussten wir ihm zwangsläufig die Zunge herausschneiden, denn er brachte nur die schlimmsten Lügen gegen Euch hervor!" Nachdenklich schaute ihn der König an. Einem Priester musste man schließlich jedes Wort glauben. „Ihr könnt Euch wieder zurückziehen!" Er machte eine Handbewegung in die Richtung seiner Ritter: „Fort mit ihm, ins Angstloch. Dort soll er über seine Schandtaten nachdenken. Bei Sonnenaufgang wird ihm der Henker seinen Hals etwas strecken!" Die Ritter schleppten den Verletzten wieder auf den Flur. Er hatte vor Schmerzen nichts von alledem mitbekommen. Jetzt verbeugten sich auch die Priester, tippten mit der rechten Hand an Stirn, Brust und beide Schultern und verbeugten sich: „Danke, Majestät. Mein Bruder und ich werden wieder im Kloster zu Eichstätt zurückerwartet!" Sie drehten sich um und gingen wieder in den Hof. „Und, wie war ich? Ob er es wohl geglaubt hat?" sein Bruder stand, immer noch skeptisch neben dem geschlossenen Kastenwagen, in der die wertvolle, unterschlagene Truhe lag. „Er muss uns glauben, was bleibt ihm übrig? Wie soll er ein Geständnis von einem Stummen bekommen? Los, Bruder. Wir haben noch zwei Tage vor uns!" Sie bestiegen den Wagen und fuhren los.

Zur gleichen Zeit waren die beiden Araber schon weit gekommen. Sie hatten den großen Umweg nördlich nach Bamberg nicht machen müssen und fanden weit vor den Toren der Stadt Augsburg ein paar Flößer, die ihre Baumstämme auf dem Lech flussabwärts zur Donau bringen wollten. Die waren gegen kleines Entgelt bereit, die beiden, samt ihrem Kastenwagen mitzunehmen. Auf der Donau schwammen sie so schnell mit dem Strom, dass sie, dank der bequemen Reise und guter Dinge einen weiteren Silberling dazulegten. Am linken Ufer eines kleinen Städtchens, das nach der „neuen Burg" benannt war, verließen sie das Floß und fuhren in nördlicher Richtung auf der alten Römerstraße dem Reiseziel entgegen. Das Kloster in Eichstätt hatten sie am zweiten Tag erreicht und Imad ging alleine mutig zur Pforte, um herauszufinden, ob der Priester Hubertus oder Gabriel für ihn zu sprechen sei. Der Mönch an der Pforte war verwundert, dass ein wildfremder Araber die Namen ihrer Priester kannte und antwortete, dass sie mit einer königlichen Abordnung aufgebrochen und noch nicht zurückgekehrt seien. Imad bedankte sich für die freundliche Auskunft und ging. Der Mönch stand noch eine ganze Weile in der offenen Klostertür und schaute ihm nach, bis er hinter einem kleinen Waldstück verschwunden war, ohne sich noch einmal umzuschauen. Hier wartete sein Freund und nun berieten sie sich, was nun zu unternehmen sei. Sie hatten bald eineerlösende Idee. Da die Männer an den Hof des Königs bestellt worden waren, mussten sie auch dorthin zurückkehren, bevor sie danach den Heimweg in ihr Kloster nehmen konnten. Sie hatten einen Batzen Geld bei sich, das stand fest, denn von dem Knappen hatten sie erfahren, dass die Herolde und Mönche mit ihnen zu teilen gedacht hatten. Sie wollten das Geld von Anfang an nicht an den König weitergeben. Imad ging zu einem Bauernhof, um nach der Richtung zu fragen: „Es führt von hier aus nur ein befestigter Weg weiter nach Bamberg! Dieser dort!" sagte der freundliche Bauer und zeigte auf einen gepflasterten Weg, der von dem Fluss weg führte, von dem sie gekommen waren. Sie bedankten sich und trieben ihren Gaul an. Leise flüsterte Braiham: „Auf zum Hof des Königs! Hoffentlich wird er uns Gehör schenken." Sie wussten da noch nicht, dass sie gar nicht so weit zu reisen brauchten.

Die beiden Priester machten Quartier in einer Herberge, auf halbem Weg nach Eichstätt, denn bei Dämmerung war es zu gefährlich, den holprigen, einzigen Weg zum Kloster zu fahren. Ihren Wagen hatten sie mit einer Kette und Vorhängeschloss gegen fremde Hände gesichert im Stall des Wirtshauses abgestellt. Der zweite Krug mit köstlichem Wein stand vor ihnen und sie waren guter Dinge, am nächsten Tag mit dem Batzen Geld wieder zurück zu sein. Der Zufall wollte es, dass auch die Araber, aus der anderen Richtung kommend, das einsame Gasthaus aufsuchten. Während Braiham auf dem Wagen wartete, ging Imad in die Stube, um nach einer Übernachtung zu fragen. Er bemerkte sofort die beiden heiligen Männer, die überhaupt nicht in eine solche Kaschemme zu passen schienen, mietete ein Zimmer und einen Platz im Stall, nahm einen Becher mit heißen Kräutern und setzte sich nahe genug an die Priester, um ihrem Gespräch zu lauschen. Braiham konnte noch eine Weile warten, denn er wusste ja nicht, wie lange die beiden noch in der Schankstube sein würden. „Auf dein Wohl, Gabriel!" „Auf das deinige, Bruder Hubertus!" Sie nahmen so ungestüm einen weiteren gewaltigen Schluck, dass der Saft der Reben seitlich an ihrem Mund vorbei ihr dunkles Gewandt benässte. Sie merkten das schon nicht mehr. Imad hatte genug gehört und musste sich beeilen. Er nickte dem Wirt zu und der warf ihm den Stallschlüssel zu: „Der zweite Verschlag ist groß genug. Dort könnt Ihr auch Eure Pferde versorgen. Schließt das Tor danach wieder ab und legt den Schlüssel auf das Brett, wenn wir schon in den oberen Gemächern sein sollten. Eure Kammer ist unter dem Dach, direkt neben den Pfaffen." Imad ging nach draußen, wo Braiham wütend auf ihn wartete: „Mal eben! Ganz kurz!" Imad schaute ihn schmunzelnd an: „Ich weiß, Braiham, aber es hat sich gelohnt. Du ahnst ja nicht, wer da mit uns nächtigen wird!" Der Araber schaute ihn unverständlich an. „Die beiden Priester! Mal sehen, wo ihr Gefährt steht!" Er hob den Schlüssel und ging auf die Stallungen zu, Braiham folgte mit dem Wagen. Als die großen Flügel der Scheune weit geöffnet waren und Imad mit einer entzündeten Fackel hineinleuchtete, bekam er glänzende Augen. Ängstlich wieherten die Pferde auf, die entspannt schon im Stehen eingedöst waren. Dort stand in einer Ecke der Kastenwagen, der mit einem schwungvoll aufgemalten Kreuz und dem Namenszug „St. Petrus" auf der, mit einer dicken Eisenkette gesicherte Tür bemalt war. „Deine Aufgabe.

Ich versorge die Tiere, sag, wenn du das Schloss auf hast!" Imad nickte und machte sich mit ein paar Drähten ans Werk. Braiham spannte die Pferde aus und sicherte den Wagen. Dann nahm er das Geschirr der Tiere ab und rieb sie mit Stroh trocken. Er hatte gerade einen Ballen Heu in das Gatter seiner Tiere geworfen, als Imad verkündete: „Fertig! War ich schnell genug?" Braiham, der solcherlei Fingerfertigkeiten nicht hatte, ärgerte ihn: „Es geht. Wurde aber auch Zeit!" Dann machten sich die Beiden daran, im Inneren des fremden Wagens das aufgeteilte Geld zu finden, denn wer sein Gefährt so absichert, der hat etwas Wichtiges zu verbergen. Zu ihrer großen Überraschung fanden sie sogar die Truhe, die sie hier nicht erwartet hatten. Es war für die Beiden zu schwer, die gesamte Truhe aus dem Wagen zu schleppen. Sie brachen das Schloss auf und hoben den Deckel. „Wie können die geteilt haben, wenn die Kiste noch so hoch voller Beutel ist?" fragte sich Braiham und entnahm die ersten Beutel und warf sie aus dem Wagen. Imad brachte sie zu ihrem Gefährt und kam sofort zurück. Es dauerte eine weitere Stunde, bis alle Münzen in ihren Wagen herüber gewechselt hatten. Alte Ketten, Steine und sonstige Sachen wurden nun als Ballast in die

Truhe verbracht. Imad schaffte es sogar, das aufgebrochene Schloss wieder zu schließen. Auch die eiserne Kette wurde wieder ordnungsgemäß vor der Tür angebracht. Keiner würde den Diebstahl bemerken. Die Araber waren mit ihrer Arbeit zufrieden und Imad wollte den Stall verlassen, als ihn sein Freund am Ärmel festhielt: „Ich schlafe im Wagen. Nicht, dass wir in der Nacht unseres neuen Schatzes beraubt werden. Bring mir morgen früh etwas zu essen mit. Und nun schließ mich im Stall ein. Gute Nacht, mein Freund!" Imad tat, wie er gesagt hatte und ging danach zurück in die Schankstube. Es waren nur noch wenige Gäste anwesend. Die beiden Priester lagen in einer übel riechenden Pfütze unter ihrem Tisch. Imad gab den Schlüssel zurück, denn der Wirt war noch anwesend. „Ihr ward sehr lange im Stall. Wo ist Euer Begleiter?" Imad zeigte auf die Priester: „Er hat zu viel von dem Wein gekostet, den wir als Wegzehrung hatten. Nun ist der Lederbeutel leer und mein Freund voll. Er soll mir nicht meine Bettstall oder Eure Stube einsauen, wie die Pfaffen da. Dafür habt Ihr doch Verständnis?" Der Wirt nickte, denn er war froh, dass seine Stube mit Steinen gepflastert war und besser gesäubert werden konnte, als die oberen Räume, deren Böden

279

aus Holzdielen bestanden. „Habt eine gute Nacht!" sagte der Wirt. „Die Pfaffen werden Eure Ruhe nicht stören, denn sie können in ihrem eigenen Sud hier unten nächtigen." Während Imad mit der dargereichten Öllampe die Stiege heraufging, verschloss der Wirt die Stube, löschte die Lichter und folgte ihm. Imad hatte einen erholsamen, tiefen Schlaf und wachte erste auf, als die Hähne draußen krähend die Morgensonne begrüßten. Der Frühstückstisch war bereitet und Imad ging als erstes in den Hof, um nach seinem Freund zu sehen. Zu seiner Überraschung waren die Tore des Stalls weit geöffnet und so ging er schnell hinein und weckte auch ihn. Gemeinsam spannten sie die Tiere an und führten sie mit dem Wagen reisebereit in den Hof. Der Wagen stand direkt unter dem Fenster, hinter dem sie ihr morgendliches Mal einnehmen wollten. Sie zogen die Bremsen fest an und gingen in die Stube. „Uhh! Wie riecht das hier?" Braiham hielt sich mit Daumen und Zeigefinger seine Nase zu und öffnete den Holzverschlag des Fensters weit. Der Wirt kam zu ihnen. „Entschuldigt, aber die Pfaffen hätten besser im Stall bei den Schweinen genächtigt, schaut nur!" Er hielt seine Öllampe in die Richtung und es bot sich ein wirklich appetithemmendes Bild. Braiham nahm sein Halstuch und füllte es mit Brot, Käse und gekochten Eiern. „Danke, ich esse auf dem Wagen!" sagte er. Imad tat das Gleiche mit seinem Halstuch und ging zu dem grob behauenen Brett, das als Ausschank diente. Er kramte seinen Lederbeutel hervor und schaute den Wirt an. Der verstand sofort und rechnete laut: „Das Zimmer macht zwei Groschen, auch wenn Ihr Freund seinen Bettstall nicht genutzt hat. Der Stall, das Heu . . . . " Er schaute in die Luft und flackerte mit den Augen. Er schien kein Künstler der Zahlen zu sein, denn als Ergebnis kamen drei Groschen mit dem Frühstück für zwei Personen heraus. Imad nahm die Münzen und legte sie auf das Brett. Mit einem gekonnten Wisch klimperten die kupfernen Bleche in die offene Hand des Wirtes. Sie verabschiedeten sich, nahmen ihre geschnürten Bündel und gingen in den Hof. Die Priester lagen immer noch regungslos unter dem Tisch, ob sie wohl noch unter den Lebenden weilten? Sie würden es wohl nie erfahren und das war auch gut so. Sie kamen gut voran und nahmen am linken Ufer der Donau die alten Versorgungswege, die in Richtung der Quelle des breiten Flusses lagen. Nach drei Tagen und weiteren sechzig Meilen, sahen sie gegen Mittag am Horizont schon das Gebirge, in dem der Berghof lag. Von dort waren sie vor zwei

Wochen aufgebrochen. Sie wussten nun, dass es dem König nicht annähernd darum ging, den Grafensohn zu sehen. Ihn schien auch nur am Rand zu interessieren, dass sein Herzog verschwunden war, denn es schien, als hätte er sich in einer Fehde mit benachteiligten Rittern angelegt. Ihn kümmerte also nur, seine Veste, die er ihm als Lehn überlassen hatte, in verantwortungsvolle, neue Hände zu legen. Die Pfaffen hatten dabei ihre eigenen Ziele verfolgt und würden sich wundern, wo der Schatz verblieben war. Ihre Reise hatte neue Erkenntnisse gebracht, die es nun zu verwerten galt.

Als die arabischen Gaukler überglücklich und vor allen Dingen wieder wohlbehalten auf dem Hof angekommen waren, die Tiere versorgt wussten und ihre Geschichte fast zu Ende erzählt hatten, standen sie auf und baten einige Knechte, ihnen zu folgen. Endlich wollten sie ihre Überraschung preisgeben und mit Achmed und dem Grafen beraten, was nun damit zu tun wäre. Als die Männer zurück in der Stube waren und sich die Tafel ob des gewaltigen Gewichtes durchbog, entschied der Landgraf: „Ich habe nicht die geringste Veranlassung anzunehmen, dass ich nicht mehr der Verwalter des Tals sein soll. Also erkläre ich, dass dieser unerwartete Schatz, der ohne die Hilfe der arabischen Freunde niemals in unsere Hände gelangt wäre, zu einem Drittel ihnen gehören soll. Ein weiteres Drittel wird den Bewohnern des gebeutelten Landes zurückgegeben, indem wir dafür Vieh und Saatgut kaufen und verteilen werden. Der Rest ist für den Berghof meines Bruders. Aus Dankbarkeit für die freundliche Aufnahme und den Schutz, den er uns angedeihen ließ!" Alle fielen sich in die Arme, nur Imad und Braiham lehnten das großzügige Angebot dankend ab. „Wenn der Herr Graf uns bei sich aufnimmt, so wird uns auch die Hälfte unseres Anteils genug sein. Für den Rest des Geldes können wir den Lehn Hof kaufen und als Veste ausbauen. Ich habe genug Ideen, den Hof mit Fallen auszustatten. An Stelle von Wachen würde ich auf den Brüstungsmauern Gänse halten, denn die schlagen schneller Alarm als die meisten Männer, die sich dem gewürzten Bier oder dem Weinbeutel hingeben. Der Hof ist auch jetzt, in unserer Abwesenheit so gut gesichert, dass es für angreifende Ritter eine böse Überraschung wird, wenn sie das Tor mit Gewalt öffnen. Die Herzogin wird nichts dagegen haben, wenn wir die Grenzen des südlichen Landes absichern." Er drehte sich zu seinem Sohn um, der zur Bestätigung der

Worte heftig mit dem Kopf nickte. Seit Tagen schon hatte er immer mit dem Araber zusammengehockt und gute Fortschritte damit gemacht hatte, Buchstaben und Wörter auf die Papiere zu malen. Achmed war mit den Leistungen mehr als zufrieden. Ungefähr seit der gleichen Zeit hatte man den Junker nur noch mit einer ledernen Kappe gesehen, die er auch beim Essen nicht mehr abnahm. Im Berghof munkelte man schon, ob er sein Haupthaar verloren hatte oder ihn die Krätze heimsuchte. Nun wollte der Graf wissen, was es damit auf sich hatte. Er ging auf ihn zu und Thilo konnte nicht so schnell reagieren, wie ihm sein Vater endlich die Kopfbedeckung mit einem Ruck herunterriss. Von schallendem Gelächter erfüllt sahen alle auf den jungen Mann, der nun mit sehr kurzem Haar, hellrot eingefärbt, entblößt in der Stube stand. Achmed stellte sich vor ihn und erhob das Wort: „Es war mein erster Versuch, meine Herren! Ihr werdet sehen, beim nächsten Mal werde ich die richtige Farbe treffen!" Er schaute sich um, aber Thilo war schon draußen und rannte über den Hof ins Haupthaus: „Es gibt kein nächstes Mal, Sadik Achmed! Nicht mit mir! Versuch es am Fell der Schafe!"

Ein normales Weiberleben

Sie saßen im hintersten Teil der ebenerdigen Unterkunft, um bei ihrem spärlichen Essen nicht allzu sehr die dampfenden Gerüche der Tiere mit zu bekommen, die auf der gegenüberliegenden Seite hinter dem Gatter in dem gleichen Raum standen. Das Gebet hatte der Vater, ein leibeigener Bauer, soeben gesprochen. Jetzt nahm er die Holzkelle und ging zu der offenen Feuerstelle, über der an einer Kette der rußgeschwärzte Eisenkessel baumelte. Er schöpfte die Kelle voll und reichte den dampfenden Hirsebrei an sein Weib weiter, die den Inhalt in die Vertiefungen verteilte, die als runde Auskerbungen in der dicken Holzplatte vor den vier Personen eingelassen waren.

Der Bauer durfte sich glücklich schätzen, dass zwei seiner insgesamt fünf geborenen Kinder noch lebend am Tisch saßen. Der Junge, ein kräftiger Bursche von vierzehn Lenzen und seine Schwester, die zwei Jahre älter war, schauten sich verschmitzt an. Der Raum wurde von dem, kreisförmig mit Steinen begrenzten Torffeuer gewärmt. Der beißende Rauch kroch durch die Mauerfugen und das Strohdach nach draußen in die kalte Winternacht.

„Ackerer, was will der Herr von unserer Marie?" Die Tochter horchte auf und sah mit großen Augen ihren Vater erwartungsvoll an. Der angesprochene Bauer erwiderte mürrisch: „Nicht jetzt und hier, Weib! Wir müssen uns fügen." Er wollte diese Unterhaltung nicht führen, nicht jetzt und vor den neugierigen Augen seiner betroffenen Tochter. Er sah sein Weib vorwurfsvoll und eindringlich an: „Was fragst Du überhaupt? Du weiß es doch zu genau. Hast einen solchen Grobian doch vor Jahren am eigenen Leib erleben müssen." Hedda, seine Frau schaute beschämt auf den Lehmboden und schwieg. „Gut, dass damals der dabei entstandene Bastard sein zweites Lebensjahr nicht erreicht hat. Er hätte mich noch mehr und immer wieder an die Schmach erinnert, die wir dadurch zu erdulden hatten." Marie ahnte, was auf sie zukam und schaute ihre Mutter an: „War es sehr schlimm?" Die Alte drehte sich von ihr weg, sodass die Tochter die Tränen nicht sah. „Und das Gleiche soll nun Marie über sich ergehen lassen?" Ihr Bruder Bodo hatte seine Faust geballt und auf den Tisch geschlagen. „Das lasse ich nicht zu! Sie liebt Hadamar und sie soll mit ihm glücklich werden, ohne dass sie zu diesem Schwein ins Bett gezwungen wird!" „Schweig, Du Tölpel! Du hast keine Ahnung von dem, was auf uns zukommt, sollten wir uns widersetzen! Marie wird diese Nacht verkraften, sie ist ein starkes Weib. Lioba, die Engelmacherin hat mir ein Elixier gegeben, das eine keimende Brut verhindern wird. Soll er sich doch austoben, das ist unser Los!" Kopfschüttelnd und wutentbrannt stand Bodo auf: „Seid Ihr von Sinnen? Woher wusste der Herr überhaupt davon, dass Marie und Hadamar zusammen sein wollen? Sollen sie doch einfach zusammenziehen. Warum soll sie den kirchlichen Segen bekommen für einen Frevel, den sich der edle Herr einfach nimmt?" „Schweig endlich still! Ich habe vertraulich am Tag des Herrn mit dem Pfaff gesprochen und ihn gebeten . . . . " Bodo lachte laut auf. Er hatte seinem Vater noch niemals den Gehorsam verweigert, aber nun platzte es aus ihm heraus: „Der Pfaff! Ich wusste es! Er hat Deine Kunde an den Herzog verraten!" Betroffen schauten sich die Eltern an, denn von einer Hochzeit hatten sie mit den anderen Nachbarn tatsächlich noch nicht gesprochen. Nun aber war der Herold gestern überraschend auf dem Lehn-Hof erschienen und hatte dem Ackermann befohlen, seine Tochter beim nächsten Vollmond zur Burg bringen zu lassen. Was das bedeutete, war Gerold natürlich sofort bewusst. Aber was sollte er machen?

Auch sein Weib hatte die erste Nacht damals mit dem Vater des Herzogs verbringen müssen. Die ganze Nacht über hatte er Holz gehackt, um sich abzulenken. Es hatte ihm jedoch nicht geholfen. Noch Jahre danach sah er immer wieder nächtens im Traum das verschüchtere Weib, welches man ihm als seine, nun rechtmäßig Angetraute am Mittag des darauffolgenden Tages verletzt wieder zurückgebracht hatte. Damals hielten zwei befreundete Nachbarn den tobenden Mann fest, während Alwine mit Kräutern und Salben versucht hatte, Heddas Schmerzen zu lindern. Zwei Wochen litt sie unter den Verletzungen und nach vier Monden hatten sie die Gewissheit, dass diese Nacht im Bett des Herzogs nicht ohne Folgen geblieben war.

Mit ekelerregenden Säften, die ihr damals Alwine zusammenbraute und den Ratschlägen, immer wieder von den kniehohen Stegen herunterzuspringen, hatte sie vergebens versucht, sich von der keimenden Frucht zu befreien. Nun sollte ihrer Tochter Marie das gleiche widerfahren? Bodo hatte Recht! Endlich war da ein gestandener Mann, der sich zu widersetzen wagte. „Kennt der Herzog unsere Marie von Antlitz zu Antlitz?" wollte Bodo wissen. Erstaunt schauten ihn seine beiden Eltern an.

„Was meinst Du damit?" fragte die Mutter und ging zum Feuer, um einen neuen Kienspan anzuzünden, denn hier hinten in der letzten Ecke konnte man nur noch Schatten ausmachen und die Regungen in den Gesichtern nicht mehr so recht wahrnehmen. Bodo kam zum Tisch zurück: „Man müsste eine Hübschlerin finden, die sich bereitfinden würde, für diese Nacht gegen ein paar Groschen mit Marie zu tauschen."

Gerold stand auf und ging zu seinem Bettkasten, der vor dem Gatter des Ochsen stand. Wenn dieser Plan gelingen würde . . . ! Er kramte an dem obersten Bord und hatte bald darauf einen kleinen Leinenbeutel in der Hand. „Das sollte mir meine Tochter wert sein!" sprach er und nahm zwei Groschen heraus. „Mein Sohn, wenn Du es tatsächlich schaffst, dafür eine Dirn zum Tausch zu bewegen, werden wir Dir das niemals vergessen. Morgen gehen wir ins Dorp und versuchen es in der Schänke."

Ein Lichtblick keimte am Horizont, ein Hoffnungsschimmer war in greifbare Nähe gerückt. Der Bauer wandte sich zuerst an sein Weib: „Bei einem Humpen Wein gebe ich an, dass mein Sohn Bodo seine Unschuld verlieren möge." Dann schaute er seinem erfinderischen Sohn in die Augen: „Dort lasse ich Dich mit einer Hübschlerin alleine. Versuch Dein Glück und erkläre ihr, dass sie die einmalige Gelegenheit hat, mit dem Herrn ihr Lager zu teilen. Hilf uns, dass der Plan gelingen möge! Bodo, wir haben etwas zu besprechen. Folge mir nach draußen, denn was ich Dir zu sagen habe ist nichts für Weiberohren!"

Bodo stand sofort auf und folgte seinem Vater in den angrenzenden Schuppen. Dort hatte Gerold eine einzigartige Idee: „Hilma heißt eines der käuflichen Weiber und Radegunde ist ihr junges Schankweib, das sich eine böse Krankheit bei den Mannsleuten geholt hat, so war von Alwine zu erfahren. Radegunde zählt siebzehn Lenze, ist also fast im gleichen Alter wie Deine Schwester. Sie kommt aus den niederen Landen und macht im Augenblick kein Geld mit Freiern, weil sich ihre Krankheit im Dorp herum gesprochen hat. Sie wird am ehesten bereit sein, auf diesen Handel einzugehen. Mit etwas Glück wird sich der feine Herr danach ins Kloster begeben müssen, um sich dort von einem Heilkundigen sein Eingefangenes quecksilbern zu lassen. Das wird eine Freude!"

Bodo nickte: „Radegunde also!" wiederholte er: „Nun gut, ich werde versuchen, sie morgen zu überreden." Gerold klopfte seinem Sohn auf die Schultern. „Vergiss nicht, wir werden so tun, als würde es für Dich eine Freude machen, mit ihr alleine zu sein!" Sie rieben sich die Hände, gingen zurück ins Haus, legten noch ein paar Holzscheite nach und krochen in ihre Bettkästen.

Der kalte Wind wehte heulend um die Mauern, während sich Bodo mit den Fellen bedeckte und sofort einschlief.

Früh am nächsten Morgen wurden von den Weibern, wie zu jedem Tagesbeginn, die zwei Ziegen und Selma, die einzige Kuh gemolken, während Gerold schon mit dem angespannten Ochsen aus dem Wald zurückkam. Er hatte einen Baum gefällt und war nun im Schuppen dabei, mit der großen Axt die Äste abzuschlagen und Brennholz vorzubereiten.

Am späten Nachmittag gingen sie, wie vereinbart ins Dorp, während Marie mit der Mutter die Nacht zusammenhockte und ängstlich darauf hoffte, dass der seltsam anmutende Plan gelingen möge.

Als die Männer zurückkamen und vom Einverständnis der Hübschlerin berichten konnten, legte er zur Bestätigung ein blaues Kleid mit angenähten, gelben Stoffbändern auf den Tisch. Marie hatte für diesen Fall die einzigartige Idee gehabt, für ein paar Tage in der Schankstube an die Stelle der hilfsbereiten Dirn dort auszuhelfen und damit sie nicht auffallen konnte, musste sie notgedrungen dieses Kleidungsstück bei ihrer Arbeit tragen. Radegunde kam für diese Zeit zu ihnen in die Bauerstube und nahm mit der Kleidung der Tochter hier ihre vertauschte Stelle ein. So würden die Herolde keinen Verdacht schöpfen.

Zwei Tage später, Radegunde nahm gerade mit der kleinen Bauernfamilie an dem grob behauenen Tisch das spärliche Mahl ein, kamen die Soldaten des Herzogs. Einer von ihnen entrollte ein Pergament und verlas das adelige Recht des Lehnherren, welches als „Jus primae noctis" bei Hofe bekannt geworden war. Es besagte, dass sich die adeligen Herren zwecks „Schwächung" der leibeigenen Bräute die jeweils erste Nacht mit den heiratswilligen Weibern per Gesetz zugesichert hatten. Er rollte das Papier wieder zusammen und zog die junge Maid grob am Arm aus der Stube. Man holte sie tatsächlich ab, ohne den geringsten Verdacht zu schöpfen. Die Engelmacherin Lioba war eingeweiht und hatte der Maid noch wertvolle Ratschläge und ein Kräutergebräu mitgegeben. Der Plan gelang und am Mittag des darauf folgenden Tages kam Radegunde freudestrahlend zurück auf den Hof: „Ich habe dem Tölpel ein Schauspiel geliefert, das er nicht vergessen wird. Näheres dazu sage ich nicht, denn er wird nie wieder in der Lage sein, ein Weib zu besteigen!" dann lachte sie und die Bauernfamilie atmete erleichtert auf. Wie sie später erfuhren, hatten die scharfen Kräuter die Männlichkeit des geilen Bocks in rohes Fleisch verwandelt. Radegunde tat völlig unschuldig und kein Bader konnte sich einen Reim darauf machen, wieso ihr Herr in jener Nacht seine Lebenslust verloren hatte.

Für **Stephan,** den Namensgeber der Familie meines Großvaters
   Friederich Steffens,
der vor über 400 J. als einer von insgesamt sieben Scheffen der Abtei Deutz auf einem Gehöft in der gleichen Kleinstadt wirkte und gelebt hat, in der ich heute mit meiner Familie wohne.

Roman

Weitere Bücher aus dem Mittelalter:

**Anno 1379 An Rhenus und Wippera
200 Seiten SU**
ISBN 9783 940486 875 Krone Verlag Lünen
**Hermann Vom Leibeigenen zum Ritter
200 Seiten SU**
ISBN 9783 940486 882 Krone Verlag Lünen

Krimis Verlag: **B.o.D. Books on Demand**
(auch als E-Books)

Die weisse Traumkatze 1   184 S. PB
ISBN 9 783734 735301
Geheimnisvolles Familienerbe   72 S. PB
ISBN 9 783734 738104
ZWÖLF MAL ROMAN plus X- - 296 S. PB
Neuauflage von: Kreuzfahrt ins Ungewisse
ZWÖLF MAL ROMAN, Habgier + 7 Krimis
Ron`s Krimis 1 + 2   296 S. PB
Zusammenfassung beider Bücher
Die weisse Traumkatze 2   164 S. PB
weitere Fälle des Andy Steffenson…
Roman`s Mittelalter Band 1   300 S. PB
Zusammenfassung von: Hargan und Arn/
Steffan, des Schmiedes Sohn

Herstellung und Verlag:
BoD - Books on Demand, Norderstedt
ISBN 978-3-8448-0620-5